# LE CHANT DU PAPILLON

## DU MÊME AUTEUR

*Le Cri du goéland*, Belfond, 2011
*La Maison des Houches*, Belfond, 2010
*Les Secrets de la forêt*, Robert Laffont, 2010
*Les Enfants de l'hiver*, XO, 2009
*La Malédiction des louves*, Robert Laffont, 2008
*Et l'été reviendra*, Robert Laffont, 2008
*Le Chat derrère la vitre*, L'Archipel, 2008 ; De Borée, 2010
*Nous irons cueillir les étoiles*, Robert Laffont, 2007 ; Pocket, 2009
*La Peste noire*, XO éditions, 2007 ; Pocket, 2010
*Le Roi chiffonnier*, XO éditions, 2007 ; Pocket, 2010
*La Conjuration des lys*, XO éditions, 2007 ; Pocket, 2010
*Juste un coin de ciel bleu*, Robert Laffont, 2006
*Les Âmes volées*, Fayard, 2006
*Le Porteur de destins*, Seghers, 2005 ; Pocket, 1994
(prix des Maisons de la presse ; prix du Printemps du livre de Montaigu ; Grand Prix littéraire de la Corne d'or limousine)
*Les Colères du ciel et de la terre*, Robert Laffont, 2005
*Le Dernier Orage*, Pocket, 2008
*La Montagne brisée*, Pocket, 2007
*La Couleur du bon pain*, Robert Laffont, 2004
*Des enfants tombés du ciel*, Robert Laffont, 2003 ; Pocket, 2009
*Une vie d'eau et de vent*, Anne Carrière, 2003
*Lumière à Cornemule*, Robert Laffont, 2002 ; Pocket, 2005
*Le Voleur de bonbons*, Robert Laffont, 2002 ; Pocket, 2004
*Dernières nouvelles de la terre*, Anne Carrière, 2001
*Maisons au cœur*, Robert Laffont, 2001
*Le Silence de la Mule*, Robert Laffont, 2001 ; Pocket, 2004
*Un jour de bonheur*, Pocket, 2001
*Lydia de Malemort*, Robert Laffont, 2000
*L'Heure du braconnier*, Pocket, 2000
*La Nuit des hulottes*, Robert Laffont, 1999 ; Pocket, 2006
(prix RTL Grand Public)
*Les Frères du diable*, Robert Laffont, 1999
*L'Or du temps*, Robert Laffont, 1998
*La neige fond toujours au printemps*, Robert Laffont, 1998 ; Pocket, 2003
*L'Année des coquelicots*, Robert Laffont, 1996
*Ce soir, il fera jour*, Robert Laffont, 1995
*Un cheval sous la lune*, Robert Laffont, 1994
*Les Chasseurs de papillons*, Robert Laffont, 1993 ; Pocket, 1994
(prix Charles-Exbrayat)
*Le Roi en son moulin*, Robert Laffont, 1990
*L'Angélus de minuit*, Robert Laffont, 1990
*Beauchabrol ou le Temps des loups*, Souny, 1994

GILBERT BORDES

# LE CHANT DU PAPILLON

belfond
12, avenue d'Italie
75013 Paris

Si vous souhaitez recevoir notre catalogue
et être tenu au courant de nos publications,
vous pouvez consulter notre site internet :
www.belfond.fr
ou envoyer vos nom et adresse,
en citant ce livre,
aux Éditions Belfond,
12, avenue d'Italie, 75013 Paris.
Et, pour le Canada,
à Interforum Canada Inc.,
1055, bd René-Lévesque-Est,
Bureau 1100,
Montréal, Québec, H2L 4S5.

ISBN : 978-2-7144-4629-9

# 1

Le train arrivait en gare de Périgueux.

Arnaud n'avait pas bougé de son siège depuis le départ de Paris, très tôt ce matin-là. Sa vie recommençait une fois de plus, mais cette fois il avait conscience qu'elle allait prendre un tournant décisif. Arnaud avait onze ans ; la tête ronde, les cheveux noirs en broussaille sous sa casquette grise. Né rue de Clignancourt, dans le 18e arrondissement, il avait été élevé par sa mère, seule, mais ça ne lui avait pas pesé : tous les habitants de l'immeuble étaient sa famille. L'Occupation n'avait pas changé grand-chose pour lui, jusqu'à ce que sa mère soit arrêtée parce qu'elle volait des documents secrets pour les transmettre aux résistants du général de Gaulle. C'était en 1944, cinq ans auparavant.

Le train s'arrêta. Les voyageurs prirent leurs bagages et formèrent une file dans l'allée centrale. Arnaud resta à sa place. Son cœur battait très fort, ses doigts tremblaient, il avait la bouche sèche. Le convoi stoppa et les portes s'ouvrirent. Comme personne ne faisait attention à lui, Arnaud se leva à son tour pour prendre sa valise posée sur le porte-bagages au-dessus de sa tête. Son déhanchement attira le regard d'un contrôleur.

— Tu veux que je t'aide ? Donne ta valise.

— Ce n'est pas la peine. Merci, monsieur.

Il descendit du mieux qu'il pouvait les marches vraiment trop hautes. La lumière intense l'éblouissait. Après six heures de train, lui qui n'avait jamais quitté Paris débarquait en pays inconnu. Ne lui avait-on pas dit que les gens du Périgord parlaient une langue qu'il ne comprendrait pas ? Regardant sur la carte de France où se trouvait cette province, il en avait eu le vertige. Pourtant, c'était là qu'était née sa mère, là que vivaient ses grands-parents dont il ne savait rien sinon qu'ils n'avaient jamais répondu aux lettres qu'il leur avait écrites.

Le haut-parleur annonça que le jeune Arnaud Bussières était attendu par sa grand-mère près du guichet de vente des billets. Sa valise à la main, Arnaud regarda autour de lui et remarqua, sur sa droite, une femme qui semblait attendre quelqu'un. Grande, bâtie comme un homme, son large visage sanguin rappelait celui de Danton dans son livre d'histoire. Elle était vêtue d'un long tablier bleu à fleurs blanches et d'une sorte de veste noire, trop courte.

— Arnaud Bussières, c'est toi ? demanda-t-elle d'une voix pleine d'autorité.

Arnaud tenta de sourire. Sa valise était vraiment très lourde.

— On m'avait pas dit que tu étais boiteux !

Du regard, Marguerite Bussières examinait le gamin de la tête aux pieds comme un marchand de bestiaux l'aurait fait avec une vache.

— On se connaît pas. C'est comme ça ! Suis-moi.

Arnaud emboîta le pas à Marguerite.

— Mais qu'est-ce que tu as à la jambe droite ? demanda la femme en se tournant vers le garçon qui peinait à la suivre.

Arnaud baissa la tête, honteux.

— C'est un pied bot, madame.

— Un pied bot ! Où es-tu allé chercher ça ? Et puis ne m'appelle pas madame, je suis ta grand-mère.

— Et comment je dois vous appeler ?

— Ça n'a pas d'importance.

Arnaud s'appliqua à marcher comme tout le monde. Depuis toujours, son infirmité l'isolait des autres et de la vie normale. À l'école, ses camarades se moquaient de l'éclopé qui courait en sautillant maladroitement. Il se détestait.

— C'est tout ce que tu as comme bagage ? C'est bien léger pour un trousseau qui doit durer. Faut pas croire qu'on est riches et qu'on pourra t'habiller comme un prince ! Ici, la vie est difficile : le tabac et le vin se vendent de moins en moins bien chaque année.

Marguerite s'arrêta à côté d'une sorte de camionnette comme Arnaud n'en avait jamais vu. La bâche en toile était déchirée à de nombreux endroits.

— C'est la camionnette de Paul, on n'en a pas d'autre. Avant la guerre, les choses se passaient presque bien. Mais maintenant, avec les taxes et tout ce qu'ils inventent pour ruiner ceux qui travaillent, on va finir par crever.

Elle s'assit au volant et claqua plusieurs fois la portière avant de réussir à la verrouiller. Quand le moteur démarra, les tôles se mirent à vibrer. Marguerite enclencha une vitesse, faisant craquer les pignons, puis la camionnette se mit à rouler par à-coups.

— J'ai appris à conduire pendant la guerre parce qu'il fallait bien se débrouiller, dit-elle. Fais pas attention à la poussière. Paul transporte des pierres et du ciment.

Mal à l'aise, Arnaud écarquillait les yeux pour regarder le paysage à travers le pare-brise encrassé. La route serpentait au milieu des champs couverts de plantes à larges feuilles, de vignes et de bois.

— C'est du tabac, expliqua Marguerite.

En traversant les hameaux, la conductrice actionnait le Klaxon. Malgré son apparente vétusté et les explosions d'un moteur à bout de souffle, le véhicule roulait vite.

— Plus loin, il y a surtout des vignes, la terre est trop maigre pour le tabac. C'est comme ça depuis toujours.

Le paysage se transformait : après la plaine qu'ils avaient traversée au sortir de la ville s'étendait une campagne de bocages et de collines rondes rayées par les rangs de ceps.

— Ici, la terre est pauvre. Là où ne pousse qu'une mauvaise herbe, c'est pour les moutons. Ce sera ton travail de les garder.

La camionnette ralentit en entrant dans un village. Derrière un mur brun et de grands arbres, Arnaud aperçut un château avec ses deux tours rondes. Marguerite aussi y jeta un regard rapide.

— C'est de là que tout est venu ! dit-elle comme pour elle-même.

Le garçon n'osait pas parler. Ses yeux s'attardaient sur les tours dont les flèches brillaient sous le soleil souverain. Des poules traversaient la route en caquetant. Des chiens aboyaient.

Le véhicule s'arrêta dans une cour de ferme envahie d'oies et de dindons. Des pintades s'enfuirent en poussant des cris stridents. Une forte odeur de fumier surprit le garçon. Marguerite réussit à décoincer la portière, descendit et vint ouvrir celle d'Arnaud, qui n'avait pas bougé. Un chien roux, très maigre, se précipita en aboyant.

— T'en fais pas, c'est Barbet. Une brave bête.

En effet, le chien fit la fête au garçon, lui léchant les mains de sa langue chaude et humide. Marguerite le chassa d'un magistral coup de pied dans les flancs. L'animal s'éloigna, les oreilles basses. Arnaud prit sa valise et suivit Marguerite qui se dirigeait vers la maison. Un homme au visage sombre sous une casquette sans couleur sortit d'un bâtiment sur la droite, une fourche à la main.

— C'est Justin, ton oncle, dit Marguerite. Il n'est pas bien malin.

Arnaud grimpa lourdement l'escalier de pierre derrière cette femme sans manières dont il n'arrivait pas à se persuader qu'elle était sa grand-mère. Sous une abondante treille aux feuilles nouvelles légèrement ocre, la porte d'entrée était ouverte. L'ombre qui régnait lui cacha un instant l'intérieur de la pièce, puis les yeux de l'enfant s'habituèrent à l'obscurité et il distingua une table massive au milieu, des chaises, une pendule au fond, des portes qui devaient donner sur des chambres. Assise sur un fauteuil à côté d'une gigantesque cheminée, une vieille femme au visage maigre et aux cheveux blancs rassemblés en chignon sur la tête dardait sur lui un curieux regard.

— Qu'est-ce que c'est ? demanda-t-elle d'une voix cassée.

— C'est Arnaud, le garçon de Marie ! répondit Marguerite.

— Qu'est-ce que tu es allée inventer ! On n'avait pas besoin de ça !

— Vous auriez préféré que je le laisse chez des étrangers ? Sa gardienne ne peut plus s'en occuper.

— Tu contraries Paul ! ajouta la vieille. Ce n'est pas le moment. Ça sent le malheur !

— C'est Léa, ton arrière-grand-mère, la mère de Paul, expliqua Marguerite à Arnaud. Elle est aveugle

— Je dis que ça sent le malheur, répéta Léa en haussant le ton. Il y a un boiteux dans la maison !

Le regard vide se déplaçait en direction du garçon qui recula d'un pas comme pour se protéger de cette étrange aïeule, squelettique dans sa robe noire.

— Les gens pensent qu'elle peut prédire l'avenir. Souvent ils viennent à la maison pour savoir ce qui va se passer.

Un homme entra. Large, massif, plutôt petit. Un cou de taureau, des bajoues rouges piquées de poils blancs. Tout en roulant sa cigarette, il posa son regard de corbeau sur le garçon. Quand il l'eut bien reluqué, il alluma sa cigarette et sortit sans rien dire.

— C'est Paul, précisa Marguerite. Il est comme ça, on n'y peut rien ! C'est une tête de mule, alors il ne faut rien attendre de lui.

— Qu'est-ce que tu lui racontes ? bredouilla Léa. Tu sais bien que Paul a raison de se méfier.

— Ah bon ! s'emporta Marguerite en se plantant devant l'aveugle. Avec vous, Paul a toujours raison. Parce que je ne suis que la bru, une étrangère ! Qu'est-ce que vous diriez si je vous laissais vous débrouiller entre vous, les Bussières ?

La vieille femme ne répondit pas, mais tout dans son attitude indiquait sa désapprobation. Arnaud n'arrivait pas à se persuader que sa mère était née dans cette maison, qu'elle y avait grandi et qu'elle s'y était disputée avec son père. Sa mère. Une femme aux grands yeux noirs, un beau visage un peu large, d'abondants cheveux de jais.

Marie mettait tant de grâce et de légèreté dans chacun de ses gestes ! Elle chantait si bien que les voisins de l'immeuble l'invitaient souvent le dimanche après-midi pour qu'elle fredonne les derniers airs à la mode. Elle lui parlait souvent de ses parents Bussières : Paul, grincheux et têtu, Marguerite, autoritaire mais généreuse, Léa, l'aïeule aveugle. Visiblement, ils lui manquaient. « On va leur écrire », disait-elle parfois. Alors, elle prenait une feuille de papier et préparait un modèle pour Arnaud : *Mes chers grands-parents, je vais bien. Maman aussi va bien. J'aimerais tant vous connaître.* Ces lettres ne recevaient jamais de réponse. L'enfant s'en étonnait auprès de sa mère, qui se contentait de l'embrasser : « Elle s'est perdue. Tu sais, c'est tellement loin, le Périgord. On va en écrire une autre ! » Et puis un jour, c'était au mois de février 1944, des hommes vêtus de longs imperméables et de chapeaux gris étaient entrés en force dans l'appartement de la rue de Clignancourt. Arnaud les avait regardés de la fenêtre de la voisine, Jocelyne Mauretas, qui le gardait quand sa mère travaillait. Il aurait voulu vivre chez elle, mais on lui avait dit que c'était impossible.

Sa mère avait été arrêtée quelques mois avant la libération de Paris. Quand il avait aperçu les hommes en imperméable en train de la pousser dans une voiture, Arnaud avait eu la certitude qu'il ne la reverrait jamais. Jocelyne l'avait pris dans ses bras et avait pleuré avec lui.

— Bon, dit Marguerite, tu vas poser ta valise dans la chambre de ta mère. C'est l'heure d'aller garder les moutons.

Arnaud passa dans la chambre, dont la fenêtre donnait sur le potager. La fraîcheur le surprit. Le mobilier était réduit : une grosse armoire sombre sur un côté, un lit avec des montants en bois, une chaise envahie de vieux vêtements.

— Je te laisse te changer, il faut que j'aille m'occuper des oies. Il y a une vingtaine de petits. On leur donne des orties parce que c'est très fragile, les oisons. Si on veut du foie gras à Noël…

Le pas lourd de Marguerite s'éloigna, faisant trembler les cloisons de bois. Arnaud resta debout près de la porte avec le sentiment de retrouver quelque chose qui lui appartenait. Sa mère avait dormi dans ce lit, elle avait rangé ses vêtements de jeune fille dans cette armoire ouverte. Ils s'y trouvaient encore. Son regard s'arrêta sur une caisse en bois glissée sous le meuble. Il la tira. Elle était pleine de cahiers – ceux de sa mère, sûrement –, de livres d'école semblables aux siens. Il les feuilleta machinalement. Dans la cuisine, la vieille Léa grognait quelque chose. Une voix rauque lui répondit. Arnaud rangea vivement les livres dans la caisse, et une feuille pliée en quatre glissa des pages qui la retenaient prisonnière depuis des années. Sur le papier jauni, l'écriture n'était pas la même que dans les cahiers. Arnaud n'aurait su dire pourquoi, mais il avait la certitude que c'était celle d'un homme. Il lut : *Je t'attendrai ce soir, à notre clairière. Mon père s'est encore mis en colère. Il m'interdit de te rejoindre, rassure-toi, je ne l'écouterai pas. C'est toi que je veux, toi que j'aime par-dessus tout, plus rien ne compte au monde.*

Arnaud rangea la feuille dans la caisse avec l'impression d'avoir violé un secret, d'être entré dans une tombe et d'avoir réveillé ce qui devait dormir pour toujours.

# 2

Arnaud changea de vêtements et retourna à la cuisine. Marguerite observa le col élimé de sa chemise, son pull trop grand et son pantalon trop court.

— C'est tout ce que tu as à te mettre ? On ira à la foire de Bergerac samedi, décida-t-elle. Je te trouverai ce qu'il te faut.

Elle souffla légèrement sur les braises dans la cheminée, et quand les flammes se réveillèrent elle leur présenta des brindilles et des petits sarments de vigne.

— Tu vas aller garder les moutons. C'est pas sorcier. Je vais t'aider à les amener au pré, et là tu les empêcheras de sortir. Comme ça, Paul ne pourra pas dire que tu ne fais rien. Au fait, tu as mangé ?

— Non, mais j'ai pas faim !

— C'est pas bon, ça ! Il faut manger si tu veux tenir le coup, répliqua Marguerite en coupant une tranche de pain à la tourte posé sur la table. Tu veux de la confiture ou du saucisson ?

Il n'osait pas refuser et se força à manger le pain et l'épaisse rondelle de saucisson qui sentait le moisi.

— Maintenant, assez perdu de temps. Au travail !

Le jeune garçon suivit Marguerite qui venait d'ouvrir

la porte de l'étable, libérant une dizaine de moutons. Une forte odeur de suint lui piqua les yeux. Le chien empêchait les animaux de s'éparpiller dans la cour.

— Tu vas les suivre, dit la grand-mère. Ils savent où ils vont, tu n'auras qu'à les surveiller ! Surtout fais bien attention qu'ils n'aillent pas dans les vignes autour du pré.

Le troupeau emprunta un chemin creux jusqu'à un pré légèrement en pente. Sous les branches des saules en contrebas coulait une rivière sombre. Le garçon ne pouvait détacher son regard de cette eau paresseuse au-dessus de laquelle volaient une multitude d'insectes.

— C'est bien joli de regarder la Brède, dit Marguerite, mais il faut aussi surveiller les moutons. Justin viendra te chercher quand ce sera l'heure de les ramener.

Elle s'éloigna dans le chemin. Arnaud regardait toujours la rivière. Il imaginait de grands poissons tapis sur le fond. Il pensait aussi à la feuille de papier trouvée dans la caisse aux cahiers. Une lettre d'amour ? Un secret de sa mère ?

Il marchait le long des berges quand il aperçut un homme devant lui. Un peu plus de la trentaine, les cheveux châtains soigneusement coiffés, le visage jeune et lisse. Il était vêtu d'un pantalon de velours côtelé, d'une légère veste et allait tête nue, contrairement aux hommes du pays. Sa démarche n'avait pas la lourdeur des pas de Paul, de Justin ou de Marguerite. Il n'était pas très grand, mais assez robuste. Ses yeux gris-bleu fixaient le garçon avec curiosité. Une légère moustache châtaine cachait sa lèvre supérieure.

— Bonjour ! C'est toi, le petit-fils de Paul ?

— Oui, c'est moi, murmura Arnaud en baissant la tête car quelque chose le gênait chez cet inconnu qui le regardait avec curiosité.

Sans rien ajouter, l'homme fit demi-tour et s'éloigna, les mains dans les poches. À cet instant, une fillette très brune, avec de grands yeux dorés, sortit d'une vigne sur la droite et rejoignit le jeune berger.

— C'est M. Jean, dit-elle. C'est bizarre qu'il t'ait parlé. D'ordinaire, il ne dit rien à personne !

La fillette ne cessait de sautiller sur ses jambes maigres. Ses abondants cheveux bouclés dansaient autour de son visage à la peau très blanche.

— M. Jean, c'est le fils de M. Henri, du château, précisa-t-elle. M. Henri est très riche, mais on dit que M. Jean est un fainéant. Et toi, tu viens de Paris ?

— Oui, je viens de Paris, répondit Arnaud. Comment tu le sais ?

— Tout le monde en parle. Tu es le fils de la Marie Bussières, celle qui est morte dans les camps en Allemagne. Tu t'appelles Arnaud et tu es boiteux.

— Pourquoi tu me parles comme ça ?

— C'est comment Paris ? demanda la fillette. Ça doit être très beau ! Moi, je m'appelle Lilly Sagne.

— Et qu'est-ce que tu fais ?

— Je vais à l'école. Le reste du temps, je m'occupe de ma petite sœur parce que ma mère attend un bébé et doit rester couchée. Et puis, j'aide dans les vignes et les champs de tabac, comme tout le monde ici.

— Et ton papa ? demanda encore Arnaud.

— Il travaille chez M. Charron. Toutes les vignes que tu vois sur la colline et de l'autre côté lui appartiennent.

— À ton papa ?

— Non, à M. Charron. Celui qui habite le château. Le père de M. Jean qui t'a parlé tout à l'heure. Il ne s'entend pas avec ton grand-père parce qu'il est communiste.

— C'est quoi, communiste ? demanda Arnaud, qui avait déjà entendu ce mot toutefois obscur.

— Je sais pas, répondit Lilly. Ici, beaucoup de gens sont communistes. Je sais que Paul crache par terre quand il passe à côté du curé ou de M. Charron.

Arnaud aurait bien voulu être communiste pour avoir le droit de cracher chaque fois qu'il en avait envie.

Le gamin regardait une limace grimper lentement sur un roseau. Il pensait à sa mère qui faisait le ménage dans l'immense maison de M. Duvalet, sur la butte Montmartre. Lui, son grand plaisir, c'était de vendre les journaux. Son handicap lui permettait de réussir mieux que ses petits camarades, et de gagner une pièce pour s'acheter des billes.

— Et puis on raconte des tas de choses sur ta mère qui est partie le jour de ses vingt ans et n'est jamais revenue, poursuivit Lilly.

— Ah bon ! s'étonna Arnaud. Et qu'est-ce qu'on raconte ?

— Je sais pas. Il y a eu des histoires avec M. Jean. On dit que ta mère était très belle et que…

— Et que quoi ?

— Qu'elle courait les garçons. Viens voir !

Lilly s'éloigna dans le sentier le long de la rivière. Arnaud tenta de la suivre en claudiquant. La fillette s'arrêta au pied d'un énorme peuplier.

— Alors, tu viens ?

Arnaud avait du mal à garder son équilibre sur le sol boueux ; son pied valide heurta une pierre, il s'étala dans les joncs. Lilly éclata de rire.

— Franchement, t'es bien un Parisien !

Avec la paume de sa main, le garçon brossa son pantalon sali aux genoux.

— T'es vraiment pas normal, toi ! s'exclama encore la fillette. Viens voir.

Elle fit le tour du tronc.

— Là, regarde !

L'écorce entaillée autrefois s'était reformée, laissant cependant visibles deux formes qui rappelaient des lettres.

— Un J et un M, Jean et Marie, précisa Lilly. Ta mère et M. Jean ont eu une histoire, même que ton grand-père et M. Henri n'étaient pas contents !

— Ah bon ?

— Paraît que ça bardait ! Et que ta mère s'est mise en colère, c'est pour ça qu'elle est partie !

La fillette guettait la réaction d'Arnaud, qui ne quittait pas des yeux les lettres gravées sur l'arbre. Soudain, il s'écria :

— Et mes moutons !

Lilly courut jusqu'au pré.

— Tout va bien, dit-elle en revenant sur ses pas. Ils sont toujours là !

Les deux enfants se regardèrent en souriant. Lilly s'assit sur l'herbe. La nuit tombait, une nuit calme d'avril, encore fraîche, mais pleine de chants d'oiseaux. Les chauves-souris pressées volaient entre les branches à une vitesse vertigineuse.

— Tu ne dois pas lever la tête quand les chauves-souris volent comme ça, déclara Lilly en regardant ses pieds. Si une chauve-souris te fait pipi dans les yeux, tu ne vois plus rien !

— Qu'est-ce que tu racontes ? Les chauves-souris, ça fait pas pipi !

— Bien sûr que si, insista la fillette, et le pipi de chauve-souris, ça rend aveugle !

Arnaud se dit que son arrière-grand-mère était peut-être devenue aveugle à cause du pipi d'une chauve-souris.

Justin arrivait pour ramener les moutons à l'étable. Arnaud remarqua son nez fort et tranchant, ses cheveux gris qui dépassaient de sa casquette.

— Je l'aime pas, murmura Lilly à l'oreille du garçon.

— Ah bon ? Et pourquoi ?

— Parce qu'il marche comme un chat, parce qu'il est toujours à l'affût. Les gens disent qu'il braconne les poissons de M. Henri.

Justin ordonna au chien de rassembler les moutons. Barbet, qui connaissait son travail, poussa les animaux vers le chemin. Justin suivait sans prononcer un mot.

— Bon, dit Lilly, il faut que je parte. Mon père n'aime pas que je ne sois pas à la maison quand il rentre du travail.

# 3

Paul Bussières attendit que Justin ait enfermé les moutons pour s'éloigner de la ferme. Ses pas le conduisirent au Rigal, une colline proche qu'on appelait ainsi parce que le soleil s'y levait plus tôt qu'ailleurs. Une colline coiffée de chênes rabougris, de genévriers et d'ajoncs. Rien n'y poussait, même pas la vigne qui se contentait habituellement de terrains maigres. L'endroit était à l'abandon, et pourtant Paul tirait de bons revenus de ce causse desséché. Chaque hiver, il y récoltait plus de trente kilos de truffes. M. Charron lui avait souvent proposé de racheter ces quelques hectares battus par le vent d'ouest.

Il s'arrêta devant l'ancienne maison d'habitation. La toiture avait cédé, les lourdes tuiles s'étaient détachées de la charpente pourrie ; les murs s'effondraient. Paul passait là tout le temps libre que lui laissaient ses chantiers. Il racontait qu'il voulait relier la grange et l'habitation pour en faire une grande maison, mais en fait il avait une autre idée : « Ce qu'ils ne savent pas, se disait-il en observant les murs déjà hauts, c'est qu'en reliant les bâtiments et en montant deux tours ici, ça fera un château autrement mieux placé que celui du bourgeois. Ma pauvre mère, qui nous a élevés Justin et moi, mérite bien ça ! »

Un château ! Il le voyait déjà se découper dans le ciel bleu, dominant le village, imposant sa masse impérieuse à tous, même à l'église et au curé. Un château qu'il avait dessiné en cachette sur du papier journal, histoire de se faire plaisir car ce n'était pas vraiment utile. Il l'avait imaginé dans sa tête et en connaissait les moindres mesures : les deux tours sur la façade sud, la porte en ogive et le blason sculpté au-dessus. Des armoiries ! Un tel symbole de l'aristocratie avait longtemps préoccupé ce communiste de toujours. Il avait fait des tas et des tas de croquis qui ne lui avaient pas plu. Puis il avait pensé à la truffe, ce champignon informe, très laid mais divin. « Il y aura la truffe sur les armes des Bussières, et puis le bélier qui ne recule pas ! », avait-il alors décidé, la main sur sa poitrine qui lui faisait toujours mal. Il aurait voulu une devise en latin, mais il aurait fallu aller voir le curé ou M. Charron pour leur demander de traduire. Dans un hangar un peu en retrait séchaient des poutres de chêne qu'il avait fait scier dix ans plus tôt. « Ce sera la charpente, aussi dure que du fer, elle durera des siècles et les tempêtes passeront sans la toucher ! »

Paul était un habile maçon que l'on venait chercher de très loin car il n'avait pas son pareil pour monter un mur, aligner les pierres et transformer des cailloux sans forme en une construction tirée au cordeau. « La pierre, disait-il quand il avait un peu bu, c'est tout et rien. Rien parce que le gars qui ne sait pas la regarder, qui ne sait pas lui parler va la considérer comme une chose à pousser du pied. Tout, parce que sans cette chose qu'on peut pousser du pied, tu ne peux bâtir aucun mur, aucune maison, aucune ville. Sans la pierre, les hommes sont moins que des bêtes sauvages ! »

Avec les autres, il parlait peu, mais, seul, il ne cessait de se raconter des histoires. Il pensait beaucoup à sa vie, dont il n'était fier que pour ses murs qui seraient encore debout dans un siècle. Il ne regrettait rien, mais il se disait que le hasard de la naissance l'avait placé à une époque trop difficile. Pendant la Première Guerre mondiale, celle des tranchées, il y avait eu le front mais, à l'arrière, les gens vivaient presque normalement. Après 1942 et l'invasion de la zone libre par les nazis, la guerre s'était répandue partout. Ici, à Lussac, sur les collines, dans la forêt de Boussac, le parc du château, au milieu des vignes. Paul était entré dans la Résistance. « On était tellement cons qu'on n'arrivait pas à s'entendre. D'un côté les FFI avec Charron et, de l'autre, nous, les FTP, les communistes. On se détestait ! Si Charron avait pu nous fusiller tous, il ne se serait pas gêné ! »

Ainsi, Paul ne cessait de raconter ses rancœurs aux taillis et aux pierres qu'il empilait, se donnant le beau rôle pour ne pas penser à ce qui se cachait derrière. « Je ne regrette rien ! » grognait-il souvent en regardant les nuages, comme s'il s'adressait à un Dieu renié depuis longtemps.

La présence de son petit-fils chez lui exacerbait ce qu'il aurait voulu oublier et qui ne cessait de le harceler. Arnaud, avec sa tête ronde et ses cheveux qui partaient dans tous les sens, réveillait en lui – et de la pire manière – l'immense regret de ne pas avoir eu de fils. Le pied bot n'était-il pas la conséquence de la vie légère que Marie avait menée, et que Paul avait condamnée ? Qui était le père de ce gamin contrefait ? Un amoureux de passage, un de ces vauriens pour lesquels sa fille avait un goût particulier ?

Marie n'écoutait que sa mauvaise tête. Paul lui en avait dit des choses sur Jean Charron et sa maudite famille, il était même allé voir Henri Charron pour qu'il interdise à son fils de tourner autour de sa fille. Les deux ennemis s'étaient entendus quand il avait fallu séparer ces gamins qui semblaient si bien faits l'un pour l'autre ! Jean était parti pour l'armée en Algérie. Marie s'était mise à faire la coquette : ne pouvant avoir le garçon qu'elle aimait, elle avait voulu avoir tous les autres. Les gens avaient commencé à raconter des tas de choses sur elle. Alors Paul avait renié sa fille. Marguerite n'avait rien pu faire contre l'obstination de son époux et la rumeur qui avait condamné la petite dévergondée. Marie était partie pour Paris deux ans avant la guerre, on ne l'avait jamais revue.

Ce soir, il n'avait pas la tête à travailler. Il était monté ici par habitude, parce que ses pas le conduisaient toujours à cet endroit. Il contempla la lourde pierre de voûte qu'il placerait au-dessus de la porte d'entrée, une porte où l'on pourrait passer à cheval, et sur laquelle il avait sculpté ses armoiries. La pierre venait de la petite carrière qu'il avait ouverte en contrebas, faisant bien attention à ne pas toucher au terrain truffier. En dessous des racines et de la mince couche de terre noire se trouvait un filon de beau grès blanc, sans taches, sans fils, sans surprises pour le burin. Il avait réfléchi longtemps à la manière de hisser seul à trois mètres du sol cet énorme bloc.

Finalement, il se décida. Le passé le harcelait, une voix aigre lui soufflait qu'il avait été un monstre. Il éprouvait le besoin de se laver l'esprit par un acte hors du commun. Il plaça deux madriers en pente, parallèles comme des rails de chemin de fer, attacha une corde au bloc en forme de trapèze et, grâce à un tirefort fixé au tronc d'un arbre, fit glisser le bloc sur les madriers. Au bout de cinq minutes d'un effort soutenu, la clef de voûte avait trouvé sa place entre les deux parties de l'arc. Le maçon grimpa sur l'échafaudage et la positionna avec une barre de fer, avant de s'accorder un instant de réflexion, le visage ruisselant de sueur.

Ayant repris son souffle, il détacha les cordes, enleva les étais, les madriers – tout ce qui avait permis de réussir ce prodige – pour ne laisser que cet arc dont il pouvait être fier. Les madriers tombèrent au sol avec un bruit clair. La porte était maintenant terminée. Droite, dressée au-dessus du village avec ses armoiries. Les autres allaient dire qu'il avait la folie des grandeurs, mais il s'en moquait. C'était sa revanche à lui, la preuve qu'il était le meilleur maçon du pays.

La nuit était tombée. Après un dernier regard à sa voûte dressée devant la lune qui se dessinait au-dessus de l'horizon, Paul rentra chez lui et s'assit sans un mot près de la cheminée en face de sa mère. Ce soir, la grande cuisine était anormalement encombrée : Marguerite avait rempli une bassine d'eau chaude au milieu de la pièce, près de la table. Elle ordonna à Arnaud de se déshabiller.

Paul roulait sa cigarette sans lever les yeux vers ce garçon qui prenait toute la place et chamboulait ses habitudes.

— Dépêche-toi, on va pas t'attendre toute la nuit !

Marguerite, qui n'était pas patiente, saisit Arnaud et, de ses grosses mains, arracha le pull du gamin puis déboutonna son pantalon, qui tomba à ses pieds. L'enfant, rouge de honte, se sentait humilié de montrer sa jambe valide, sur laquelle il s'appuyait tout le temps, et l'autre, chétive, décharnée.

— Ici, on se gênera pas pour te flanquer une taloche et même un coup de pied au cul si tu en as besoin, lui assura Marguerite.

Justin arriva. À son tour, il mesurait l'encombrement de la pièce et ne savait où s'asseoir. Il regardait sa chaise, mais n'osait pas passer à côté de la bassine pour la rejoindre. Il n'était plus chez lui à cause de Marguerite qui prenait plus de place que d'habitude, et de ce gamin, cet inconnu.

— Les gendarmes sont au château, dit-il. Je sais pas ce qui se passe.

— Bah ! ils sont allés se faire payer un coup à boire, bougonna Paul en allumant sa cigarette.

Voilà Arnaud entièrement nu. Laid. Une larve. Tous les regards allaient de sa jambe squelettique à ce qu'il cachait avec sa main gauche.

— Allez, monte dans la bassine et fais pas tant de manières ! s'emporta Marguerite.

L'eau était froide, mais il ne se plaignait pas. De temps en temps, il jetait un regard rapide vers Léa. Marguerite le savonnait avec un gant de toilette. Il constatait avec étonnement que cette femme d'apparence brusque, aux mots rugueux, avait des gestes pleins de douceur.

— Ça sent le malheur, répéta Léa. Une odeur de charogne.

— Qu'est-ce qui vous prend ? grogna Marguerite.

Tout à coup, un vieil homme édenté portant un large chapeau montra sa tête par la porte restée ouverte.

— Ah, mon Dieu ! s'écria-t-il.

— Qu'est-ce qui se passe, André ? demanda Paul, pris par un pressentiment.

— Ah, mon Dieu ! répéta André Monfroid en ouvrant de grands yeux. C'est affreux ! Viens vite !

Surprise, Marguerite échappa le savon dans la bassine. Paul était déjà sorti et courait en direction du château aux côtés d'André Monfroid.

# 4

Dans le parc du château, sous un immense cyprès un peu en retrait de l'allée principale, les villageois s'étaient rassemblés autour des gendarmes. Le brigadier Leclant et ses hommes s'affairaient autour d'un corps inerte couché sur le dos.

— Mais qui est-ce ? demanda Paul.

— Une femme, murmura quelqu'un. On ne la connaît pas.

Paul s'approcha autant qu'il le put, mais les gendarmes avaient délimité un périmètre avec des piquets et une corde tendue au-delà de laquelle il était interdit de passer. Une lampe torche éclairait le visage encore jeune de la morte et sa robe beige parsemée de fleurs roses.

Le Dr Marcellin arriva. Ce gros homme marchait en soufflant, les bras écartés, comme un vieux jars. Son énorme bedaine montrait qu'il n'appliquait pas à sa personne les principes de modération répétés chaque jour à ses patients. Il se mit lentement à genoux près du corps, essuya la sueur à son front, posa son chapeau et se pencha sur l'inconnue.

— Elle est morte, déclara-t-il en levant la tête vers le brigadier resté debout près de lui.

Il déboutonna les vêtements maculés de sang et découvrit la cause de la mort : une balle avait pénétré jusqu'au cœur sous le sein gauche. Il n'en croyait pas ses yeux, le bon Dr Marcellin. Ici, les gens étaient querelleurs, jaloux, coléreux, mais il ne leur serait jamais venu à l'idée de tirer sur quelqu'un.

Le brigadier s'enferma dans sa voiture pour communiquer par radio avec le commissariat de police de Bergerac : cette affaire n'était pas de son ressort.

— Le commissaire Laval va arriver, annonça-t-il en sortant du véhicule.

— Bon, déclara le médecin en se relevant lentement, on va l'attendre. Mais quelle histoire !

Moins d'une demi-heure plus tard, une voiture pila dans l'allée. Le commissaire Laval et son adjoint, Bonchamps, en descendirent. Laval n'était pas très grand, plutôt trapu, les jambes arquées, la tête plate sous son chapeau noir. Bonchamps, au contraire, était grand et costaud, chauve sur le sommet du crâne, les tempes grises. Ils se penchèrent sur le corps, examinèrent l'herbe tout autour.

— Qui a découvert le corps ? lança le commissaire.

Un homme d'une cinquantaine d'années s'approcha.

— Je m'appelle Lebois... Lebois Gaston. Je travaille au château. Je m'occupe surtout des chevaux. Le poulain de la jument de Mme Élisabeth s'était échappé. J'ai couru derrière et j'ai buté sur cette pauvre femme...

— Quelqu'un a-t-il déjà vu cette personne, aujourd'hui ou un autre jour ? demanda encore Laval.

Un lourd silence lui répondit. Le brigadier Leclant précisa :

— Totalement inconnue. On se demande comment elle est arrivée là !

Bonchamps alla chercher l'appareil photo dans sa voiture et commença à faire des clichés. Pendant ce temps, Laval fouillait les taillis et inspectait minutieusement le sentier pour trouver des indices.

— Personne ne doit rester dans les parages ni marcher autour du cadavre, dit Laval. Des collègues vont venir chercher le corps pour l'emmener à l'institut médico-légal. Rentrez chez vous.

— Mais quelle histoire ! s'exclama quelqu'un en s'éloignant. On ne s'attendait pas à ça !

Les gens étaient consternés. Ici, la guerre avait semé sa désolation comme partout ailleurs. Des maquisards avaient été fusillés au bord de la Brède, des Allemands tués dans le bois des Loups, mais c'était la guerre. Les cadavres n'avaient pas la même signification. Leur présence était presque naturelle. Le crime de ce soir terrorisait tout le monde.

Un fourgon de la police vint se ranger à côté des autres véhicules. Les hommes vêtus de blouses blanches examinèrent le cadavre, notèrent sa position exacte avant de le déplacer. Ils inspectèrent rapidement la blessure. Pendant ce temps, Laval et Bonchamps fouillaient toujours les alentours. Sans résultat.

Le corps, recouvert d'un drap blanc, fut chargé sur un brancard dans le fourgon. Le commissaire Laval, qui ne comprenait rien à cette affaire, profita de l'attroupement pour demander une nouvelle fois :

— Donc, personne n'a jamais vu cette femme ? Personne ne l'a croisée au village ?

— Non, répondit le brigadier Leclant. Personne. Et nous non plus, pourtant on a surveillé les alentours.

— Ah bon ? Et pourquoi ?

— Des romanichels se sont installés en bordure de la route de Bergerac, en dehors du village.

— Ce n'était pas une romanichelle, précisa Bonchamps. Sa peau est très claire, elle est vêtue avec une certaine coquetterie. C'était une citadine.

— Est-ce que quelqu'un a entendu un coup de fusil ?

— Oui, répondit une femme vers qui tous les visages se tournèrent. J'étais dans ma vigne juste à côté de la rivière. Il était environ six heures…

— Comment vous appelez-vous ?

— Jeanine Prons. Mon mari, c'est Martin, le forgeron.

Les commissaires interrogèrent d'abord Henri Charron qui resta évasif : il avait passé sa journée dans ses vignes sur la route de Bordeaux. Élisabeth Charron, très distinguée, vêtue d'une robe sombre qui mettait en valeur son teint clair et ses cheveux blancs, raconta qu'elle s'était promenée dans les allées du parc et n'avait rien vu, rien entendu.

Laval s'attarda davantage avec Jean. Il le trouva un peu distant, nullement affecté en apparence par ce qui venait d'arriver. Ce dernier prétendit avoir passé la soirée à consulter des brochures de vente pour du matériel viticole. Son père, qui, en vérité, n'avait pas vu son fils de la journée, conforta son témoignage.

— Jean s'inquiète de l'avenir du domaine. Il veut qu'on investisse dans une nouvelle cuverie et des machines…

Le commissaire ne fit aucun commentaire. Il nota cependant que si plusieurs personnes pouvaient témoigner de l'emploi du temps du père, le fils en revanche n'avait aucun alibi vérifiable.

# 5

— Ta mère était une pute, c'est pour ça que tu es boiteux !

Arnaud serrait les poings. Devant lui, assis contre le tronc d'un tilleul à côté du portail fermé de l'école, les grands dévisageaient le gamin comme les juges d'un tribunal observent un prévenu. Ce dimanche, personne ne travaillait, les hommes jouaient aux boules sur la place entre les deux bistrots où ils allaient régulièrement étancher leur soif, les garçons désœuvrés se rassemblaient devant l'église pour fumer en cachette et reluquer les filles.

— Pourquoi tu dis ça ? hurla Arnaud en grimaçant.

Il éclata en sanglots. Les autres riaient. La fille Maurel, qui avait deux ans de plus que les autres, insista :

— Tout le monde le dit. Et puis ton grand-père ne voulait pas la voir à cause de ça !

— C'est pas vrai ! cria l'enfant à bout d'arguments.

— Tu sais ce qu'ils disent, les gendarmes ? ajouta un grand dégingandé en clignant de l'œil à l'intention d'une brunette au regard plein de lumière. Ils disent que c'est à cause de toi qu'on a trouvé la femme morte dans le parc.

Arnaud poussa un cri strident et s'éloigna sous les rires moqueurs. Il prit le chemin des collines. Lilly, qui l'entendit racler du pied sur les cailloux, sortit sur le pas de sa porte.

— Où tu vas ?

Il ne répondit pas. Ses pensées étaient noires d'un passé trop lourd. Il voyait encore les hommes en imperméable beige pousser sans ménagement sa mère dans une voiture. Le lendemain, Jocelyne Mauretas avait envoyé un télégramme à Paul et Marguerite Bussières qui n'avaient jamais répondu. Arnaud avait été placé chez une gardienne, Mme Garin ; il y était en sécurité.

— Attends-moi !

Il marchait, la tête basse. Cette région lui déplaisait. Avec ses vignes, ses champs de tabac aux larges feuilles, et ses gens dont l'accent faisait de lui un étranger. Barbet, qui suivait probablement la piste de quelque lapin, vint tourner autour de lui en remuant la queue. L'animal leva vers lui ses yeux fatigués, fit claquer ses longues oreilles, molles comme des morceaux de chiffon.

— Barbet ! dit le garçon en tendant la main. Comme tu es gentil.

Le chien lui léchait la main.

— Tu as l'air bien triste, constata Lilly, un peu en retrait.

Le soleil b$^2$rillait. Quelque part dans les vignes, un homme chantait une vieille rengaine locale. Les deux enfants l'écoutèrent un instant, puis Lilly demanda :

— Pourquoi tu n'as pas voulu chanter hier quand le maître te l'a demandé ? Les gens disent ici que tu as la voix de ta mère. Il paraît qu'elle chantait tous les dimanches et que les gens se rassemblaient pour l'écouter.

— Je m'en fous de ma voix. Je veux pas chanter parce que j'ai pas envie, c'est tout !

— Je sais, reprit la fillette, tu es malheureux parce que les gens disent des choses sur ta mère. Mais moi, je sais que tu es gentil.

— Non, je ne suis pas gentil. Je déteste tout le monde.

— Même moi ?

Il regardait sur une tige une coccinelle qui ouvrit ses élytres rouges à points noirs, déplia ses ailes transparentes aux reflets ocre et s'envola dans l'air chaud de l'après-midi.

— Il va faire orage, poursuivit Lilly. C'est mon père qui le dit. Tu sais, si tu chantais pour moi, je serais si contente que je te ferais un cadeau.

— Quoi, comme cadeau ?

— Quelque chose qui te ferait plaisir, ajouta la fillette, parce que l'autre jour, quand tu es arrivé, tu as regardé la rivière et tu as dit que tu aimerais pêcher.

— C'est vrai, mais j'ai pas de canne à pêche.

— Eh bien, mon cadeau, c'est une boîte d'hameçons de toutes les tailles. Je l'ai trouvée l'autre matin en allant au pré, sur le sentier près de la rivière.

Des hameçons en métal fin, brillants comme des bijoux ! Arnaud se rappelait la devanture du magasin d'articles de pêche sur le quai Saint-Michel, devant laquelle il passait des heures à rêver en regardant les cannes en bambou verni, les moulinets, les bouchons aux couleurs vives.

La tentation était forte. Un jour, pour s'amuser, alors qu'il avait vendu tous ses journaux, il s'était assis près de la fontaine, place Saint-Sulpice, et s'était mis à chanter. Un attroupement s'était formé. Une femme lui avait pris les mains pour le remercier. Un homme portant un chapeau noir lui avait dit qu'il devrait apprendre la musique, que sa voix était faite pour interpréter les plus grands airs de l'opéra. Arnaud s'était éloigné en boitant.

Chanter ici, sous ce soleil qui brûlait ses épaules, après ce qui s'était passé et ce que les gens disaient, ne l'amusait pas. Mais chanter pour acquérir un paquet d'hameçons de toutes les tailles, un inestimable trésor à jamais dans sa poche le tentait au point qu'il ne trouva aucune raison de refuser la proposition de Lilly.

— Allez, vas-y.

— Les hameçons d'abord.

— Je vais chercher la boîte.

La fillette courut sur le sentier. Arnaud remarqua la légèreté de ses pas, sa robe qui volait autour de ses cuisses nues, ses cheveux libres.

Un cri strident le surprit. Les chiens aboyèrent. Au village, les hommes avaient abandonné leurs boules pour s'attrouper autour d'une jeune fille que soutenait Martin Prons, le forgeron, un gars costaud, capable de soulever deux essieux de charrette. La jeune fille murmura en sanglotant :

— J'ai vu un homme. Il avait une tête toute noire et des oreilles de loup. Il s'est avancé vers moi en ouvrant ses grosses mains noires pour m'étrangler !

— Calme-toi, dit Martin de sa voix puissante. Qu'est-ce qui s'est passé ? Tu as dû voir ce pauvre Justin qui se prend parfois pour un bouc !

— Non, sanglota encore la jeune fille. Ce n'était pas Justin. Lui, quand tu cries fort, il s'en va, mais l'homme que j'ai vu avait des yeux brillants, méchants comme les yeux du diable. Il avait une barbe noire et des mains comme j'en ai jamais vu !

— Et alors ?

— Alors, il s'est jeté sur moi, avec ses mains en avant, des vraies pinces d'écrevisse. Il a voulu m'attraper et j'ai réussi à lui échapper.

Aussitôt averti, le brigadier Leclant arriva avec ses hommes. Il écouta le récit de la jeune fille puis lui demanda de les conduire sur les lieux. Arnaud suivit les badauds qui se dirigeaient vers le bois des Charmeux. La Brède coulait dans ce marais, très lentement sous les saules et les peupliers.

Les gendarmes fouillèrent l'endroit où la jeune fille avait été agressée. Ils remarquèrent des traces de pas dans la boue entre les hautes herbes. Leclant décida d'avertir le commissaire Laval.

L'événement sema l'effroi dans le village. De jeunes vignerons s'étaient rassemblés sur la place et parlaient de faire une battue avec les fusils.

— On va quand même pas se laisser exterminer !

Le curé Beaufort arriva de son jardin où il passait beaucoup de temps à biner ses légumes. Son corps de travailleur éprouvait un besoin constant d'exercice et il n'hésitait pas, non plus, à lever le coude au bistrot. On le voyait souvent, le dimanche après-midi, discuter un point litigieux avec les joueurs de quilles et trinquer avec les communistes. Tout le monde l'aimait parce qu'il avait un fond généreux et pardonnait tous les péchés. Un séjour dans son confessionnal rendait l'âme blanche et légère. Ainsi Beaufort savait-il beaucoup de choses qu'il se gardait bien de répéter.

— Voyons, mes amis, il ne faut pas se monter la tête, dit-il en se plaçant à côté de la jeune fille. La pauvre Murielle a eu tellement peur qu'elle a pris un chercheur de morillons pour un monstre ! Réfléchis bien, Murielle, comment il était, l'homme que tu as vu ?

La jeune fille était formelle : un homme à la tête bizarre l'avait agressée et l'avait touchée de ses grosses mains noires.

— Et qu'est-ce qu'il t'a fait ? questionna le curé, toujours très sceptique car il savait parfaitement pourquoi Murielle allait dans le marais.

— Il m'a renversée sur l'herbe, mais j'ai réussi à lui échapper et après je sais plus trop.

— Ce ne serait pas un galant, le fils du meunier de Froissac, par exemple, qui t'aurait renversée dans l'herbe ? insista le curé.

Murielle éclata en sanglots. Puisque personne ne voulait la croire, elle allait se livrer au loup-garou, ils seraient tous responsables de sa mort et le curé en premier.

— Calme-toi, reprit le prêtre. Je vais te ramener chez toi. En chemin, nous parlerons, tous les deux.

— Je ne veux pas parler.

— Eh bien, nous ne parlerons pas.

Il prit la jeune fille par le bras et la contraignit à le suivre. Les autres ne pensaient plus à la battue : Beaufort avait réussi à semer le doute dans leurs esprits car la réputation de Murielle, qui travaillait au château, n'était plus à faire.

— Alors, tu es prêt ?

Lilly montrait à Arnaud une minuscule boîte en carton. Elle s'approcha du garçon, ouvrit la boîte devant lui. Il vit alors, émerveillé, des dizaines d'hameçons enchevêtrés en une boule hérissée.

— C'est pour toi si tu chantes.

— Pas devant tout le monde.

— Viens.

Elle emmena Arnaud près du parc de l'immense château, planté d'arbres à l'âge vénérable, qui avaient résisté à toutes les tempêtes. Le mur en pierre blanche serpentait dans la forêt pour délimiter la propriété de M. Charron.

— Alors, tu chantes ?

— Bon, puisque tu le veux...

Arnaud poussa un grand soupir, puis se mit à fredonner un air qu'il avait appris à Paris. Lilly s'assit en face de lui et l'écouta, la bouche entrouverte. Ses grands yeux dorés n'avaient jamais été aussi lumineux.

La voix s'affermit. Lilly était transportée dans un monde où les hommes étaient heureux, où les petites filles avaient un peu de temps pour jouer entre deux corvées. Elle était une princesse au milieu d'une foule de princesses. Des larmes de bonheur roulaient sur ses joues.

Quelqu'un s'approcha avec précaution, se mit à genoux et, le regard tourné vers le chanteur, ne bougea plus. Quand la mélodie s'arrêta, Lilly s'aperçut de la présence de Justin et eut un geste de recul. Sans un mot, le simplet prit les mains d'Arnaud dans les siennes. Un sourire ravi éclairait son visage.

— Encore, demanda-t-il.

— Allez, insista Lilly.

Arnaud entonna une autre chanson, une de ces mélodies tristes entendues sur les boulevards parisiens. De sa bouche, la musique coulait comme l'eau claire d'une source ; il s'enhardit à improviser des variations qui s'enchaînaient sans jamais se heurter.

Au château, Jean Charron tendit l'oreille. Une vive émotion comprimait sa poitrine. C'était Marie qu'il entendait, Marie qui avait ce don prodigieux de faire de la musique avec trois notes, avec un petit refrain de berger. Il joignit les mains ; l'arrivée d'Arnaud lui remettait en mémoire un passé toujours douloureux, qui se dressait devant lui comme un mur infranchissable.

Il sortit du parc par la brèche du mur d'enceinte et suivit le cours de la rivière en marchant aussi silencieusement que possible. Dans la clairière où Marie et lui venaient presque tous les jours afin d'échapper aux regards, il se dissimula derrière une épaisse aubépine et écouta, cherchant dans les traits du chanteur ceux de la jeune fille. Cette voix cristalline lui disait que Marie ne l'avait pas oublié malgré tout ce qui les avait séparés.

Arnaud se tut. Le chien se mit à aboyer, les oiseaux recommencèrent leur raffut, la rivière coulait de nouveau sous les saules. Justin se dressa.

— C'était si beau ! fit-il en s'éloignant, un peu honteux.

Lilly tendit la boîte d'hameçons au garçon qui la serra très fort dans ses mains avant de l'enfouir dans sa poche sans même la regarder, comme s'il redoutait qu'un simple coup d'œil efface le beau rêve.

# 6

Depuis que le cadavre avait été trouvé dans le parc du château, les policiers ne cessaient d'aller et venir. Henri Charron ne cachait pas son agacement de les rencontrer à tout moment sur son domaine. Cet après-midi encore, il les avait croisés près de l'étang, et, courtois, les avait accompagnés jusqu'au portail.

Jean le rejoignit dans l'allée et posa la question qui tracassait tout le monde :

— Qu'est-ce que ça veut dire ?

Henri eut un haussement d'épaules. Ses cils battirent à plusieurs reprises, une petite grimace tordait sa bouche et sa fine moustache blanche.

— Je ne sais pas, dit-il en regardant la route.

Il pensait à la lettre qu'il avait reçue la veille et demanda à brûle-pourpoint :

— Tu la connaissais, cette femme ?

— Non. J'ai dit la vérité aux policiers. Je ne sais pas ce qu'elle venait faire ici. C'est probablement quelqu'un qui s'était perdu.

Henri jeta un regard incrédule à Jean. Il sentait, dans la poche intérieure de sa veste, la lettre écrite en caractères volontairement maladroits. Un courrier anonyme qu'il n'avait pas eu besoin de lire deux fois pour s'en rappeler chaque mot : *L'enfant boiteux qui vient d'arriver à Lussac ne vous rappelle-t-il pas que vous avez dénoncé sa mère, Marie Bussières, en 1944 ? Nous avons aussi des preuves que vous avez donné à l'ennemi plusieurs chefs de la résistance locale.*

*En 1939, vous avez converti une partie de votre capital en lingots d'or. Une vingtaine environ ; bien peu de chose pour l'homme riche que vous êtes. Vous nous en remettrez dix en lieu et date que nous vous indiquerons ultérieurement, sinon, nous serons contraints de porter à la connaissance du public des documents fort compromettants pour votre légion d'honneur.*

Qui avait écrit ce torchon ? Henri n'avait pas apporté les lingots là où le mur du parc écroulé s'ouvrait sur la route départementale, comme le lui avait demandé le maître chanteur. Mais ce n'était qu'un court répit, l'homme reviendrait à la charge et il serait obligé de céder.

— La femme a été tuée par quelqu'un qui se trouvait du côté de l'étang, poursuivit Henri. Ce n'est pas un braconnier ordinaire, mais bien quelqu'un qui avait l'intention de me nuire à moi.

Henri Charron se plaça en face de son fils, qu'il dominait d'une bonne tête. Sa veste de velours s'ouvrait au vent soutenu d'ouest. Malgré son âge, le vieux châtelain conservait toute son autorité, sa force de caractère qui avait fait de lui un des chefs de la résistance dans le Sud-Ouest.

— Maintenant, il faut que tu me parles franchement. Que sais-tu ?

— Mais enfin, père, que voulez-vous insinuer ? Ce n'est pas plutôt vous qui…

— Tu ne m'as jamais pardonné, n'est-ce pas ?

Jean baissa la tête. Il inspira plusieurs fois comme si le souffle lui manquait, puis il s'éloigna de plusieurs pas. Là-bas, sur le flanc de la colline, un vigneron sifflait un air plein de gaieté et de joie de vivre.

— Je te le demande encore, insista Henri Charron en rejoignant son fils : qui est derrière ce crime ?

— Je n'en sais rien, répondit Jean, agacé, baissant les yeux pour ne pas montrer sa pensée. Je ne veux plus en parler.

— C'est le retour de ce gamin qui a ravivé tes souvenirs, n'est-ce pas ? Sache que je ne regrette rien. Sans moi, tu aurais été fusillé.

— Rassurez-vous, je vais tout arranger.

Jean enfouit ses mains dans ses poches et rentra au château d'un pas décidé. Sa mère venait au-devant de lui. Vêtue d'une robe de mi-saison, un chapeau à large bord sur la tête, elle marchait avec cette élégance qui l'avait toujours distinguée des autres villageoises. Son visage était resté étrangement jeune, et son sourire avait la franchise des gens honnêtes et bienveillants.

— Te voilà, ton père te cherchait.

— Nous étions ensemble, il y a cinq minutes.

— Écoute, Jean, à moi, tu peux tout dire. Cette morte, je suis certaine que tu la connaissais.

— Je vous jure que non.

— Je veux t'aider, Jean, parce que tu es tout ce qui me retient en ce monde. Tout, insista Élisabeth. Alors, il faut que tu me parles franchement. Ton père n'a jamais voulu que ton bonheur. Ne lui en veux pas !

Elle tourna la tête vers une tourterelle qui roucoulait sur une branche basse du marronnier.

— Je sais que tu le détestes ! ajouta-t-elle d'une voix rapide.

— Ne vous mêlez pas de ça !

Sur ces mots, Jean Charron monta dans sa voiture, fit un rapide demi-tour et sortit du parc. Il traversa le village jusqu'à la cour de la gendarmerie.

— Je voudrais voir le brigadier Leclant, dit-il au planton.

— Je ne sais pas s'il est disponible.

— Dites-lui de faire en sorte de l'être. Je lui apporte une révélation de la plus haute importance !

Leclant accueillit Jean Charron avec beaucoup d'égards. Il courut chercher une chaise et l'invita à s'asseoir avant de fermer la porte de son bureau.

— Je vous écoute, dit le brigadier en s'asseyant à son tour.

— C'est moi qui ai tué la femme que vous avez trouvée dans le parc.

— Quoi ? s'exclama Leclant en se levant brusquement de son siège. Qu'est-ce que vous racontez ?

— Le premier soir, lorsqu'on m'a interrogé, je n'ai pas osé dire la vérité au commissaire Laval. Et puis je n'étais pas sûr…

— Pas sûr de quoi ?

— D'être responsable du drame. Un gros sanglier qui cause beaucoup de dégâts dans le parc ces derniers temps a traversé la clairière. J'ai eu le temps de mettre une cartouche de chevrotine dans mon fusil et de tirer. J'ai manqué l'animal, qui se méfiait, mais un plomb a touché cette pauvre femme dont j'ignore pourquoi elle se trouvait là.

— Voyons, ce n'est pas possible, grogna Leclant, songeur.

— Vos experts en balistique ont démontré que le plomb de chevrotine responsable de la mort de l'inconnue avait été tiré près de l'étang. Or je me trouvais à cet endroit au même moment. Les arbres sont disposés de telle sorte que personne d'autre ne peut avoir tué cette femme.

— Il faut attendre que les vérifications sur le terrain soient terminées, précisa Leclant. Vous allez signer votre déposition que je ferai suivre à Laval. C'est lui le responsable de l'enquête. Ce n'était qu'un accident, ajouta le gendarme.

Après avoir signé sa déposition, Jean Charron rentra au château. Son père l'attendait dans la cour.

— C'est fait, dit-il. J'ai tout arrangé.

Henri Charron fronça les sourcils. Son visage long et maigre prit une expression curieuse, et ses yeux très clairs se plantèrent dans le regard de son fils.

— Je suis allé à la gendarmerie pour leur dire que c'est moi qui ai tué la femme en visant un sanglier, précisa Jean.

Henri était perplexe. Qu'est-ce que Jean cherchait à dissimuler ?

— Tu sais bien que cela ne tient pas debout, qu'il n'y a jamais eu de sanglier dans le parc !

# 7

Le curé Beaufort, qui partait pour sa promenade quotidienne, tendit l'oreille : la voix d'enfant qu'il entendait tout à coup était si pure, si claire que l'amateur de musique en lui en eut le frisson. Il sortit de son jardin par le petit portail de fer qui s'ouvrait dans le lierre du mur et traversa le village de son pas pressé. Il longea le parc du château jusqu'à la dernière maison, celle des Bussières, puis s'engagea sur le sentier qui conduisait à la rivière. Il vit, assis dans l'herbe sous un saule aux branches basses, le jeune Arnaud qui examinait avec attention le contenu d'une minuscule boîte. L'enfant se tourna vivement.

— N'aie pas peur, dit le curé. Je passais par là et je t'ai entendu chanter.

Arnaud leva un regard méfiant vers le prêtre qui lui souriait.

— Dis-moi, qui t'a appris ces belles chansons ?

— Personne, répondit le gamin en rangeant sa boîte d'hameçons dans sa poche. J'ai entendu ces airs dans la rue à Paris quand je vendais mes journaux.

— Tu chantes vraiment très bien. À l'école, es-tu bon élève ?

— J'aime pas l'école, alors j'écoute pas. Je rêve à des tas de choses, je suis toujours ailleurs.

— Ce n'est pas bien, ça ! lui reprocha le curé, toujours souriant. Tu aimerais continuer de chanter ?

— Non.

L'homme de Dieu s'éloigna. Arnaud regrettait d'avoir chanté pour Justin, qui avait promis de lui fabriquer une canne à pêche. Il n'était pas pressé de rentrer chez sa grand-mère : comment Marguerite allait-elle réagir en découvrant qu'il avait déchiré son pantalon en se bagarrant avec un grand qui avait dit des choses affreuses sur sa mère ?

Il suivit le sentier bordé d'ajoncs qui conduisait au Rigal, près de l'ancienne maison de son grand-père. Le mur nouvellement construit, avec son arc souverain dressé au-dessus de la vallée, lui plaisait par sa démesure.

Paul était là. Arnaud se dissimula dans le taillis pour ne pas attirer l'attention de son grand-père. Un lilas sauvage embaumait. Arnaud ne quittait pas du regard le maçon, qui avait choisi une pierre et la positionnait sur le mur.

Barbet vint tourner autour du garçon. Paul fit volte-face et aperçut son petit-fils derrière une aubépine. Il cligna des yeux un moment, comme s'il cherchait ses mots.

— Qu'est-ce que tu fais là ?

— Je vous regarde. Et puis j'aime l'arcade avec ses grosses pierres. On se demande comment elles peuvent tenir, elles sont si lourdes !

Paul ne s'attendait pas à cette réponse. Le boiteux, le fils honteux de sa fille s'intéressait donc à la maçonnerie !

— J'aimerais bien apprendre à construire un mur, ajouta l'enfant.

— C'est pas pour toi, grogna Paul en reprenant son travail.

Arnaud mesurait le rejet que contenaient ces paroles. Il s'éloigna aussi vite que sa patte folle le lui permettait. Près de la rivière en contrebas, le calme et la fraîcheur de l'endroit l'apaisèrent un peu. Il n'aurait su dire pourquoi, mais Paul l'attirait, Paul et son silence derrière lequel Arnaud pressentait des pensées tendues comme autant de cordes prêtes à se rompre.

Il dut se résoudre à rentrer à la maison. En remarquant la déchirure de son pantalon, Marguerite leva les bras au ciel.

— Tu crois que j'ai rien de mieux à faire que réparer tes bêtises ? Tu t'es encore battu ?

Arnaud, la tête basse, attendait la taloche. C'était le tarif courant chez sa gardienne, mais Marguerite n'était pas Mme Garin, et certaines paroles de sa grand-mère lui faisaient plus mal qu'une gifle.

— Bon, ajouta Marguerite en baissant le ton, pour ta peine, tu vas emmener ton arrière-grand-mère faire sa promenade.

— Et les moutons ?

— Ils sont déjà dans un pré bien fermé.

Arnaud ressentait une espèce de répulsion chaque fois qu'il s'approchait de Léa, comme si l'aïeule était un animal repoussant, une salamandre.

— Viens, je vais te montrer comment tu dois faire, dit Marguerite avant de s'adresser à sa belle-mère : Votre arrière-petit-fils va vous emmener à la promenade.

Léa sourit. Son visage de vieille pomme se couvrit de rides. Sa bouche édentée donnait plus de volume à son menton plat, parsemé de poils blancs.

— Ça, c'est une bonne idée ! dit la vieille femme, qui n'avait pas souvent l'occasion de prendre l'air.

À l'intérieur, elle se dirigeait seule, mais depuis sa chute dans l'escalier du perron elle n'osait plus descendre jusqu'au petit banc sous le tilleul, où elle aimait tant passer les après-midi d'été.

Marguerite l'aida à descendre les cinq marches.

— Vous allez donner le bras à Arnaud qui vous conduira.

Léa prit le bras du garçon. Le plaisir dessinait un léger sourire au milieu de ses rides.

— C'est pas pour aller et venir, dit-elle, je me débrouillerais seule. Mais c'est à cause des voitures et de ces gens malfaisants qui s'arrangeraient pour me faire tomber.

Ils partirent sur la route. Arnaud claudiquait ; le bras de l'aïeule pesait sur le sien.

— C'est pas là-bas que je veux aller, protesta-t-elle. Tu vas me conduire chez moi.

D'autorité, elle obliqua sur la droite et se dirigea vers le chemin creux du Rigal. Arnaud était étonné par l'extraordinaire sens de l'orientation de son arrière-grand-mère, qui marchait d'un pas léger et sûr. Quand ils arrivèrent au sommet de la colline, le vent les surprit. Paul n'était plus là.

— Ce vent qui vient de Bordeaux... Ce vent de mes vingt ans ! Aide-moi à m'asseoir sur la pierre qui doit se trouver à cet endroit.

Il y avait en effet une pierre. Arnaud y guida la vieille femme qui s'assit et inspira profondément.

— Laisse-moi, grogna-t-elle. Il faut que je sois seule pour sentir ce vent.

— Je peux pas vous laisser !

— Si, juste quelques minutes pour me rappeler le bon vieux temps. Quand tu auras mon âge, tu verras que les souvenirs ont plus d'importance que tout le reste.

Arnaud alla s'asseoir en retrait, près d'un buisson fleuri où s'activaient les abeilles. Tout à coup, un cri rauque retentit. Il se précipita. Léa avait voulu se relever seule et avait buté contre une pierre. Le front égratigné, elle tournait vers la lumière ses yeux blancs. Arnaud l'aida à se redresser.

— On est bien malheureux quand on ne voit pas où on pose les pieds, dit Léa sur un ton fataliste.

Une goutte de sang avait roulé de l'écorchure des rides du front. Léa prit le bras du garçon et ils descendirent lentement.

— Mais qu'est-ce qui s'est passé ? Vous êtes tombée ? s'étonna Marguerite en regardant sévèrement Arnaud.

— C'est pas de sa faute, trancha Léa. C'est moi qui ai voulu remonter le temps.

# 8

Chaque fois qu'il le pouvait, Arnaud se rendait au bord de la Brède. Juste en dessous du mur du parc, l'eau claire coulait sur du sable blond. Des dizaines de chevesnes et de vandoises nageaient dans le courant. Il s'asseyait en retrait et restait de longs moments à les observer.

— Qu'est-ce que tu fais là ?

Justin, la casquette abaissée sur ses yeux d'animal, s'approcha en souriant, montrant ses dents noires et mal jointes.

— Viens voir.

Justin s'éloigna prestement. Arnaud tentait de le suivre en sautillant sur sa jambe valide. Son pied de travers lui faisait mal dès qu'il forçait un peu.

— Tu arrives ? s'inquiéta Justin sans se retourner.

Devant la cabane qui se trouvait en bordure de la rivière, le simplet montrait un jet de bambou noir posé contre le mur.

— Ta canne à pêche !

Arnaud contempla, émerveillé, le bambou dont l'écorce fine brillait au soleil. Au moins quatre mètres de long ! De quoi aller chercher les poissons au milieu de la Brède, là où se trouvaient sûrement les plus gros !

— Et le bouchon ?

— Regarde.

Justin inclina la pointe flexible du scion vers le garçon, qui vit, attachés au bout, la ligne en bon fil et le bouchon à l'antenne rouge.

— J'ai mis un petit hameçon pour les ablettes. Il faut que tu commences par ça. Mais tu devras encore chanter.

— Promis, répondit l'enfant, ravi.

— Alors, viens, je vais te montrer comment on fait.

Justin était considéré comme un simplet parce qu'il n'avait pas pu apprendre à lire et qu'il avait été refusé à l'armée. Les femmes disaient qu'il s'approchait d'elles avec un drôle de regard et qu'il lui arrivait de baisser son pantalon. Il braconnait les brochets dans la rivière et dans l'étang du château, il posait des pièges à la saison pour attraper les palombes, des collets pour les lièvres. Marguerite ne cessait de le réprimander parce qu'il faisait souvent des remarques désagréables, mais Arnaud pensait qu'il était gentil. La preuve : cette canne à pêche, le plus beau cadeau qu'il pouvait espérer.

— Alors, tu vois, poursuivit Justin en ouvrant une petite boîte métallique usée à force de frotter dans son pantalon, ce sont des petits vers de terre que j'ai ramassés dans le fumier des poules. Ça pue, mais c'est ce qu'il y a de mieux pour l'ablette et le gardon.

Justin posa sur sa main un ver qui se tortillait et, du bout de l'ongle, le coupa en deux.

— Tu en prends juste un tout petit bout et tu le piques sur l'hameçon, comme ça.

Arnaud sortit sa boîte d'hameçons et constata qu'ils étaient beaucoup trop gros.

— Jamais je ne pourrai pêcher avec ça, murmura-t-il.

— T'en fais pas, on fera un échange. J'en ai des petits que je peux pas prendre pour pêcher les gros poissons qui m'intéressent, je te les donnerai. Ça te vaudra de chanter une fois de plus.

Arnaud s'étonna :

— Mais pourquoi tu veux que je chante tout le temps ?

L'homme leva vers lui ses yeux sombres et se gratta les cheveux sous sa casquette.

— Je sais pas. Ça me met de la lumière dans la tête. Je vois des fleurs partout, et pas des fleurs comme celles-là, non, des fleurs tellement grosses et tellement belles qu'elles ne peuvent pas exister !

Arnaud s'arrêta en face d'un banc de poissons qui gobaient des moustiques à la surface de la rivière.

— Ils ne s'intéressent qu'à ce qui vole, décida Justin. Il faut monter au gour où il y en a des gros.

Ils arrivèrent à l'endroit où la rivière faisait un grand arc de cercle, un peu en aval du pré où Arnaud gardait les moutons. L'eau noire était calme. Sur une branche basse, une bergeronnette gazouillait.

— Regarde, poursuivit Justin en allongeant la canne au-dessus de la surface et en laissant tomber la ligne. Tu pinces le nombre de plombs qu'il faut pour que le flotteur dépasse à peine, sinon les poissons le sentent.

— J'ai pas de plombs !

— Je vais t'en donner une boîte.

Tandis qu'il parlait, le flotteur se posa sur l'eau et commença sa lente dérive en suivant le courant. Tout à coup, il disparut. Arnaud poussa un petit cri pendant que Justin soulevait la canne dont la pointe pliait. Il ramena le poisson qui gesticulait au bout du fil invisible et le posa sur l'herbe aux pieds du gamin, qui tentait de le prendre dans ses mains.

— C'est un gardon. À toi, maintenant. Tu vas voir, c'est facile.

Tremblant, Arnaud prit timidement la canne et lança maladroitement la ligne. Le flotteur resta couché à la surface de l'eau.

— Tu as dû t'accrocher. Recommence, il faut que le flotteur soit bien droit.

Arnaud souleva la ligne quand il sentit des secousses dans son poignet. Un poisson pris tentait de s'échapper. Surpris, Arnaud tira vivement, et le gardon se décrocha.

— Le fil a cassé. Il faut que tu prennes ton temps. Tu dois laisser le poisson tourner dans le courant et user ses forces. Si tu l'arraches comme ça, tu le perdras à tous les coups.

Il fallait réparer la ligne. Avec patience et minutie, Justin montra au gamin comment fixer l'hameçon sur le crin, puis il lui donna la boîte de vers.

— Maintenant, tu te débrouilles. J'ai autre chose à faire.

Finalement, Arnaud n'était pas mécontent que Justin s'en aille. Il voulait être seul pour savourer le plaisir de pêcher, qui ne se partageait pas. Il piqua un morceau de ver sur l'hameçon et lança la ligne en retenant son souffle. Et le miracle se produisit : le flotteur s'enfonça sous l'eau, il ferra, mais trop fort. Quelques secondes plus tard, une nouvelle touche fut couronnée de succès. Arnaud était tellement absorbé qu'il n'avait pas entendu Lilly s'approcher.

— Qu'est-ce que tu fais ?

Lilly se pencha sur le gardon qui sautillait dans l'herbe.

— Le pauvre ! Il va mourir.

— Emporte-le chez toi, tu vas le manger. Je vais t'en prendre d'autres ! dit Arnaud, insensible à la douleur de l'animal vaincu.

— Tu as peut-être raison, répondit la fillette. Si ce n'est pas moi qui les mange, ce sera le brochet !

# 9

Le lendemain, le soleil brillait dans un ciel sans nuages. L'année serait bonne : les proverbes anciens ne disaient-ils pas que le soleil d'avril assurait de bonnes récoltes ? Arnaud rejoignit Lilly pour se rendre à l'école. La fillette dissimulait le bas de son visage dans un épais cache-col. Arnaud s'en étonna et remarqua alors qu'elle avait une grosse marque rouge sur le menton.

— C'est rien. Je suis tombée en descendant à la cave, fit-elle sans lever ses grands yeux. La lampe était grillée et je ne voyais rien.

— Tu dis que tu es tombée ? C'est curieux, répliqua le gamin. On dirait plutôt que tu as ramassé une baffe.

— Tu me jures que tu ne diras rien à personne ?

Arnaud tendit la main devant lui.

— Juré !

— C'est mon père qui m'a frappée ! avoua la fillette en reniflant.

— Pourquoi ? Tu avais fait une bêtise ?

— Non, c'est comme ça quand il a trop bu.

— Ta mère ne te défend pas ?

— Ma mère en ramasse aussi. La pauvre, avec son gros ventre ! Quand il rentre et qu'il pue le vin, on se cache, on se fait toutes petites. Par contre, il ne dit jamais rien à ma petite sœur. Dis, tu m'emmèneras avec toi à Paris ?

— Oui, on ira chez Jocelyne. Je vendrai des journaux dans la rue. J'aime bien vendre des journaux le matin très tôt quand les gens entrent dans les bistrots pour boire du café.

— Ça doit être beau, Paris, ajouta la fillette, les yeux levés vers le ciel. Je ne comprends pas qu'après ce que tu as vu là-bas, tu puisses rester ici.

— Je suis né rue de Clignancourt, la plus belle rue du monde.

Arnaud savait bien que les autres, même les grands, enviaient le fait qu'il était parisien, alors il en profitait, le boiteux, il forçait son accent pointu.

— Il y a des églises et des palais. Et puis la tour Eiffel…

Lilly buvait ses paroles.

— Et si on y allait, tous les deux, sans rien dire à personne ? proposa-t-elle. On prendrait le train et, là-bas, on se débrouillerait comme tu connais tout le monde… Voir la tour Eiffel, tu te rends compte, ça doit faire un drôle d'effet !

— Je veux bien, moi, mais on n'a pas d'argent pour payer le train.

Ils arrivaient devant le portail encore fermé où les écoliers se rassemblaient.

— Je vais m'arranger pour en trouver, de l'argent, répliqua la fillette.

— Dépêchons, on va être en retard !

Dans leur hâte les enfants n'avaient pas remarqué les deux silhouettes postées en face de l'école et qui les observaient depuis un moment. Laval et Bonchamps n'avaient pas à se cacher. Depuis qu'ils sillonnaient le pays pour leurs investigations, tout le monde avait appris à les reconnaître. Ils y avaient même gagné des surnoms. Le commissaire était devenu Daladier à cause d'une vague ressemblance avec l'ancien président du Conseil et sa mâchoire de bouledogue, Bonchamps passait pour l'Américain car il mastiquait sans cesse du chewing-gum.

L'adjoint avait insisté pour questionner Arnaud Bussières. L'histoire de sa mère leur était venue aux oreilles et les deux policiers voulaient en savoir un peu plus.

Quand il les vit s'avancer vers lui, Arnaud voulut s'enfuir vers le portail de l'école. Bonchamps l'arrêta.

— N'aie pas peur. Tu sais qui je suis ?

L'enfant acquiesça de la tête en sautillant sur sa jambe valide.

— On est là aussi pour protéger les enfants, surtout les petits gars comme toi qui ont perdu leur maman. Tu sais que ta mère était une femme courageuse ?

Arnaud dit qu'il devait rejoindre les autres élèves sinon il allait se faire gronder. Bonchamps le rassura avant de lui tendre une tablette de chewing-gum.

— Non, merci.

L'adjoint jeta un regard en coin au commissaire qui avait allumé un cigarillo et fumait à l'écart. Ce ne serait pas facile de tirer un renseignement de ce gamin.

— Bon, on veut juste que tu nous parles de ta maman.

Arnaud ne desserrait pas les dents.

— Allons, fais un petit effort de mémoire.

— Qu'est-ce que vous voulez que je vous dise ?

De grosses larmes se mirent à rouler sur ses joues. Il tremblait de tout son corps. Laval s'approcha et glissa à son adjoint :

— Laisse tomber !

Bonchamps donna une tape amicale sur l'épaule du petit boiteux puis s'éloigna en compagnie de son chef.

— Pas grave ! dit-il. On va aller voir ses grands-parents.

Ils regagnèrent leur voiture et se mirent en route pour la ferme des Bussières. Ils arrêtèrent leur véhicule dans la cour au milieu des poules, pintades, dindons et oies qui faisaient un raffut assourdissant. Barbet aboya en sautant tout autour du véhicule et grogna quand les deux policiers en descendirent. Justin appela l'animal. Laval le salua et demanda :

— Nous voudrions voir Paul Bussières.

— Je sais pas où il est. Peut-être au Rigal. Il faut prendre ce chemin.

Les deux hommes se dirigèrent vers le chemin creux qui montait en pente raide vers le sommet de la colline. Ils trouvèrent Paul en train d'empiler les pierres sur un mur qui se poursuivait au-delà de la ruine et surplombait la vallée avec sa haute arcade. En face se dressaient les tours du château des Charron.

Paul se tourna vivement, porta machinalement la main à sa poitrine. Il devait avoir l'esprit très préoccupé pour ne pas avoir entendu arriver les policiers qui, pourtant, n'avaient pris aucune précaution. Une certaine inquiétude marquait son visage.

— Nous cherchons des renseignements sur votre fille, Marie Bussières, attaqua Laval.

— Qu'est-ce que ça peut me faire ? bougonna Paul en parcourant du regard la rangée de pierres qu'il venait de poser sur le mur en construction.

— Vous a-t-elle écrit ? demanda Laval.

— Qu'est-ce que j'en sais ? J'avais autre chose à faire que m'occuper de ça !

— Qu'est-ce que vous lui reprochiez ?

Sa petite taille, dans ce lieu désert, augmentait la largeur de ses épaules, la puissance de son corps massif d'ouvrier et la détermination de sa large figure rouge hérissée d'épines blanches de barbe.

— Saviez-vous qu'elle faisait partie d'un réseau de Résistance ? demanda encore Laval.

— J'avais assez à faire ici sans m'occuper de ce qui se passait ailleurs.

Laval et Bonchamps n'insistèrent pas, conscients qu'ils ne tireraient rien de cette tête de mule. Ils retournèrent à la ferme. Marguerite était dans le potager en train de semer de la laitue. Elle demanda sur un ton bourru :

— Qu'est-ce que vous me voulez ? Vous n'avez pas trouvé Paul ?

— Si, mais nous avons deux ou trois petites questions à vous poser.

— Je vous écoute, répondit la femme sans arrêter son travail.

Son outil fendait la terre meuble d'une allée à l'autre en un sillon parfaitement droit.

— Votre fille vous a-t-elle écrit ?

Le visage de la femme se ferma. Elle se tourna vers les policiers restés entre un buis taillé et des groseilliers aux feuilles vert tendre.

— Oui, répondit-elle.

— Est-ce que dans ses lettres vous la sentiez menacée ?

Marguerite posa son outil. Le manche en bois heurta une pierre et sonna, un bruit clair, presque cristallin.

— Venez.

Elle se lava les mains au bac.

— Attendez-moi là, dit-elle.

Elle entra dans la maison et revint quelques instants plus tard avec une boîte de biscuits qu'elle tendit à Laval.

— Je voulais pas vous parler de ça devant ma belle-mère, expliqua-t-elle. Elle raconte tout à Paul.

— Qu'est-ce que ça peut faire ? s'enquit Bonchamps.

— J'ai gardé les lettres de Marie et, s'il l'apprenait, il se mettrait en colère. Je sais pas si ça peut vous aider.

Laval prit la boîte et se dirigea vers sa voiture. Marguerite semblait hésiter :

— N'en parlez pas à Paul, insista-t-elle.

# 10

Le commissaire Laval et son adjoint Bonchamps se rendirent à Paris deux jours plus tard. Laval était convaincu que l'affaire de Lussac trouverait son explication dans la capitale. La morte du château n'avait aucune pièce d'identité, mais un morceau de papier plié dans la poche de sa petite veste indiquait l'adresse de l'hôtel de la Butte, près de Montmartre. Or, Marie Bussières, d'après les lettres fournies par Marguerite, habitait tout près. Était-ce un hasard ?

Les deux policiers se rendirent d'abord au commissariat du 18e arrondissement. La chance était de leur côté : le commissaire de service crut reconnaître la femme assassinée quand Laval lui montra la photo : elle était serveuse à l'hôtel de la Butte à Montmartre.

— Elle a été arrêtée en 1944, quelques mois avant la libération de Paris, précisa le policier. Je me souviens de son visage parce que j'étais moi-même dans le lot des pauvres malheureux qu'on conduisait à la gare, ce jour-là.

Le lendemain matin, Laval et Bonchamps allèrent prendre leur petit déjeuner à l'hôtel de la Butte, en haut de la rue Caulaincourt. Ils demandèrent à parler au propriétaire, un certain Marco Mazzelli.

L'homme qui les reçut était assez grand, et vêtu avec soin. Encadré par des cheveux très noirs et crantés, son visage souriant ne manquait pas de charme.

— Que puis-je pour vous ?

— Connaissez-vous cette femme ? demanda Laval en montrant la photo de l'inconnue de Lussac.

Mazzelli prit la photo, l'examina longuement en fronçant ses sourcils noirs.

— Je ne sais pas... Je ne peux pas dire que...

— Nous sommes certains qu'elle a travaillé chez vous, affirma Laval.

L'homme passa les doigts fins de sa main droite dans ses cheveux brillants.

— En effet, ça me revient tout à coup. C'est Marthe Leglane.

Laval et Bonchamps échangèrent un rapide regard satisfait.

— On nous a dit qu'elle était serveuse chez vous pendant l'Occupation, poursuivit Laval. Il se trouve que, durant cette période, votre maison était un lieu de rendez-vous un peu particulier.

— Que voulez-vous dire ? Ma maison a toujours été en règle, répliqua l'homme avec un accent italien plus marqué qu'à l'accoutumée.

— Justement, elle était en règle avec l'ennemi. Vous receviez ici des dignitaires du régime nazi. Vous leur fournissiez des femmes.

Mazzelli recula, offusqué. Il passa de nouveau sa main dans ses cheveux et protesta :

— Messieurs, je ne vous permets pas de dire de telles horreurs sur mon établissement. Je suis un honnête commerçant. Pendant l'Occupation, il y avait des lois et j'étais bien obligé de les appliquer.

— Ce que vous avez fait avec un certain zèle, répliqua Bonchamps, que ce bellâtre agaçait au plus haut point.

— Faux. La preuve : à la Libération, personne n'est venu me demander de comptes. Il se trouve que je suis hôtelier et que je peux difficilement refuser de louer une chambre à un couple qui m'en demande une.

Bonchamps avala son café et en redemanda une tasse. Laval tournait sa cuiller dans sa tasse.

— Cette Marthe Leglane, vous la connaissiez bien ?

— Vaguement. Elle travaillait dans mon hôtel comme femme de chambre. Elle a été arrêtée en même temps que d'autres personnes du quartier au début de 1944. Elle appartenait à un réseau de résistants et profitait de sa place dans mon établissement pour écouter aux portes, ce que je savais, mais laissais faire.

— Bel exemple de patriotisme !

— Non, monsieur, je suis italien. C'était seulement par conviction.

Bonchamps se souvint que, dans une de ses lettres, Marie racontait qu'elle travaillait dans un hôtel de la rue Caulaincourt. Avec un peu de chance, c'était celui-là, et le lien avec la morte du parc serait fait.

— Avez-vous entendu parler d'une certaine Marie Bussières ?

Mazzelli fit mine de réfléchir, mais son regard tourné vers la fenêtre n'indiquait pas une grande concentration.

— Non, jamais.

— Aucune importance.

Les deux policiers descendirent la rue Caulaincourt, qu'ils trouvaient très pittoresque. Des peintres installés sur le trottoir captaient l'instantané de la vie ; leurs pinceaux picoraient les couleurs sur des palettes rondes.

Tout en haut, le Sacré-Cœur concentrait la lumière du soleil.

— Finalement, Paris, c'est à voir ! déclara le provincial Laval, qui ne s'imaginait pas vivre ici.

Il pensait à sa femme : celle-ci lui avait fait une scène quand il avait annoncé son départ pour la capitale. Jacqueline Laval était d'une jalousie maladive et ne supportait pas que son mari découche. Il pensait aussi à ses deux filles de quatorze et douze ans, une brune et une blonde, qui prenaient toujours le parti de leur mère.

— Ouais, répondit Bonchamps qui, étant célibataire, n'avait pas ce souci. Pour moi, passé Périgueux, je grelotte, ajouta-t-il en faisant mine de remonter le col de son imperméable.

Il avait fait son régiment dans une garnison de l'est de la France et en gardait le souvenir d'hivers interminables.

Ils se rendirent rue de Clignancourt au numéro indiqué par Arnaud Bussières. C'était un petit immeuble gris dans la descente vers le boulevard Ornano. Ils entrèrent dans le hall sombre et humide, et grimpèrent au cinquième étage par un escalier de bois.

Laval frappa à une porte. Une femme blonde, assez forte, leur ouvrit. Elle était en peignoir, ses cheveux défaits tombaient en mèches désordonnées sur son visage fatigué.

— Madame Jocelyne Mauretas ? demanda Bonchamps.

— C'est moi. Qu'est-ce que vous me voulez ?

— Police judiciaire de Bergerac. Est-ce que nous pouvons vous poser quelques questions ?

— Autant que vous voudrez. Entrez, je suis en train de préparer le café. Mon mari va arriver, il travaille de nuit aux Halles et casse une petite croûte avant d'aller se coucher.

— Nous ne voulons pas vous déranger, répliqua Laval de sa voix sèche. Comme vous avez été une proche voisine de Marie Bussières, nous sommes persuadés que vous pouvez nous aider.

Jocelyne Mauretas s'arrêta au milieu de la cuisine, la cafetière à la main. Elle se tourna lentement vers les deux hommes debout à côté des chaises qu'elle leur avait proposées.

— Vous faites une enquête ? Je ne vois pas ce que vous pourriez chercher sur cette pauvre Marie. Elle a été arrêtée le 18 février 1944 et déportée dans un camp d'où elle n'est pas revenue. Si c'est pour faire de son fils un pupille de la nation, vous avez bien raison. Au fait, avez-vous de ses nouvelles ?

— Il vit chez ses grands-parents dans le Périgord.

— Ses grands-parents ? Vous ne me ferez pas dire du bien de ces gens, surtout du Paul. Vous voyez que je me souviens de son nom. Cette pauvre Marie aurait tant aimé les revoir, expliquer à son père qu'elle n'était pas ce qu'il croyait. Elle leur écrivait deux ou trois fois par an et ils n'ont jamais répondu. C'est une honte ! J'espère qu'ils sont gentils avec mon petit Arnaud. C'est un bon petit, je vous l'assure. Il vendait des journaux quand il n'avait pas classe. C'était pas par misère – il ne manquait de rien –, mais ça l'amusait.

— Parlez-nous de Marie Bussières.

Jocelyne Mauretas prit un air affligé.

— Quand elle est arrivée ici, en 1937, elle n'avait rien. Elle faisait des ménages à l'hôtel de la Butte. C'était une de nos voisines, Marthe Leglane, qui lui avait trouvé cette place. Arnaud est né en 1938. Elle n'a jamais voulu parler de son père. À mon avis, c'était un sale type, rencontré comme ça, dans un moment de désespoir. Et puis elle a rencontré Jérôme Duvalet qui était marchand de tableaux. Un homme riche et plus âgé qu'elle. Il faut dire que Marie était très belle et que tous les hommes en étaient fous, même mon mari. M. Duvalet est tombé follement amoureux de Marie. Il voulait qu'elle aille habiter chez lui, mais elle a toujours refusé. Quand je lui ai demandé pourquoi elle ne profitait pas d'une telle opportunité, elle m'a répondu : « Tu ne peux pas comprendre, je n'ai aimé qu'un homme, qui ne sera jamais à moi et que je n'arrive pourtant pas à oublier. »

— Ne vous a-t-elle jamais parlé d'un certain Jean Charron ?

— Non, répondit Jocelyne. Je m'en souviendrais.

La poignée de la porte tourna. Un homme d'une quarantaine d'années, chauve et assez corpulent, entra.

— Léon, mon mari, dit Jocelyne puis, s'adressant à ce dernier, elle précisa : Ces messieurs sont de la police. Ils s'intéressent à Marie.

L'homme hocha la tête, mais il ne semblait pas d'humeur causante.

— Nous vous laissons, dit Laval en se levant de sa chaise.

— Ce que je sais, poursuivit Jocelyne, c'est que Marie et Marthe faisaient partie d'un réseau de résistants. Marie a été arrêtée d'une drôle de manière, probablement dénoncée par quelqu'un qui la connaissait bien. Duvalet, qui faisait du commerce avec les Allemands, a été tué. Il s'était fait beaucoup d'ennemis.

Les deux policiers se dirigèrent vers la porte.

— Je ne vous ai pas parlé de Marthe. Je la connaissais moins. Elle aussi a été arrêtée durant ce triste hiver.

— Merci pour votre accueil. Au fait, connaissez-vous un de ces hommes ? demanda Laval en sortant de sa poche une photo à peu près nette prise près du cadavre de Marthe Leglane.

Côte à côte, Henri et Jean Charron y bavardaient avec le brigadier Leclant. Jocelyne examina le cliché et le tendit à son mari, lequel n'avait pas encore posé son manteau.

— Non, franchement, ça ne me dit rien.

— Très bien, conclut Laval, ravi de glaner autant d'informations. Pourriez-vous nous dire où habitait ce M. Duvalet ?

— Dans la rue Caulaincourt. Attendez un instant.

Jocelyne partit dans la chambre voisine. Laval et Bonchamps l'entendirent ouvrir un tiroir, fouiller dans des papiers. Enfin elle réapparut et tendit une photo à Laval.

— Marie et le petit Arnaud qui avait deux ans à peine, dit-elle.

Laval contempla la photo et la donna à Bonchamps.

— Belle fille, en effet, je peux la garder ?

Les deux policiers se rendirent aussitôt à l'adresse indiquée par Jocelyne. Laval marchait nerveusement, Bonchamps soufflait et suait à grosses gouttes. Ils s'arrêtèrent devant un portail qui donnait sur une petite cour longeant la façade ornée de statues d'un hôtel particulier. Une plaque de cuivre indiquait que l'endroit était occupé par deux avocats, Me Lenormand et Me Pierret. Laval appuya sur le bouton de la sonnette. Une jeune femme très élégante leur ouvrit. En voyant la carte des visiteurs, elle invita les deux hommes à la suivre.

— Je vais voir si Me Pierret est là.

Les policiers furent introduits dans une vaste salle richement meublée d'une bibliothèque en noyer, d'une table et de chaises matelassées pour les visiteurs. Un homme aux épaisses lunettes, vêtu d'un costume sombre, les accueillit.

— Je suis Me Pierret. Que puis-je pour vous ?

— Nous savons que cette maison appartenait à un certain Jérôme Duvalet tué pendant la guerre. À qui l'avez-vous achetée ?

L'avocat fit entrer les deux policiers dans son bureau où flottait une doucereuse odeur de citronnelle, les invita à s'asseoir d'un simple mouvement de la main, puis prit place dans son fauteuil noir.

— C'est Me Bezeau, dont l'étude se trouve à deux pas d'ici, qui a réglé cette affaire au nom des héritiers de M. Duvalet.

— Connaissez-vous ces héritiers ? s'impatienta Laval.

L'avocat fit un geste évasif, comme si tout cela ne le concernait pas.

— Allez voir Me Bezeau, notaire au 12, rue Caulaincourt. Il pourra répondre à vos questions.

Les deux policiers se rendirent à l'adresse indiquée et se firent annoncer. Me Bezeau les reçut aussitôt. C'était un petit homme chauve à la peau mate et aux grosses lunettes à monture noire. Prenant la parole à tour de rôle, Laval et Bonchamps lui expliquèrent la raison de leur visite. Le notaire s'empara d'un dossier dans ses rayonnages et l'ouvrit devant lui.

— Jérôme Duvalet avait légué la totalité de sa fortune à Mlle Marie Bussières. J'ai donc accompli la vente de l'hôtel particulier au nom de mon client et placé l'argent au nom du fils de l'héritière, encore mineur.

Laval adressa un clin d'œil à son adjoint. Cette fois, ils avaient tiré le bon fil. Ils n'avaient plus qu'à dévider la pelote.

— M. Duvalet avait-il de la famille ?

— Un frère, Albert Duvalet.

— Avez-vous son adresse ?

— J'en ai une, mais ce n'est certainement plus la bonne.

— Une dernière question, fit Laval. S'il arrivait quelque chose au fils de Marie, à qui reviendrait le capital qui lui est destiné ?

— À Albert Duvalet, qu'il faudrait retrouver, sinon aux neveux, s'il y en a, aux cousins…

Laval et Bonchamps quittèrent le notaire satisfaits : leur enquête se précisait. Cependant, une question demeurait.

— Que vient faire Marthe Leglane dans tout ça ? s'inquiéta Bonchamps.

— Je suis certain qu'elle joue un rôle important et qu'elle n'a pas été tuée par hasard, répondit Laval.

— Je pense que Jean Charron ne nous a pas tout dit et qu'on doit avoir une conversation sérieuse avec lui.

Pourquoi s'était-il accusé d'avoir tué Marthe en tirant sur un sanglier ? Une certitude s'imposait : Marie Bussières et son fils étaient au centre d'une sombre histoire d'héritage.

— Si le frère Duvalet veut s'approprier le magot, je redoute qu'il s'en prenne au gosse, dit Bonchamps en ouvrant une tablette de chewing-gum. On va devoir le faire surveiller.

— Ça ne colle pas, répliqua Laval. S'il avait voulu faire disparaître Arnaud Bussières, il aurait agi discrètement. Or le meurtre dans le parc du château a mis tout le monde aux aguets dans le village.

Laval prit un cigarillo dans son paquet et le porta à ses lèvres.

— Ce qui m'intrigue plus que tout, poursuivit le commissaire, c'est la présence de Marthe Leglane à Lussac. Personne ne semble l'avoir revue depuis son arrestation en 1944. Déjà morte, en quelque sorte, et voilà qu'elle ressuscite pour recevoir un plomb de chevrotine en plein cœur alors qu'elle passait là où elle n'aurait jamais dû se trouver !

# 11

Dès leur retour de Paris, Laval et Bonchamps se rendirent à Lussac. Il faisait beau, les vignerons sulfataient les vignes à la bouillie bordelaise Une odeur aigre-douce flottait dans l'air.

La petite voiture des policiers entra dans le parc du château, s'arrêta dans la cour. Des chiens de meute aboyaient dans leur chenil. Le teckel d'Élisabeth Charron vint renifler les pantalons des deux hommes qui attendaient à côté de leur véhicule. Henri Charron, averti par le bruit, arriva.

— Messieurs, m'apportez-vous de bonnes nouvelles ?

— Nous sommes venus voir votre fils.

— Il doit être quelque part du côté de l'étang.

Sans rien ajouter, les deux hommes empruntèrent une allée blanche entre les grands buis qui n'avaient pas été taillés depuis des années. L'étang, presque circulaire, se trouvait au milieu d'une verdure luxuriante. Un petit pavillon de chasse permettait de s'abriter des intempéries. Jean Charron était là, assis sur un banc, coiffé d'un grand chapeau de paille. Il sursauta au bruit des pas sur les cailloux et se tourna vivement.

— Ah ! c'est vous, dit-il en se levant. Vous venez me parler de ce déplorable accident, je suppose ?

— Nous avons lu votre déposition, répondit Laval. Comment se fait-il que ce sanglier, qui, selon vos dires, dévaste le parc du château, personne ne l'ait jamais vu ?

— Vous savez comme moi que les sangliers sont des animaux très méfiants. Venez, je vais vous montrer où j'étais.

Sans un mot, les deux policiers emboîtèrent le pas à Jean Charron dans un minuscule sentier entre les joncs et les hautes herbes humides. Il s'arrêta sous un chêne.

— Je me tenais là ; le sanglier traversait la clairière en face. Il s'est arrêté à portée de fusil. J'ai eu le temps de changer ma cartouche pour une chevrotine. Le sanglier a levé la tête dans ma direction. J'ai tiré sans prendre de précautions, ce qui est d'une impardonnable imprudence.

Laval, d'un geste du bras, arrêta Jean Charron qui mimait la scène.

— Monsieur Charron, nous ne sommes pas venus ici pour une reconstitution. Nous aimerions que vous nous racontiez votre vie. Vous avez fait votre service militaire en Afrique du Nord. Après, en avril 1938, vous avez décidé de vous installer à Angoulême, comme grossiste en vins et spiritueux, principalement le cognac.

— C'est encore le métier que j'exerce. Je suis revenu d'Angoulême pour être près de ma mère qui s'ennuyait.

— Pendant l'Occupation, qu'avez-vous fait ?

— Je n'étais pas avec mon père, si c'est ce que vous voulez savoir. Je n'ai jamais fait de politique. J'ajoute que mon père et moi ne nous entendons pas très bien.

— Vous ne lui avez jamais pardonné de vous avoir éloigné de Marie Bussières, c'est ça ?

— Ce n'est pas un secret. À Lussac, tout le monde est au courant.

— La morte du parc s'appelait Marthe Leglane, poursuivit Laval. Nous avons la certitude que vous la connaissiez.

Jean s'accroupit au bord de l'eau, observant des grenouilles qui se poursuivaient sur les nénuphars.

— Je vous jure que non.

— Autre question, ajouta Laval, qui ne perdait pas son calme. Vous arrivait-il de vous rendre à Paris pour vos affaires ?

— Au moins une fois par mois.

— En avez-vous profité pour revoir Marie ?

— Certainement pas. Elle m'avait clairement signifié qu'elle ne voulait plus de moi. Cela m'a fait trop souffrir pour que je tente à nouveau quoi que ce soit.

Laval et Bonchamps n'avaient pas besoin de se regarder pour savoir qu'ils pensaient la même chose.

— Mais je ne l'ai jamais oubliée, poursuivit Jean Charron. Lorsque j'étais à Paris, il m'arrivait d'aller dans son quartier, de l'espionner, de la regarder de loin, mais je n'ai jamais tenté de renouer avec elle.

Les policiers comprirent qu'ils tenaient le bon bout.

— Vous l'avez vue en compagnie de Jérôme Duvalet. Ce n'est pas possible autrement !

— Oui. J'ai voulu savoir qui était cet homme plus âgé qu'elle. Il a été tué deux ou trois jours après l'arrestation de Marie.

— Nous le savons, précisa Laval.

— Nous avons la preuve que vous étiez à Paris à cette époque, que vous avez vendu du vin à des officiers allemands, poursuivit Bonchamps.

— Je vendais mon vin à qui m'en demandait. Pensez-vous qu'il était facile pour un commerçant comme moi de refuser la clientèle allemande ?

Le moment était venu d'assener le coup de grâce. Bonchamps s'en chargea :

— Vous êtes à l'origine de l'arrestation de Marie et de la mort de Duvalet. Vous ne pouviez pas supporter que la jeune femme appartienne à quelqu'un d'autre et vive loin de vous, voilà la vérité !

La réaction de Jean Charron les surprit. Il ne se laissa pas démonter et répondit sur un ton très calme :

— Facile à dire, mais vous ne disposez d'aucune preuve, parce que c'est faux.

— Nous sommes certains que vous mentez. Vous connaissiez Marthe Leglane. C'est vous qu'elle était venue voir, et vous lui avez tendu un guet-apens. Pourquoi ?

— C'est un regrettable accident, je vous le jure, protesta Jean.

— Vous allez nous suivre.

— Vous m'arrêtez ?

— Non, nous allons vous placer en garde à vue. Nous attendons les résultats de l'examen en balistique pour savoir de quelle arme provient la chevrotine qui a tué Marthe Leglane. Il semblerait, d'après les premiers examens, que ce ne soit pas la vôtre. Ce que vous cherchez à travestir en accident est un meurtre. Vous connaissez le mobile et vous essayez de protéger le coupable.

— Je vous jure que je ne sais rien de Marthe Leglane. Je l'ai peut-être vue en compagnie de Marie, mais je ne lui ai jamais adressé la parole.

— Nous allons vérifier tout cela.

Laval ouvrit la portière de la voiture et invita Jean à prendre place à l'arrière. Élisabeth accourut au-devant d'eux.

— Mais que faites-vous ?

— Nous emmenons M. Jean Charron au commissariat pour lui poser quelques questions.

— Enfin, vous êtes complètement fous !

La voiture des policiers s'éloigna. Élisabeth se précipita vers Henri, qui la rejoignait.

— Tout ça c'est votre faute, cria-t-elle. Vous laissez emmener votre fils sans réagir ! Qu'est-ce qui vous prend ?

— Rien, rétorqua calmement Henri. Jean s'est accusé d'avoir tué cette femme alors qu'il s'agit d'un déplorable accident. Les policiers veulent probablement vérifier sa déposition.

Élisabeth recula sans quitter son mari des yeux.

— Je ne vous comprends pas, Henri. Vous devez aller chercher Jean, sinon, je pourrais parler moi aussi.

— Que voulez-vous dire ? Il n'y a rien à cacher dans cette affaire !

Élisabeth courut se réfugier dans l'entrée du château, dont elle claqua la lourde porte.

## 12

La nouvelle de l'arrestation de Jean Charron fit le tour du village en moins d'une heure. On ne parlait que de ça. C'était incroyable ! Comment des policiers avaient-ils osé s'attaquer à la seule famille du village qui recevait le préfet et des personnalités parisiennes ? Paul Bussières et ses amis communistes jubilaient.

À côté de la rumeur qui ne cessait de croître, le silence pesant du château paraissait louche. Henri Charron ne parcourait plus ses vignes en multipliant les conseils à ses employés. Les chiens de la meute aboyaient et personne ne les calmait.

Reclus dans son bureau, le châtelain était occupé à téléphoner à ses « amis » parisiens pour leur demander de mettre fin à cet étalage public de linge sale. Il ne recevait que des réponses évasives et pestait contre ces « planqués » qui oubliaient très vite à qui ils devaient leur place.

— C'est vrai, expliqua-t-il à Élisabeth qui n'arrêtait pas de pleurer, ils n'avaient pas besoin d'aller chercher aussi loin.

Élisabeth ne supportait plus ses jérémiades.

— Puisque personne ne veut rien faire, décida-t-elle, moi, je vais agir !

— Surtout n'en faites rien. Ce serait de la dernière imprudence.

— Vraiment, et qui m'en empêchera ? Vous, dont les ancêtres étaient tonneliers quand les miens vivaient à la cour de France ?

— S'il le faut, je vous enfermerai à clef ! répliqua sèchement Henri Charron.

Au village, la consternation passée, les regards se tournaient vers ceux que l'on savait mêlés à cette sordide affaire : les Bussières. Pour fuir cette effervescence, Paul se réfugiait au Rigal, dans sa ferme près des nuages, entre les chênes truffiers et les pierres sèches.

Ce matin-là, un pressentiment le saisit tandis qu'il se rendait à son chantier. Il s'attarda à imaginer son château terminé avec sa porte surmontée de ses armoiries, ses deux tours de douze mètres, des statues qu'il avait commencé à tailler dans le grès blanc du pays. Cette vision le remplissait de bonheur, mais trop de choses se bousculaient en lui pour qu'il en profite pleinement. Il porta la main à sa poitrine qui lui faisait de plus en plus mal : des douleurs qui lui étaient venues à force de soulever des pierres trop lourdes.

Un bruit en provenance du chantier le poussa à se cacher derrière une épaisse touffe de noisetiers. De là, il vit, debout sur un petit tas de cailloux, Barbet, le chien de chasse qu'il avait dressé pour pister la bécasse, et Arnaud, appuyé sur sa jambe valide, qui prenait une pierre sur le tas pour l'examiner. Comme il voulait la caler sur le mur, la pierre lui échappa des mains. Il poussa un cri et se retourna en entendant rire son grand-père.

Paul s'approcha, une curieuse expression sur le visage. Franchement, il n'aurait pas cru qu'un gamin de la ville ait ainsi le sens de la maçonnerie. La pierre était presque à sa place ! Sans un mot, le maçon la positionna entre les autres.

— Il suffit d'avoir l'œil ! dit-il avec un léger sourire.

Arnaud chercha une autre pierre, l'examina en la tournant dans ses mains puis la posa sur le mur. Paul émit un petit sifflement admiratif.

— Eh bien, toi, qui t'a appris ?

Arnaud sourit d'aise.

— Personne, mais j'ai regardé la place sur le mur et la forme de la pierre, alors, il m'a semblé qu'il fallait la poser comme ça !

Paul cligna des yeux. C'était bien la première fois qu'on parlait ainsi de son métier. Lui qui, d'ordinaire, ne disait pas grand-chose, se lança dans une explication pleine d'émotion :

— Tu as le coup d'œil, c'est vrai. Mais il faut deux jambes solides pour soulever les gros blocs. Sans eux, le reste tombe au premier coup de vent. Tu comprends que la pierre n'est pas comme le bois ou le fer. Tu ne peux pas la tordre. Tu dois trouver sa place. Un maçon qui se sert de son marteau pour casser, pour mettre en forme est un mauvais maçon. Le marteau, il faut l'utiliser le moins possible. Des fois, tu peux pas faire autrement, mais tu dois réfléchir avant de taper.

— C'est ça qui me plaît, renchérit Arnaud. Avec des pierres de rien du tout, on fait un mur qui tient pendant cent ans !

— Tu as raison, poursuivit le vieux d'une voix qui ne lui était pas habituelle. Mais ton pied t'en empêchera.

Comme Paul n'ajoutait rien pour tempérer son propos, Arnaud s'éloigna en boudant. Cette maudite jambe l'isolerait toujours des autres et du monde ! Il se dirigea vers la rivière. Le curé qui sortait d'une maison l'aperçut et l'appela.

— Viens donc par ici, dit-il. Je dois voir ta grand-mère, mais avant, il faut que je te parle.

Quelque chose poussait Arnaud à faire confiance à cet homme au regard franc. De ses manches noires sortaient de gros poignets osseux couverts de poils drus.

— Viens.

Arnaud suivit le curé jusqu'à l'église. Sous le porche, le gamin s'arrêta.

— Tu peux entrer. Mais ton chien doit rester dehors.

— Je sais pas, rétorqua l'enfant en baissant la tête. Je suis pas baptisé. Et puis, mon grand-père...

— Rassure-toi, Dieu ouvre les bras à tous ses enfants, surtout à ceux qu'on ne lui a pas présentés.

Arnaud entra timidement dans l'ombre fraîche. De lui-même, sans que le curé le lui ait demandé, il ôta sa casquette et marcha en prenant soin de minimiser son handicap. Il lui semblait que son pied bot était la marque d'une faute très grave et que, ici, seuls les gens sans tache pouvaient marcher la tête haute et s'approcher de l'autel doré.

— Tu vas te placer ici, dans le chœur, et tu vas chanter, proposa le curé en souriant.

— Mais je ne connais pas les chants de l'église.

— Chante ce que tu chantais l'autre jour au bord de la rivière.

Arnaud hésita encore. Le curé l'encouragea d'un large sourire. Alors, l'enfant, pressé de sortir de ce lieu étrange où il ne se sentait pas à l'aise, commença à fredonner quelques paroles de cette chanson apprise sur les boulevards de Paris. Jamais sa voix n'avait aussi bien porté. Elle était amplifiée, magnifiée par les voûtes de pierre. Le curé avait joint ses grosses mains comme s'il priait. Quand Arnaud cessa de chanter, Beaufort, visiblement ému, leva vers lui des yeux brillants.

— Mon Dieu, murmura-t-il, puis, se tournant vers l'autel doré, il ajouta : Vous cachez Vos trésors là où on ne les cherche pas !

Arnaud, qui tenait toujours sa casquette à la main, se dirigea vers la sortie. Beaufort le retint.

— Jamais personne n'a chanté ainsi dans cette église. C'est merveilleux. Ta mère aussi chantait bien, mais pas comme toi.

Arnaud se disait qu'il s'était trompé dans sa mélodie et qu'il avait chanté faux parce qu'il avait commencé trop haut. Beaufort s'en était-il rendu compte ?

— Il faut que tu chantes pour la Sainte-Pauline, notre sainte patronne qui protège les vignes. Tu viendras une petite heure tous les jours après l'école pour que je t'apprenne les chants.

— Mais mon grand-père ne voudra pas. Il n'aime pas l'Église. Et puis, moi, je ne veux pas devenir chanteur, je veux devenir maçon.

— L'un n'empêche pas l'autre. Je vais arranger ça avec ton grand-père. Ici, il ne viendrait à l'idée de personne de ne pas participer à la fête de Sainte-Pauline.

— Il dit qu'il est communiste.

— Je sais, répliqua Beaufort. Mais les communistes comme les autres ne veulent pas que la grêle dévaste leurs cultures.

# 13

En quittant le parvis de l'église, le gamin replaça sa casquette sur sa tête et s'éloigna rapidement. Il se dirigeait vers la rivière quand Lilly, qui devait le guetter, lui emboîta le pas.

— Je t'ai entendu chanter. C'était encore plus beau que l'autre jour ! dit la fillette, admirative. J'ai vu des papillons bleus et roses. Je trouve que tu chantes comme un papillon.

— Mais ça chante pas, un papillon ! se moqua Arnaud.

— Qu'est-ce que t'en sais ? On ne les entend pas, c'est tout !

Lilly dansait d'un pied sur l'autre, libre de ses mouvements, légère. Arnaud l'enviait, lui à qui le moindre saut coûtait. Enfin, elle s'approcha et lui souffla à l'oreille :

— Je parie qu'il veut que tu chantes pour la Sainte-Pauline.

— Comment tu le sais ?

— C'est la fête la plus importante de l'année. Tu verras, tout le monde y vient, on fait une procession jusqu'au sommet du mont Saint-Clair. Il paraît que c'est ce qui nous protège de la grêle.

— Qu'est-ce que ça peut me faire ?

— Tous les garçons du village sont rassemblés devant l'église. Ils portent la pierre foudroyée. Chacun à leur tour, ils la montent jusqu'au sommet du Saint-Clair. Alors, tu ne peux pas refuser !

— La pierre foudroyée, c'est cette grosse pierre posée devant l'église, sur un socle ?

— Oui. Sainte Pauline a attiré la foudre sur elle pour protéger nos vignes. La pierre n'est pas très lourde, mais bien sûr, toi, tu ne pourras pas la porter à cause de ton pied mal formé.

— Tout ça, c'est des blagues !

— Non, répondit Lilly avec assurance, on voit encore la marque noire de la foudre qui a tué la sainte !

Ils firent quelques pas sur le sentier au bord de la rivière. Tout à coup, la fillette plongea la main dans la poche de son tablier et en sortit une petite boîte métallique.

— Regarde !

Elle ouvrit la boîte qui contenait un billet de banque plié en quatre.

— Pour notre voyage à Paris. Tu vois, je commence à économiser.

— Où as-tu trouvé ce billet ? s'inquiéta Arnaud d'une voix pleine de reproches.

— Ça te regarde pas. Je l'ai trouvé, c'est tout. On va le cacher, viens.

Elle l'entraîna un peu en amont du pré où Arnaud gardait parfois les moutons. Une vieille vigne qui appartenait au père Renaud et qui ne rapportait plus rien faute d'entretien s'étendait sur la pente tournée vers l'eau.

— Mon père dit que ce serait la meilleure vigne du pays, mais le vieux Renaud ne veut pas la travailler et refuse de la vendre. C'est un grognon très laid et très méchant.

Ils arrivèrent à un vieux noyer dont le tronc était creux. Des ronces poussaient tout autour. La fillette ouvrit un passage dans les herbes avec son bâton.

— On va mettre notre trésor dans l'arbre. Personne n'aura l'idée de venir le chercher ici. Et toi, quand tu auras chanté à la Sainte-Pauline, je suis sûre que les gens te donneront des pièces parce qu'ils seront contents.

— Dis-moi où tu as trouvé ce billet.

— C'est le facteur qui l'a perdu en sortant de chez Martiac. Personne ne s'en est rendu compte, je l'ai pris. Tant pis pour lui.

— Mais il appartient au facteur. On peut pas le garder.

— Mais si. Te fais pas de souci, personne n'aura l'idée de nous demander quelque chose. N'importe qui peut l'avoir ramassé.

Arnaud n'insista pas, pourtant quelque chose lui disait que ce billet avait été mal acquis, que le produit d'un vol ne pouvait que porter malheur.

— Tu te rends compte, on va aller voir la tour Eiffel !

# 14

En fin d'après-midi, l'orage se mit à gronder. Les roulements lointains du tonnerre annonçaient la bourrasque la nuit. Ces jours derniers, une chaleur accablante s'était abattue sur le Bergeracois, ça ne pouvait pas durer. Paul était pessimiste.

— L'été en avril ne vaut pas mieux que le gel en mai !

Il avait le sentiment que le temps se détraquait depuis quelques années. Les hivers passaient sans froid et, souvent, le soleil d'été chauffait insuffisamment pour que le raisin mûrisse correctement. Mais, pour Paul, la vigne et le tabac n'étaient que des compléments de revenus : il gagnait sa vie sur ses chantiers.

La nuit tombait lentement. Les éclairs surgissaient du cœur des nuages sombres qui montaient à l'assaut du village, ils illuminaient le clocher. Marguerite sortit sur le perron et écouta le vent.

— Mauvais, tout ça ! La grêle n'a jamais rien apporté de bon, grogna-t-elle en fermant la porte.

— Si ça commence si tôt, ce n'est pas prêt de finir, rétorqua Paul qui savait que le temps du printemps induisait souvent celui de l'été.

Assis en retrait, dans l'ombre, Arnaud regardait le profil de son grand-père, son front bombé, son nez large, la moue de ses lèvres serrées sur le mégot. À quoi pensait-il ? Son silence pesant laissait le gamin désemparé.

Paul aussi pensait au garçon. Qui était cet enfant boiteux à la voix si pure que lui-même, pourtant si peu sensible à la musique, ne pouvait l'entendre sans avoir la chair de poule ? D'où venait-il ? « Ce gosse a un regard de maçon, se dit l'artisan, il sait voir les pierres, c'est si rare ! » Ça l'irritait alors qu'il aurait dû s'en réjouir : il avait tant besoin d'un apprenti ! Depuis quelque temps, ses douleurs au bras gauche et à la poitrine ne le lâchaient plus. Parfois, elles étaient si fortes qu'il devait s'arrêter de travailler et s'asseoir pendant de longues minutes.

Le tonnerre roulait au-dessus du village. Arnaud frémit. C'était la première fois qu'il mesurait la puissance de l'orage. Quelque chose l'attirait dans ce déchaînement de forces : les éclairs montraient des nuages aux tentacules noirs si lourds qu'ils auraient pu écraser les maisons. Il rejoignit Justin dans la cour.

— Tu as vu, les nuages ont des cheveux blonds, dit le simplet.

Justin s'éloigna, la casquette rabattue sur les yeux. Arnaud le suivit de loin. Marguerite se dit qu'au premier coup de tonnerre le petit Parisien rappliquerait dare-dare. Justin entra dans la cabane de berger puis en ressortit presque aussitôt avec une grosse musette sur le dos. Il marchait, légèrement courbé en avant, en direction des collines et de la forêt. Arnaud se tenait un peu en retrait. Au bord de la rivière, le puissant bruit du tonnerre le fit hésiter. Justin, surpris de le voir là, lui demanda :

— Qu'est-ce que tu fous ici ? Tu veux te faire foudroyer ?

Il braquait sur lui son regard d'animal. Un éclair fit surgir son visage osseux, différent de celui que le garçon lui connaissait. Une sorte de profondeur se lisait dans ses yeux noirs.

— Je t'ai vu, alors j'ai eu envie d'aller avec toi.

Comme tout le monde ici, Arnaud tutoyait Justin. Il ne lui serait pas venu à l'idée de vouvoyer ce grand-oncle sans âge qui, n'étant plus un enfant, ne serait jamais un adulte. Justin restait à l'écart des autres. On disait qu'il ne savait pas compter, mais il ne se trompait jamais sur la monnaie quand il vendait un lièvre ou des anguilles.

— Tu vas où ? demanda Arnaud en regardant la grosse musette.

— Ça te regarde pas.

— C'est à cause de l'orage ? osa Arnaud. Tu vas pêcher ?

Le simplet réfléchit un instant. Quelque chose chez ce gamin à la voix d'or lui plaisait.

— Tu chanteras pour moi ?

— Si tu veux !

— Bon, alors tu peux venir.

Il sortit une boîte en fer de sa grande poche.

— Tu vas m'aider à ramasser les limaces.

— Les limaces ?

— Oui, les limaces. On en trouvera contre le mur du parc. Il y a une source et de l'humidité même au plus sec de l'été. L'orage les fait sortir. Cette nuit, elles vont bouger, et comme elles sont attirées par l'eau, elles vont se baigner et les anguilles s'en régaleront.

— Les anguilles ?

— Tu ne connais pas ? C'est comme un serpent, mais c'est un poisson et c'est très bon à manger.

Une lumière bleutée agitée par les éclairs flottait à hauteur d'homme. Justin marchait vite, la tête rentrée dans les épaules, comme s'il avait voulu se fondre dans l'obscurité des arbres. Derrière, Arnaud peinait à le suivre, mais ne se plaignait pas. Ils arrivèrent en haut des vignes d'Henri Charron. À cet endroit, la rivière faisait un coude très large et s'étalait en une sorte d'étang naturel. C'est là que Justin venait traquer les grosses carpes. Mais ce soir, il ne regardait pas la surface de l'eau. Il s'arrêta devant un tertre couvert de plantes aux larges feuilles grasses et s'accroupit.

— C'est là qu'elles sont, dit-il en s'agenouillant pour braquer le faisceau de sa lampe sous les feuilles.

Arnaud s'accroupit à son tour et remarqua, dans la lumière jaune, des limaces rouges, énormes, qui laissaient derrière elles une bave blanche visqueuse et écœurante. Justin les ramassait avec sa grosse main. Ses doigts glissaient sur les corps froids et mous à l'apparence caoutchouteuse.

— Alors, tu m'aides ? Il en faut beaucoup pour ce qu'on va faire. Tu choisis les plus grosses et les plus rouges. Ce sont celles que les anguilles préfèrent.

Avec une grimace de dégoût, Arnaud saisit la première limace. Le contact avec cette peau gluante et froide le rebutait, mais il avait conscience que c'était un réflexe de citadin, que, dans la nature, rien n'était écœurant.

Quand la boîte fut pleine d'une vingtaine de belles limaces, Justin l'enfouit dans sa musette.

— Viens.

— C'est pas ici que tu pêches ?

— Non. On va où personne va. Là où les anguilles sont si grosses qu'il faut une corde pour les sortir de l'eau.

Ils traversèrent les vignes ; l'humidité laissée par l'orage révélait une odeur de soufre et de sulfate de cuivre. Les hulottes s'appelaient dans la forêt voisine. Justin s'arrêta au bord du sentier et tourna la tête en direction d'un bruit étrange, une sorte de sifflement long et triste.

— Les grives…, dit-il en reprenant sa marche.

Arnaud traînait sa patte, mais pour rien au monde il n'aurait laissé sa place. Il soufflait, faisait rouler les cailloux. Justin s'emporta :

— Fais moins de bruit. Pense que le garde est là, en train de nous surveiller.

Ils longèrent le mur du parc jusqu'à un fourré. Là, le mur écroulé laissait un passage. Justin s'accroupit et se glissa à l'intérieur de la propriété d'Henri Charron. Arnaud hésitait.

— Alors, tu viens ? Je t'avertis, si le garde arrive, tu te débrouilles, moi je file.

Ils se dirigèrent vers l'étang.

— Tu diras que tu t'es perdu.

Au bord de l'étang, le grondement du tonnerre les surprit comme si la surface de l'eau l'amplifiait. Le vent s'était levé.

— Faut faire vite, murmura Justin. L'orage n'est pas loin.

Justin sortit une ligne de sa musette.

— Tu attaches un caillou au milieu de la corde et le bout à un arbre pour que le poisson ne l'emporte pas. Ensuite, la limace. Tu la piques ici, en travers, du côté de la queue. Bon, tu as vu, maintenant, tu vas te mettre derrière ces noisetiers. Tu me laisses faire.

Justin lova la ligne dans sa main et lança le caillou vers l'eau noire qu'on devinait. Il y eut un petit bruit, puis plus rien. Le braconnier se déplaça de quelques mètres et recommença l'opération. Arnaud ne perdait rien de ses gestes, conscient d'assister à quelque chose d'interdit.

Une bourrasque les secoua. Le tonnerre claqua si près qu'Arnaud rentra la tête dans les épaules. De grosses gouttes de pluie s'abattirent soudainement sur l'eau avec un grésillement de friture. Justin avait disparu. Le garçon courut sur la berge, tomba plusieurs fois dans la vase, se releva. Comment retrouver son chemin ? Où était la brèche dans le mur d'enceinte ?

Les trombes d'eau l'aveuglaient. Il marcha au hasard et s'arrêta en bordure d'une allée. Un homme se tenait devant lui, sous les branches basses d'un arbre. Une voiture noire dont les phares allumés éclairaient la façade du château était arrêtée un peu plus loin.

Quelqu'un sortit du château en s'abritant sous un parapluie. Arnaud reconnut la haute silhouette d'Henri Charron, cet homme si impressionnant que le gamin n'osait pas lever les yeux vers lui quand il le croisait. Le châtelain s'arrêta devant la voiture. L'inconnu qui s'abritait sous l'arbre s'approcha de lui. Ils n'échangèrent ni salut ni poignée de main.

— J'attends toujours l'argent, dit l'homme d'une voix distincte.

— Je refuse.

— Sachez que les documents compromettants dont je vous ai parlé se trouvent chez quelqu'un qui a ordre de les transmettre à la presse s'il m'arrivait quelque chose. Si vous vous obstinez, tout ce que vous voulez cacher sera étalé au grand jour.

— Je n'ai plus rien. J'ai tout dépensé après la guerre pour moderniser mon chai, entretenir mes bâtiments et refaire la toiture du château qui prenait l'eau.

— Ce n'est pas mon affaire. Il me faut cinq cent mille francs pour mon silence.

— Je ne peux pas vous payer, répliqua Charron en abaissant le parapluie sur sa tête.

— Débrouillez-vous, mais il me faut cet argent avant une semaine.

Henri Charron souleva son parapluie.

— Qui êtes-vous ?

— Cela ne vous regarde pas.

— Je n'ai aucune preuve que vous possédez les documents dont vous parlez.

— Aucune preuve que vous, capitaine Fulban, avez dénoncé à la Gestapo et fait arrêter Marie Bussières, elle-même résistante ? Aucune preuve que vous avez fait capturer plusieurs résistants, vos camarades de combat, pour obtenir la libération de votre fils arrêté après l'assassinat d'un certain Jérôme Duvalet, marchand de tableaux à Paris ?

— Duvalet était un collaborateur : il pillait les propriétés des Juifs arrêtés pour vendre des œuvres d'art aux officier allemands.

— Peut-être, mais sans votre intervention, votre fils aurait fini avec douze balles dans la peau ! Vous avez trahi votre camp pour le sauver. Je vous ferai savoir où me remettre l'argent.

L'homme remonta dans sa voiture et sortit du parc en marche arrière. Henri Charron rentra dans le château, la porte claqua. La lumière extérieure s'éteignit. Le tonnerre s'éloignait : une fois de plus, sainte Pauline avait protégé Lussac et ses vignes. Les Lussacois ne manqueraient pas d'exprimer leur ferveur lors de la prochaine fête, les culs-bénits comme les communistes, à qui il ne viendrait pas à l'idée de se dispenser d'assister à une cérémonie religieuse aussi importante pour leurs affaires. Il ne pleuvait presque plus. Les nuages se déchiraient et la lune sortit sur une campagne mouillée. Arnaud n'aurait pas de mal à retrouver son chemin.

Marguerite s'emporta :

— Regarde dans quel état sont tes vêtements ! Mais franchement, tu crois que j'ai rien d'autre à faire qu'à m'occuper de toi ?

— J'étais avec Justin. On est allés au bord de la rivière.

— Qu'est-ce que tu faisais avec Justin ? Demain, tu iras voir le curé comme ça, tout sale !

Paul jeta un regard contrarié à Marguerite. Pourtant, il ne s'opposerait pas à ce qu'Arnaud chante le jour de la Sainte-Pauline. Il ne croyait pas en ces fadaises, mais on ne savait jamais : un malheur était si vite arrivé !

— Ce petit a une voix qui vient du ciel, précisa Marguerite.

Elle avait mis tant de conviction dans son propos que l'enfant en eut chaud au cœur.

Le lendemain, Arnaud se leva très tôt. L'image de M. Charron sous son parapluie ne cessait de le préoccuper. Dans la cuisine, il trouva Justin en train de casser la croûte. Le simplet lui demanda :

— Alors, t'étais où ? Je t'ai cherché partout.

— Je me suis perdu dans la forêt.

Marguerite entra dans la cuisine, un paquet de linge à la main.

— J'ai nettoyé tes vêtements, maugréa-t-elle, mais gare à toi si tu recommences !

— Viens voir, dit Justin, la pêche a été bonne.

Il emmena le garçon jusqu'au bac de pierre où buvaient les moutons. Dans l'eau peu profonde, de longs poissons noirs ondulaient comme des serpents.

— Les anguilles, expliqua Justin. Ce soir, je vais les apporter à qui me les a commandées.

# 15

Laval et Bonchamps se relayaient pour interroger Jean Charron. Celui-ci, assis dans la salle nue près d'une table en bois blanc, ne flanchait pas. Depuis la veille, il ne s'était pas contredit. Pour la centième fois, Laval reprit l'interrogatoire au début.

— Vous avez fait votre service militaire à Alger de 1936 à 1938. Ensuite, vous vous êtes installé à Angoulême, comme négociant en vins et spiritueux. La guerre éclate, vous êtes mobilisé. En 1940, lors de la débâcle de l'armée française, vous reprenez votre commerce. C'est bien ça ?

— Je vous l'ai dit cent fois.

— Parfait. Après une ultime dispute avec son père, Marie Bussières arrive à Paris en 1937. Elle habite rue de Clignancourt. Elle travaille à l'hôtel de la Butte en qualité de femme de ménage. Son fils naît en 1938, de père inconnu.

— Je n'en sais rien.

— Ensuite, continua Laval en montant le ton, pour vos affaires, vous faites de fréquents voyages à Paris. Vous espionnez Marie Bussières, le grand amour de votre vie, je précise que ce sont vos termes.

— Si vous voulez.

— Avez-vous essayé de lui parler ?

— Non, parce que tout était fini entre nous. Les Charron et les Bussières avaient gagné. Ils ne voulaient pas de notre mariage, Marie avait fini par céder, et moi, je n'ai pas insisté, ce qui a été ma grande erreur.

— Pendant l'Occupation, quelle était votre position ?

— Je faisais du commerce. Or il se trouve que les officiers allemands me commandaient du vin et que je ne pouvais pas le leur refuser.

— Cela veut-il dire que vous collaboriez avec l'ennemi ?

— Non, s'emporta Jean. Cela veut dire que je ne savais plus où j'en étais, voilà la vérité. Vous ne pouvez pas comprendre, vous n'avez probablement jamais éprouvé un sentiment comme le mien. Marie venait d'avoir un enfant, c'était bien la preuve qu'elle ne m'aimait plus !

— Voilà que vous jouez le sentimental ! On va donc parler de Jérôme Duvalet. Il a été tué dans une embuscade à laquelle vous avez participé. Lui aussi faisait du commerce avec l'ennemi.

Jean Charron s'affaissa sur sa chaise en joignant les mains.

— Je n'en peux plus. Faites de moi ce que vous voudrez, mais laissez-moi tranquille.

— Dites-nous la vérité et nous vous laisserons tranquille. Je continue, insista Laval : ce Duvalet est le protecteur de Marie qui, elle, fait partie d'un réseau de résistants avec son amie Marthe Leglane. Vous êtes tellement jaloux que vous vous arrangez d'un côté avec les Allemands à qui vous vendez du vin pour faire arrêter Marie et Marthe, puis de l'autre avec des résistants pour tuer Duvalet. Vous voilà enfin libéré de votre passé.

— Mais qu'est-ce que vous racontez ? Moi, faire du mal à Marie ? Vous délirez !

— Il ne vous reste plus qu'à nous apprendre ce que venait faire Marthe Leglane à Lussac. Ce devait être important puisque vous vous accusez de lui avoir tiré dessus par accident alors que nous avons la preuve que la balle qui l'a tuée ne vient pas de votre fusil !

— Je vous jure que je n'en sais rien.

Il soupira, ses épaules se soulevèrent sous l'effet d'une sorte de sanglot douloureux. Enfin, il leva vers les policiers des yeux rouges de fatigue.

— Je n'en peux plus. Je vous en prie, donnez-moi à boire. Il faudrait que je dorme.

— Pas tout de suite. Nous sommes persuadés qu'il y a un lien entre le retour du petit Bussières chez ses grands-parents et l'assassinat de Marthe Leglane. Ce jour-là, vous êtes à l'affût des canards et nous avons la certitude que vous n'êtes pas seul. Vous vous êtes accusé pour cacher la présence d'une autre personne qui était avec vous. La position des arbres ne laisse en effet que deux postes de tir possibles : l'endroit où vous vous trouviez, et un autre, à quelques mètres. C'est de cet endroit que Marthe a été tuée. Vous n'avez pas tiré sur le sanglier comme vous l'avez affirmé : votre fusil ne présente aucune trace de poudre récente. Qui est ce complice que vous cherchez à couvrir ?

— C'est faux, tout ce que vous avancez est faux. J'étais seul au bord de l'étang.

— Bon, trancha Laval, on va vous conduire dans une cellule où vous allez vous reposer et manger.

Deux policiers emmenèrent Jean Charron. Laval s'assit à sa place. Bonchamps était perplexe. Lui qui semblait le plus virulent pendant l'interrogatoire émit le premier doute :

— Ce gars est sincère, alors pourquoi cherche-t-il à protéger celui qui a tiré sur Marthe Leglane ?

— Probablement parce qu'il sait ce qu'elle venait faire au château.

Le lendemain matin, vers huit heures, quelqu'un frappa à la porte du commissariat. Comme personne n'ouvrait, une voix de femme cria :

— Je suis la mère de Jean Charron et j'ai une déposition importante à faire !

Laval, qui venait d'arriver, demanda qu'on conduise la visiteuse dans son bureau. Il trouva Élisabeth Charron décoiffée, le visage mouillé de larmes, les yeux rougis.

— J'ai pris un taxi pour venir, s'écria-t-elle. Mon mari ignore que je suis là. Il faut que je vous parle !

Son regard témoignait de sa détermination. Elle déclara dans un flot de paroles avoir vu Henri sortir sous l'orage et s'adresser à un homme debout près d'une voiture noire.

— Qui était cet homme ?

— On vous a parlé des romanichels. Ils ont quitté Lussac mais se sont installés dans un village voisin, à Sainte-Foy-la-Grande. Il y a aussi ce brocanteur qui sillonne la région avec sa traction sous prétexte d'acheter de vieux objets. Il est venu au château et je l'ai éconduit. C'est à lui qu'Henri a parlé sous l'orage. Je l'ai formellement reconnu.

— En quoi cela concerne-t-il notre affaire ?

— C'est peut-être lui qui a tué l'inconnue dans le parc ! Mon pauvre Jean, que vous gardez ici, n'est pour rien dans toute cette affaire.

— Vous avez peut-être raison, admit Laval. Mais à votre avis, pourquoi votre mari est-il sorti sous la pluie pour lui parler ?

— Je l'ignore. Henri est terriblement nerveux depuis quelque temps. Un rien le met en colère et il passe ses nuits dans son bureau.

— Bien, nous allons relâcher votre fils ce matin même.

Bonchamps arriva en compagnie de Jean Charron qui s'étonna de trouver sa mère ici à une heure aussi matinale. Élisabeth se jeta dans ses bras en pleurant.

— Vous pouvez rentrer chez vous, nous n'avons aucune charge contre vous, dit Laval à Jean.

Quand Jean et sa mère se furent éloignés, Laval se dit qu'une nouvelle piste venait de s'ouvrir.

— Pourquoi Henri Charron ne dort-il plus et que faisait-il en compagnie de ce brocanteur dont plusieurs personnes nous ont signalé la présence à Lussac avant et après l'assassinat ?

— Tu veux interroger Henri Charron ?

— Tu n'y penses pas ? Se retrouver avec le préfet sur le paletot, non, merci ! Il nous faudrait une bonne raison, et pour la trouver, il va falloir fouiller un peu dans les affaires de cet homme à la traction noire qui achète des vieilleries dans les fermes. Je vais demander au brigadier Leclant de poster ses hommes sur les routes pour le retrouver.

— Drôle de famille, murmura Bonchamps en regardant par la fenêtre Élisabeth et Jean Charron monter dans le taxi qui devait les ramener à Lussac. Le père et le fils se haïssent. La mère navigue entre les deux, et je suis persuadé qu'elle vient de choisir son camp.

— Cette haine est sûrement un élément important dans notre affaire. Tout nous ramène à Marie Bussières et au petit Arnaud. Mais que vient faire le brocanteur dans tout ça ?

Quand Jean et Élisabeth arrivèrent au château, la meute se mit à hurler. Henri était sur le pas de la porte. Il ne fit aucune remarque à Élisabeth et proposa à Jean de l'accompagner dans les vignes.

Sans un mot, Jean lui emboîta le pas. Les ceps n'avaient pas souffert de l'orage. Des rameaux lourds de sève avaient été cassés, mais ceux qui portaient les grappes avaient été épargnés. Henri et Jean marchaient chacun d'un côté du chemin. La campagne fumait. Une chaleur lourde indiquait que le tonnerre gronderait de nouveau avant la nuit.

— Qui était cet homme à qui vous avez parlé sous l'orage ? questionna tout à coup Jean.

Henri se tourna vers son fils.

— Quelqu'un qui s'était perdu.

— On dit que c'était le brocanteur que l'on voit dans le pays depuis quelque temps. Quelles relations entretenez-vous avec lui ?

— Je ne sais pas de qui tu veux parler.

Henri s'arrêta brusquement et reprit :

— Pourquoi t'es-tu accusé d'avoir tué accidentellement Marthe Leglane ?

— Pour vous sauver. Parce que je vous ai vu de dos lever votre fusil. Vous étiez à moins de dix mètres de moi, près de l'étang.

— Mais qu'est-ce que tu racontes ?

— Quelle menace Marthe Leglane représentait-elle pour vous ? poursuivit Jean.

— Que dis-tu ? Je te jure que ce n'est pas moi qui l'ai tuée.

Jean était pourtant certain d'avoir vu de dos une silhouette de grande taille, identique à celle de son père. L'inconnu portait un chapeau, ce qui le rendait difficilement identifiable. L'homme avait tiré puis s'en était allé tranquillement. Jean n'avait pas eu le réflexe de le poursuivre.

— Quant au brocanteur..., continua Henri.

Jean tourna un regard intéressé vers son père.

— Voilà la vérité, mais il ne faut pas le répéter à ta mère. Je lui ai vendu les bronzes qui étaient dans une caisse au grenier. Tu sais comme elle s'attache à toutes ces vieilleries qui nous encombrent. Il me les a payés un bon prix et c'était l'occasion de s'en débarrasser.

— Et c'est pour cette raison que vous avez affronté l'orage ?

— Je ne m'attendais pas à ce qu'il vienne me les payer à cette heure, mais il m'a dit qu'il quittait la région.

Les deux hommes regagnèrent le château. Élisabeth les vit arriver dans l'allée centrale et se sentit rassurée.

— Vous voilà enfin !

— Oui, nous avions à discuter sur la manière de présenter nos vins à la foire de Bordeaux.

## 16

Depuis le lever du jour, Marguerite rouspétait contre Arnaud : sa veste était fripée et son pantalon vraiment trop court.

— Tu ne pouvais pas le dire plus tôt ? On va avoir l'air de quoi, nous ?

On était le dernier dimanche d'avril, celui de la Sainte-Pauline de Lussac. Après la messe, les Lussacois se rendaient en procession sur la colline Saint-Clair. Les jeunes garçons se relayaient pour porter la pierre sur laquelle la jeune bergère se trouvait agenouillée lorsque l'éclair l'avait frappée, un honneur auquel aucun n'aurait cherché à se soustraire.

Pendant la semaine précédente, le soir après l'école, le curé et Léontine Vergne, la femme du facteur, qui dirigeait la chorale, avaient fait répéter Arnaud avec les jeunes filles. La facilité du gamin à comprendre un air et à s'en souvenir les avait étonnés. Cette année, la fête de Sainte-Pauline serait particulièrement réussie.

Pour l'instant, Marguerite s'échinait à effacer un pli sur le dos de la veste de son petit-fils. Paul n'arrêtait pas de l'appeler pour qu'elle lui trouve des chaussettes propres et une cravate. Pour l'occasion, la vieille Léa avait sorti sa longue robe noire en coton et coiffé un antique chapeau orné d'un bouquet de plumes blanches. Justin s'était vêtu de velours, pantalon épais et veste marron. Il cherchait une casquette propre dans son armoire et, n'en trouvant pas, attendait que Marguerite s'occupe de lui. Mais Marguerite habillait Arnaud qui devait partir avant les autres pour la dernière répétition de la chorale.

Le gamin rejoignit Lilly qui l'attendait sur la place. La fillette était vêtue d'une robe blanche très légère voletant autour d'elle comme la corolle d'une fleur. Les autres gamins étaient là, en retrait, tous cravatés et vêtus de neuf.

Le curé vint les chercher pour les placer dans le chœur, car c'était aussi la fête des enfants. Les cloches se mirent à sonner à toute volée. Henri Charron arriva à pied, donnant le bras à Élisabeth. Les gens trouvèrent le « bourgeois » fatigué. Jean marchait à côté de son père et répondait aux bonjours de ses fermiers.

L'église était bondée, les derniers arrivés durent rester dehors sous le soleil qui tapait fort, mais ils gardaient humblement leur casquette ou leur chapeau de velours à la main.

Quand le prêtre et les enfants de chœur sortirent de la sacristie, Léontine donna le départ du premier chant. La voix d'Arnaud s'imposa aussitôt, dominant celle des filles. Les gens n'entendaient qu'elle et l'émotion se marquait sur les visages à mesure que les notes claires égrenaient la mélodie. C'était la première fois que les Lussacois entendaient une voix aussi pure, dont ils n'auraient su dire pourquoi elle les touchait autant. Comment ce gamin à la tête ronde, aux cheveux raides et surtout avec son pied bot, ce gamin né d'une écervelée rejetée par sa famille, pouvait-il rivaliser avec les anges ?

Dans son coin, tout au fond, Paul frissonnait. Il avait le sentiment d'être très sale et que sainte Pauline lui faisait des reproches. La douleur dans sa poitrine le reprit. Le souffle lui manquait, son cœur battait très fort. Il chancela. Ce moment de faiblesse qui serait passé inaperçu sur son chantier risquait d'attirer l'attention de tous. Il serra les dents ; enfin le malaise s'estompa.

Le chant s'arrêta et fut suivi d'un silence ému. Puis un léger bruit, comme celui de la brise sur les feuilles nouvelles, monta de l'assistance. Le curé lui-même hésitait à gravir les marches de l'autel.

Il commença l'office et l'atmosphère se détendit. Au fond, les hommes discutaient, riaient, toussaient, faisaient grincer les chaises. Beaufort laissait faire : il ne pouvait pas trop en demander à ces vignerons qui assistaient à la messe une fois par an. Enfin, après le sermon très court dans lequel il se contenta de parler des richesses locales, du vin et des truffes, évitant soigneusement d'évoquer les événements auxquels tout le monde pensait, la chorale entonna un air traditionnel dédié à sainte Pauline. Arnaud chantait et les hommes du fond se turent. Les filles de la chorale se contentaient d'accompagner le petit prodige. Marguerite serrait le bras de sa belle-mère, refoulant des larmes qui lui auraient fait honte. Léa voyait ce paysage lumineux qui lui apparaissait parfois depuis qu'elle était aveugle.

À la fin de la messe, les gens se rassemblèrent sur la grande place autour de la pierre de sainte Pauline. Elle n'était pas très lourde, les jeunes garçons s'apprêtaient à la porter chacun à leur tour jusqu'au sommet de la colline, situé à près de un kilomètre.

Le curé prit le temps de poser ses vêtements sacerdotaux et, flanqué de deux enfants de chœur, sortit sur le parvis pour bénir la foule recueillie. Les garçons de plus de douze ans s'étaient rassemblés devant la pierre où l'on voyait nettement la marque noire de la foudre ayant tué sainte Pauline. La tradition voulait que seuls les garçons de la dernière année du catéchisme la portent, mais quand ils n'étaient pas assez nombreux, on faisait appel à leurs aînés d'un an. Ils se rassemblèrent en ligne, fiers d'avoir à accomplir quelque chose d'important devant les adultes. Arnaud, qui avait fait vibrer la foule avec sa voix d'or, se tenait parmi eux.

— C'est à vous que revient la tâche d'honorer notre sainte et de porter la pierre foudroyée à la place où le feu du ciel l'a touchée, commença le curé. Ce que vous faites est très important. Vos pères, vos grands-pères l'ont fait avant vous quand ils avaient votre âge. Maintenant, ils attendent de vous cet acte symbolique qui montre bien que nous sommes tous unis, jeunes et vieux, pour la prospérité de notre communauté.

Enfin, le jeune Lorrinet, le premier de la file, s'approcha sous les regards attentifs de la foule et du curé. Il marchait d'un pas appuyé, si peu naturel que quelques sourires attendris fleurirent sur les visages. Il saisit la pierre à bras-le-corps, la souleva lentement. Le curé et un enfant de chœur portant la croix ouvrirent la marche devant lui.

Après une centaine de mètres, Beaufort demanda à Lorrinet de céder le fardeau à son camarade qui marchait derrière lui. Ainsi, à intervalles réguliers, la relique passait de main en main. Trois cents mètres restaient à parcourir quand arriva le tour d'Arnaud. Le curé hésita, puis il laissa faire : le garçon avait de bonnes épaules et une jambe solide pour compenser son handicap. Il se saisit de la pierre, vacilla puis reprit son aplomb et, serrant les dents, réussit à faire quelques pas en sautillant. Beaufort mesura la détresse du gamin et fit un signe rapide au porteur suivant. Mais trop tard, Arnaud trébucha et tomba. La pierre foudroyée roula sur le sol. Des protestations montèrent de la foule stupéfaite. Les bigotes opinaient. Elles ne s'étaient pas trompées en pensant que seul le diable avait pu donner une si belle voix à l'enfant du péché, qui n'aurait pas dû entrer dans une église. Sainte Pauline s'en souviendrait !

Marguerite se fraya un chemin dans l'assistance en bousculant les gens. Elle passa à côté du curé et releva Arnaud qu'elle serra contre son imposante poitrine. Puis elle tourna un regard agressif vers les villageois.

— Le pauvre petit, bougonna-t-elle assez fort pour que tout le monde l'entende, a-t-on idée de le laisser faire ça ?

Le cortège reprit sa lente ascension. Arnaud restait près de sa grand-mère. En tombant, il s'était fait mal à son pied bot. Il pleurait en silence, lui qui avait donné tant de bonheur avec sa voix aussi claire que l'eau d'une source entre les rochers.

Quand la procession arriva au sommet de la colline, midi approchait. Le dernier porteur posa délicatement son fardeau là où la foudre avait frappé la sainte. Le curé récita plusieurs prières reprises par la foule.

À la fin de la cérémonie, la pierre fut posée sur un dais que quatre adolescents allaient porter devant l'église, où elle serait déposée sur son socle pour y rester jusqu'à l'année suivante. L'attention retombait. Les fidèles entouraient le curé pour bavarder de tout et de rien. L'heure était désormais à la distraction, à la fête, aux petits verres au bistrot.

Jean Charron sortit de la foule sous le regard étonné de son père dont la longue tête maigre dépassait celles mouillées de sueur des vignerons pressés de quitter ce lieu inhospitalier. Il se plaça en face de la foule, à côté du curé qui se crut obligé de sourire.

— Mes amis, commença-t-il de sa voix grave et distinguée, car il ne roulait pas les syllabes comme les gens d'ici. Je suis là aujourd'hui, mais vous savez que j'ai passé deux journées dans les locaux de la police pour la mort de cette pauvre femme dans le parc du château. Ce n'était qu'un accident, je voulais vous le dire pour que vous ne perdiez pas votre confiance en cette journée si importante pour nous et nos vignes.

Un brouhaha parcourut la foule. Les gens se demandaient s'ils devaient applaudir. Pourquoi M. Jean parlait-il de cela ici ? Henri Charron s'approcha de son fils.

— Jean, ce n'est pas le moment, dit-il, puis, se tournant vers l'assistance, il ajouta : Jean a été terriblement affecté par cet accident. Je vous prie de l'excuser.

— Pour finir, continua Jean en ignorant l'intervention de son père, je vais vous faire un aveu qui me pèse plus que la pierre de sainte Pauline. Un aveu public dont je dois soulager ma conscience : le père du petit Arnaud Bussières, c'est moi !

La chute d'Arnaud l'avait décidé à parler de la sorte. Il tendit les mains vers la foule étonnée. Le silence pesait sur les épaules autant que le soleil.

— Je voulais que vous le sachiez pour que cet enfant soit considéré par vous comme un véritable Charron.

Henri, qui ne pouvait pas laisser dire une telle énormité, s'écria :

— Mais voyons, Jean, tu sais bien que c'est impossible. Tu étais à l'armée, en Algérie, quand…

— J'ai eu une permission à cette époque dont je ne vous ai jamais parlé, répliqua Jean.

Sans rien ajouter, il traversa la foule et s'éloigna sur le chemin en pente. Les gens protestaient : sainte Pauline n'avait pas besoin d'être mise au courant des sales histoires humaines. Mme Élisabeth poussa un cri et s'effondra, victime d'un étourdissement. Henri l'aida à se relever. La descente vers le village se fit dans un grand désordre. D'ordinaire, la foule accompagnait le brancard de la pierre foudroyée, cette fois, elle se dispersa. Comment était-ce possible ? Le petit-fils de Paul Bussières, un Charron ! C'était inconcevable ! D'ailleurs, Henri avait raison, lorsque l'enfant avait été conçu, Jean était en Afrique.

— Il a dit ça pour blesser son père, fit une personne aux épaisses lunettes.

Léa, au bras de Justin, eut une sorte de hoquet et s'écria dans le brouhaha :

— Tout ça sent le malheur à plein nez !

Marguerite, qui gardait toujours son petit-fils serré contre elle, ne répondit pas aux regards interrogateurs des autres femmes. Paul avait rabattu sa casquette sur ses yeux puis il s'en était allé, seul.

# 17

De retour à la maison, Marguerite mit le bouillon à réchauffer. Contrairement à d'habitude, personne n'était invité au repas de fête : Paul l'avait voulu ainsi sans donner ses raisons. Marguerite ne l'avait pas contrarié, ça lui faisait moins de travail et elle n'avait pas la tête aux distractions.

Enfin libre, Arnaud s'échappa entre les rangs de vigne. Son pied heurta une pierre, il tomba sur la terre labourée, salit sa belle veste et son pantalon trop court. Une aigreur irritait sa gorge. Ce qu'il avait entendu lui faisait tellement mal qu'il aurait voulu disparaître sous terre, ne plus vivre, n'être qu'un caillou insensible au temps. Il reprit sa course jusqu'au bas de la pente. La rivière était à quelques mètres, mais il ne s'en approcha pas. La sueur coulait sur son front, lui piquait les yeux.

Il s'assit au pied d'un arbre sans se préoccuper de ses vêtements du dimanche. L'image de sa mère le hantait, le persécutait. Il la voyait toujours entre les deux hommes qui l'obligeaient à monter dans une voiture…

Il n'avait jamais imaginé qu'il pût avoir un père et voilà qu'on lui en inventait un, tellement différent de lui ! Il ferma les yeux pour échapper à son écœurement. La sensation d'une présence lui fit lever la tête. Le chien qu'on avait enfermé dans sa niche avait réussi à se libérer et posait sur l'enfant un regard plein de tendresse. Comprenait-il qu'Arnaud était le plus seul des garçons ?

— Mon Barbet !

Il passa son bras autour du cou de l'animal et resta ainsi un long moment. Une voix claire l'appelait. Lilly courait vers lui.

La fillette, voyant ses yeux rouges, s'assit à côté de lui sans ajouter un mot. Le vent s'était levé, frais, un vent plein d'odeurs de fleurs et de plantes fraîches.

— Regarde, dit la fillette en sortant plusieurs pièces de sa poche.

— Où tu les as trouvées ?

— On me les a données, répliqua Lilly sur le ton du secret. Ça fait toujours un peu plus pour nous.

— Je voudrais partir tout de suite.

— Moi aussi. Ce soir, après avoir passé la journée à boire, mon père sera de mauvaise humeur et il me frappera. Je voudrais ne jamais rentrer chez moi.

Arnaud non plus n'avait pas envie de retourner chez ses grands-parents, car il redoutait les reproches de Paul.

— Ça ne fait rien, on doit patienter. Bientôt on partira pour de bon. Cette nuit, j'ai fait un drôle de rêve.

Il n'ajouta rien. Dans son rêve, sa mère entrait dans leur petit appartement de la rue de Clignancourt ; son visage était celui d'une vieille femme aux cheveux rasés et à la bouche sans dents.

— Faut pas croire ce qu'a dit Jean Charron, ce n'est pas vrai. Il n'est pas mon père. Il l'a dit pour faire son intéressant.

Arnaud pensait à ce qu'il avait entendu, l'autre soir sous l'orage, quand le vieil Henri Charron était sorti avec son parapluie pour rejoindre l'inconnu près de sa voiture arrêtée dans l'allée.

Paul Bussières marchait au hasard dans cette campagne qui l'avait vu naître et qu'il ne reconnaissait pas. Il avait mal partout et surtout à la poitrine. Il commençait à s'habituer à la présence de ce petit-fils qui voulait devenir maçon comme lui, et voilà que l'aveu de Jean le plaçait du côté de ses ennemis. Le sang Charron mêlé au sien, un comble ! Comment supporter un tel affront ?

Il retourna au village, entra dans le bistrot de la place, bondé à cette heure. Tous les regards se tournèrent vers lui, et comme les conversations avaient baissé d'un ton, il s'écria :

— Eh bien quoi, vous avez vu le loup ?

— Mais enfin, Paul, dit Georges Dormet qui servait au bar, un gros homme avec son mégot au coin des lèvres. Qu'est-ce qui te prend de nous parler comme ça ?

— Il me prend que vous me faites tous chier ! Donne-moi une prune.

Georges posa un petit verre à liqueur devant Paul, qui le repoussa vivement. Le verre roula sur le comptoir, mais Georges le rattrapa avant qu'il tombe.

— Qu'est-ce que tu veux que je fasse d'un verre de cette taille ? Donne-moi un grand verre, j'ai soif !

Sans un mot, Georges prit un verre à bière et le remplit aux trois quarts de gnôle. Paul le porta à ses lèvres et but comme si c'était de l'eau.

Vers cinq heures de l'après-midi, Marguerite s'étonna que son mari ne fût pas encore rentré. Elle sortait sur le pas de la porte quand elle vit Justin, hilare, pousser une brouette dont la roue grinçait. Paul était affalé dedans et bredouillait des mots sans suite. Justin poussa son fardeau jusqu'au perron et le renversa sur les marches. Grognant, Paul tenta de se mettre debout, sans y parvenir. Enfin, il réussit à se camper sur la première marche et, les jambes écartées, le buste en avant, il cria en regardant Marguerite :

— Je leur ai dit, moi, que le fils du bourgeois voulait me salir !

Il se tourna vers le village et hurla :

— J'en ai rien à faire des Charron. Des jean-foutre, des merdes, oui, des merdes !

— Tu vas arrêter de crier comme ça ! Tu es complètement saoul, s'emporta Marguerite.

— Et c'est toi qui me dis d'arrêter ? Est-ce que tu crois que je vais laisser raconter des fadaises ?

Marguerite prit Paul par les épaules. Sa force semblable à celle d'un homme lui permettait de hisser le maçon ivre jusque dans la maison. Effaré, Arnaud assistait à la scène.

— Je le mets au lit, dit la grand-mère à l'intention de l'enfant. Quand il se réveillera, il ne se souviendra de rien.

Léa s'impatientait.

— Il fait beau. Dépêche-toi, tu vas m'emmener à la promenade.

— Vous ne vous êtes pas suffisamment promenée pour aujourd'hui ? s'énerva Marguerite.

— Je sens la pluie qui arrive, répliqua la vieille. Alors, je veux du soleil.

## 18

Henri Charron ne supportait plus de voir Élisabeth attendre son fils au portail du parc. Il sortit prendre l'air sous les chênes qui avaient vu naître, grandir et mourir tous les Charron depuis la Révolution. Il passa voir ses chiens qui se mirent à hurler, les caressa chacun à leur tour, puis s'éloigna en direction de l'étang.

La nuit tombait lentement. Les oiseaux sifflaient dans les buis sauvages qui poussaient entre les charmes. Du village venaient la musique du bal et des éclats de voix. Les jeunes Lussacois avaient déjà beaucoup bu. Comme chaque année, des bagarres éclataient sous le regard attentif des aînés qui restaient assis aux tables sorties sur la place… Henri n'avait jamais su se faire aimer des gens. Il était trop distant, hautain, tellement loin de ces hommes simples qui passaient leurs journées penchés sur les rangs de vigne. La vulgarité et la grossièreté lui répugnaient.

Jean était peut-être avec eux. Tout le monde l'aimait bien ici parce qu'il savait se mettre à la portée des plus humbles. Il aurait fait un très bon vigneron, un père de famille convenable capable de tenir sa place au bistrot le jour de la Sainte-Pauline, tout comme il aurait été à sa place au syndicat des vignerons et au parti communiste !

Les moucherons volaient dans la lumière rasante du soleil. Henri aimait cette heure entre chien et loup, cet instant fugitif où tout semblait hésiter. Il n'avait pas le sentiment d'avoir commis la moindre faute et ne regrettait pas ce qu'il avait fait pour sauver Jean. Les résistants qu'il avait dénoncés n'étaient pas irréprochables, mais comment se défendre avec de tels arguments ?

Il revint vers le château. Un homme attendait près d'une traction noire arrêtée en retrait dans l'allée principale. Henri hésita, tourna la tête vers le taillis comme s'il avait voulu s'enfuir, puis décida de faire front.

— Vous avez l'argent ? demanda le visiteur.

— Non, répondit Henri Charron.

— Alors, j'envoie les documents aux journaux.

Il sortit une grande enveloppe de sa poche intérieure.

— Cette photo vous montre en présence du général von Perchten qui commandait la région. Vous êtes attablés devant un bon repas et vous semblez ne pas vous ennuyer.

— Ce n'est pas une preuve. Tout le monde sait que ma pratique de l'allemand me permettait de fréquenter ces gens pour obtenir des renseignements.

— Et cette lettre, datée du 3 avril 1944, toujours adressée à ce même von Perchten. Vous y désignez les chefs de la Résistance arrêtés quelque temps plus tard. Et ce n'est pas tout, nous avons encore de nombreux documents. Il faut payer, sinon tout ceci sera publié.

— Laissez-moi un peu temps, tempéra Henri Charron. Je vais vendre une coupe de bois de ma propriété de Charente.

— Ça suffit ! Vous avez jusqu'à demain soir même heure, sinon...

Le brocanteur monta dans sa voiture avant de faire demi-tour et de s'éloigner. Le bruit du moteur se fondit dans celui de l'accordéon qui jouait pour la centième fois la même java. Henri Charron s'affala contre le tronc d'un arbre. Son cœur battait à se rompre. Il craignit un malaise et s'assit sur l'herbe. Demain soir ! Comment allait-il trouver l'argent nécessaire pour acheter le silence de ce maître chanteur ?

Au château, Élisabeth s'inquiéta de sa mine fatiguée.

— Vous devriez consulter un médecin. Je vous trouve fort énervé depuis quelques jours.

— Jean n'est pas encore rentré ?

— Non. Nos invités ne vont pas tarder. Nous dînerons sur la terrasse. La soirée est douce, je ne pense pas que nous aurons froid.

Paul Bussières ouvrit les yeux et s'étonna d'être allongé sur son lit tout habillé. Le soleil du soir brillait encore ; une lumière vive transperçait la fenêtre. Quand il se dressa sur les coudes, un violent mal de tête lui rappela son écart de l'après-midi. Sa douleur à la poitrine était plus vive que d'habitude. Il tenta de se souvenir de ce qu'il avait pu faire ou dire, mais c'était le trou noir. Il ne se rappelait même pas dans quel bistrot il s'était saoulé !

Il se mit pesamment sur ses jambes et marcha jusqu'à la porte. Dans la cuisine, sa mère grognait, Marguerite lui répondait sur son habituel ton revêche. Il sortit. À l'abreuvoir des moutons, il s'aspergea le visage. La fraîcheur lui fit du bien et lui remit les idées en place. Il posa sa casquette sur ses cheveux mouillés et partit pour le Rigal. Il aimait, le soir, marcher sur ce chemin où, enfant, il allait courir et chasser les chauves-souris. Sa mère n'était pas encore aveugle et travaillait dur aux vignes et aux parcelles de tabac. Son père, qui buvait beaucoup, était aussi un bon maçon.

Il s'assit en face de son mur. La musique du bal arrivait jusqu'à lui. Les autres années, il allait jouer aux cartes avec ses copains, mais ce soir il voulait rester seul. Tout à coup, il eut l'impression qu'un poignard s'enfonçait dans son cœur. Grimaçant, il porta la main au côté gauche en poussant un cri.

Quelqu'un jaillit du fourré où il se cachait, sautilla en contournant le tas de pierres et vint se pencher sur Paul qui grimaçait toujours.

— Grand-père, cria Arnaud, qu'est-ce qui se passe ?

Paul frottait sa poitrine du plat de sa grosse main rugueuse. Sa casquette avait roulé sur la mousse, ses cheveux blancs partaient en épis désordonnés au-dessus de son front.

— Grand-père, réponds-moi ! insista encore l'enfant de sa voix flûtée.

— Mes douleurs, murmura Paul. C'est rien.

Elles irradiaient son côté gauche jusqu'au bras. Sa tête dodelinait, il avait du mal à se tenir assis. Si le gamin n'avait pas été près de lui, il se serait allongé sur les cailloux.

— Nom de Dieu, qu'est-ce que ça fait mal !

— Je vais appeler quelqu'un !

— Non, c'est pas la peine.

Ce n'était pas la première fois qu'il ressentait ainsi ce coup de couteau dans la poitrine, mais il n'avait jamais eu mal à ce point.

— Tu es sûr que c'est pas grave ?

Arnaud sanglotait, ce qui étonna le vieil homme. Comment ce fils de personne pouvait-il se faire du souci pour un grand-père qui passait à côté de lui sans le voir ?

— Tu es trop sensible, murmura Paul. Ça te jouera des tours.

— Je t'aime bien, moi, grand-père. Je voudrais tant que tu m'apprennes le métier de maçon. On le ferait tous les deux, le château...

— Qu'est-ce que tu racontes ?

La douleur pesait moins lourd sur son thorax. Il prit une longue respiration, ça passait.

— Je t'ai dit qu'il faut avoir les jambes solides pour soulever les grosses pierres.

— Il paraît qu'on peut m'opérer et que mon pied sera aussi fort que l'autre.

— Alors, dans ce cas...

Voilà que la douleur reprenait le vieil homme qui grimaça de nouveau. Il avait l'impression qu'un grand trou s'était creusé en lui.

— Chante, dit-il. Ça va me faire du bien.

— Qu'est-ce que tu veux que je chante ?

— Ce que tu voudras.

Arnaud se mit à chanter d'une voix hésitante. Paul ne bougeait pas ; la main toujours posée sur sa poitrine, il écoutait. Enfin, il parvint à se relever.

— Tu ne parles à personne de ça !

Il s'éloigna sans rien ajouter.

Arnaud descendit vers le village en suivant les sentiers d'animaux tracés dans les hautes herbes. En passant devant la petite maison des Sagne, les cris d'un homme en colère l'arrêtèrent. Il perçut aussi les gémissements d'une fillette. Tout à coup, Lilly sortit, les mains devant la figure.

— Viens, dit le gamin en prenant sa main tandis qu'Armand Sagne continuait de hurler à l'intérieur.

Sans un mot, reniflant sa morve, Lilly le suivit. Ils traversèrent la route, s'éloignèrent dans les champs de tabac jusqu'à la rivière. Ils arrivèrent à l'abri où Arnaud rangeait sa canne à pêche avec les filets de Justin. Ils s'arrêtèrent en face du courant. Les rires des jeunes gens sur la place du village arrivaient jusqu'à eux. La fête allait se poursuivre tard dans la nuit.

Un poisson sauta près de la berge. Arnaud pensa qu'il pourrait le prendre avec un ver de terre et un des hameçons que Lilly lui avait offerts. Il se tourna vers la fillette qui s'essuyait le visage avec la manche de sa blouse.

— Quand je serai grande, je partirai d'ici. J'irai dans une ville où personne ne me trouvera.

— Viens, lui dit Arnaud en lui prenant la main pour l'entraîner dans la cabane. Si tu rentres chez toi, ton père va encore te taper. Je vais rester avec toi.

— Ta grand-mère va te chercher.

— Peut-être, ma Lilly, mais j'aime pas t'entendre crier comme tout à l'heure.

Ils s'assirent dans un coin à même le sol, dans les bras l'un de l'autre. Arnaud ne pensait qu'au plaisir de sentir son corps contre le sien.

— Plus tard, si tu le veux, on se mariera, murmura-t-il.

— Je veux bien, mais...

— Mais quoi ? sursauta Arnaud.

— Ben, tu as échappé la pierre de sainte Pauline, répondit Lilly en enfouissant son visage dans le cou du garçon.

— Je sais, répliqua Arnaud. Maintenant, il faut que je rentre !

Il s'éloigna dans la nuit.

# 19

Jean Charron marchait sur le sentier près de la Brède. Il laissa sa voiture dans la clairière, là où la route s'arrêtait, et s'éloigna à pied sur le sentier près de la rivière. Ce qu'il avait dit cet après-midi devant les Lussacois réunis sur la colline Saint-Clair prenait sa véritable dimension à cette heure où les formes s'évanouissaient, où les premières étoiles s'allumaient dans le ciel. L'occasion avait été trop belle de rappeler à tous que Marie et lui avaient été sacrifiés par leurs familles respectives. Bien sûr, Arnaud n'était pas son fils : Marie n'avait jamais été à lui. Les deux adolescents étaient bien trop pudiques pou outrepasser les frontières de l'interdit. L'attente sublimait leur désir dans la certitude d'un paradis dont ils ne voulaient pas ouvrir trop vite les portes. Ce ne fut qu'après leur séparation que Marie se mit à faire n'importe quoi, comme si plus rien n'avait d'importance.

Quand il faisait beau, ils se rendaient à vélo sur les bords de la rivière, à l'emplacement d'un ancien pont dont il ne restait que les piles rongées par le lierre. Ils s'asseyaient dans les hautes herbes et passaient l'après-midi, tout au bonheur d'être ensemble, à côté d'un peuplier où ils avaient gravé leurs initiales. Ils faisaient des projets : Marie voulait quitter Lussac pour aller vivre dans une grande ville. Jean, qui ne s'entendait déjà pas avec son père, voulait créer une affaire de négoce de vins en Charente.

— Ma mère possède une grande maison à Angoulême, c'est là que nous nous installerons.

Ils s'étaient séparés un jour semblable à celui-là, avec le même soleil, les mêmes cris joyeux sur la place de l'église et les mêmes rengaines d'accordéon. Ils s'étaient assis sur la pierre plate qui est toujours à la même place. Pour la première fois, la jeune fille avait délaissé Jean pour passer l'après-midi avec un groupe de jeunes gens.

— Je n'en peux plus, lui avait-il reproché. Tu me délaisses.

— Qu'est-ce que tu vas t'imaginer ?

— Ils ne veulent pas qu'on reste ensemble et toi, tu leur donnes raison.

Elle avait éclaté d'un rire léger, presque moqueur, et avait retiré sa main de la sienne.

— Parfois, tu parles comme un enfant ! lui avait-elle reproché. Franchement, on ne dirait pas que tu as quatre ans de plus que moi.

— Mais qu'est-ce qu'ils t'ont raconté pour que tu me parles de la sorte ?

Elle avait embrassé ses lèvres humides. Ce soir encore, il sentait la douceur de ce baiser, un des derniers qu'elle lui avait donnés.

— Je ne peux plus rester ici, avoua-t-elle. Mon père est insupportable. Il faut que je parte, que j'aille voir ailleurs. Je t'en supplie, laisse-moi un peu de temps.

— C'est donc une rupture. Tu ne veux plus de moi ?

— Je n'ai pas dit ça. Faisons semblant de leur donner raison. Je vais partir. Tu me rejoindras.

— Partons ensemble pour bien leur montrer qu'ils ne peuvent pas nous empêcher de nous aimer !

— Tu n'y penses pas ? avait répliqué Marie. Mon père serait capable de me faire rechercher par la police. Et ton père lui donnerait un coup de main. Laisse-moi un peu de temps. Il faut aussi que je me mesure au monde.

Elle avait rabattu sa jupe sur ses genoux et s'était enfuie sans ajouter un mot.

Ils s'étaient séparés fâchés. Jean, au comble du désespoir, s'était mêlé aux fêtards. Il avait tellement bu qu'il n'avait pas pu rentrer au château et s'était endormi dans le parc, au pied d'un charme.

Pendant ce temps, Marie dansait et répondait aux sourires des jeunes gens. Paul s'en était montré tellement satisfait qu'il avait payé une tournée générale. Mais très vite, il avait déchanté : Marie ne mit pas longtemps à se faire la pire des réputations. On la voyait chaque dimanche avec un garçon différent, et les mauvaises langues ne manquaient pas de répéter que la plus belle fille de Lussac se laissait rouler sur l'herbe par n'importe qui. Désespéré, Jean décida de devancer son appel et partit à l'armée.

Attristé par ces mauvais souvenirs, il rejoignit sa voiture. La nuit était tombée, pleine d'étoiles et de musique. Il posa sa tête sur le volant et laissa aller ses pensées. Insensiblement, il glissa dans un sommeil agité.

Quand il se réveilla, c'était déjà le matin, les oiseaux chantaient, le soleil montait au-dessus des arbres. Un rêve étrange s'était imposé à lui, si fort qu'il le voyait encore avec précision. Il se trouvait dans un grand établissement, une sorte d'hôpital. Assis sur des bancs, des hommes et des femmes regardaient dehors par d'immenses baies vitrées. Marie était là ; il n'aurait pas pu dire si elle était debout ou assise, il ne voyait que son visage, étrangement fatigué et pâle. Ses lèvres ne bougeaient pas, pourtant Jean l'entendait l'appeler au secours, lui demander pardon. Et cette voix, toujours la même, toujours présente en lui : « Je voulais voir le monde et la vie. Comme j'ai pensé à toi ! Dans les pires moments, tu m'as donné la force de survivre. »

Jean dérangea un chevreuil qui s'éloigna à toutes jambes. Il fit démarrer sa voiture et traversa le village jusqu'à la dernière maison. Barbet se mit à aboyer. La lourde silhouette de Marguerite apparut sur le perron. Elle ne s'était pas coiffée, ses cheveux volaient en boucles désordonnées sur sa large tête. Elle leva sa main au-dessus de ses yeux car le soleil l'éblouissait.

— Qu'est-ce que c'est ? demanda Léa à l'intérieur de la maison.

— Rien, répondit Marguerite en descendant les marches.

Elle s'approcha de la voiture, toujours sur ses gardes. La présence de Jean dans cette cour était tellement insolite que l'endroit en était chamboulé, presque méconnaissable. L'homme sourit, tendit la main à Marguerite qui la prit vivement, et la relâcha comme si elle venait de se brûler.

— Qu'est-ce que vous voulez ? demanda-t-elle d'une voix bourrue.

— Vous parler.

— On n'a rien à se dire.

— Si. Hier, j'ai voulu choquer les gens et contrarier mon père et Paul. Je ne suis pas le père d'Arnaud. Je voulais que vous le sachiez.

Marguerite se détendit et esquissa un sourire attendri.

— Ce gredin, murmura-t-elle. Ce matin, il est parti à l'école avec son pantalon troué, ça lui apprendra à faire attention à ses vêtements !

— Je voulais vous parler de Marie, poursuivit Jean.

— C'est du passé.

— On est du même côté tous les deux.

— Bon, qu'est-ce que vous avez à me dire ?

— La femme qu'on a trouvée morte dans le parc du château connaissait Marie. Ce sont les policiers qui me l'ont dit. Ce n'est pas moi qui l'ai tuée avec une chevrotine en tirant le sanglier. C'est quelqu'un d'autre.

— Qu'est-ce que vous voulez que ça me fasse ?

Marguerite cria au chien d'arrêter d'aboyer.

— Cette femme est venue pour me parler et quelqu'un l'en a empêchée, poursuivit Jean.

— Je ne veux pas me mêler de vos histoires. J'ai mieux à faire, rétorqua Marguerite, qui redoutait de se faire manipuler. Ici, on ne s'occupe pas des affaires des autres. On a assez de mal à faire bouillir la marmite.

— Écoutez, j'ai la certitude que Marie est vivante et qu'elle ne peut pas revenir.

— Qu'est-ce qui l'en empêcherait ? Son père ? Il a beaucoup réfléchi.

— Quelque chose de beaucoup plus grave. Elle est peut-être malade. Elle nous attend.

— Qu'est-ce qu'on y peut ? rétorqua Marguerite sur un ton qui n'était plus aussi assuré.

— Je veux seulement que vous me disiez ce qui pourrait m'aider à comprendre. Vous avez donné toutes les lettres aux policiers ?

Il avait la certitude que Marguerite avait gardé ce qui ne pouvait pas être lu par tout le monde. Ici, dans le

Bergeracois, la pudeur empêchait de dévoiler certaines choses. La femme hésita, puis se décida :

— Attendez-moi ici, je reviens.

Elle entra dans la maison. Jean regardait les poules gratter la poussière à l'ombre de la grange. Jamais il n'avait été aussi déterminé. Ses errements l'avaient enfin mené quelque part.

Marguerite descendit lentement l'escalier et s'approcha en baissant la tête, comme si elle regrettait déjà ce qu'elle allait faire.

— Tenez, dit-elle. Elle m'a écrit juste avant d'être arrêtée.

Jean prit l'enveloppe que la femme lui tendait, la glissa dans sa poche.

— Merci, murmura-t-il.

Marguerite sourit légèrement. Ils se comprenaient. Elle n'avait jamais oublié sa fille et mesurait l'étendue de sa lâcheté.

— C'est tout ce que vous avez ?

Elle hésita un instant.

— Pas un mot à Paul, murmura-t-elle. C'est l'Assistance qui m'a avertie que Mme Garin ne pouvait plus garder le petit. Alors, j'ai dit que je le prenais ici, sans me préoccuper de ce que dirait Paul.

Jean s'éloigna. La lettre dans sa poche, la dernière que Marie avait écrite, le plongeait dans une sorte de frénésie qui le poussait à agir. Au bord de la Brède, il gara sa voiture à l'endroit où ils avaient l'habitude de se retrouver, Marie et lui. Pour lire les derniers mots de la jeune femme, il voulait marcher dans les pas anciens, sur le sentier de leurs promenades, et il s'arrêta sous le peuplier où ils avaient gravé leurs initiales. Il contempla un long moment l'enveloppe et l'adresse qui ne mentionnait que

Mme Bussières Marguerite. C'était bien l'écriture de Marie, ronde, déliée, régulière.

Il glissa ses doigts dans l'enveloppe, sortit la feuille qui avait dû être lue de nombreuses fois : les coins étaient cornés, le papier jauni par le frottement des doigts de Marguerite. Il n'y avait pas de date, pas de lieu où la missive avait été écrite.

*Chère maman,*

*Je pense beaucoup à toi. Ici la vie est difficile. Ne montre pas cette lettre à mon père qui se mettrait en colère. Si tu vois Jean Charron, dis-lui que je n'ai rien oublié et que je lui demande pardon.*

Bouleversé, Jean laissa son regard se perdre dans le courant. Cette fois, il ne reculerait pas.

# 20

Ce matin-là, en arrivant devant le portail de l'école, les grands cessèrent leurs bavardages en voyant arriver Arnaud. Le fils du forgeron s'approcha du boiteux, l'air menaçant.

— La honte quand tu as échappé la pierre de sainte Pauline !

— Si l'année est mauvaise, ce sera de ta faute, répliqua un autre.

Arnaud se détendit comme un ressort brusquement libéré, poussa un cri strident et se jeta sur son adversaire qui encaissa la charge en riant et l'envoya rouler sur les cailloux. Les autres applaudirent. Arnaud revint à l'attaque et réussit à déséquilibrer le grand gaillard, qui tomba sur les genoux. Le boiteux en profita pour lui marteler la figure à coups de poing : si ses jambes n'avaient pas beaucoup de force, ses bras avaient compensé le handicap. Un coup de sifflet mit fin aux hostilités. Arnaud essuya le sang qui lui coulait du nez avec la manche de sa veste. M. Lanternet lui jeta un regard sévère.

— Ta mère, c'était une pute, souffla quelqu'un derrière lui, c'est pour ça que tu n'as pas pu tenir la pierre de sainte Pauline.

Arnaud serrait les dents. Il lança un regard désespéré à Lilly qui était encore en retard et courait dans la petite côte pour prendre sa place dans le rang des filles.

M. Lanternet remontait la file des garçons, sa baguette à la main. Il s'arrêta devant Arnaud dont la blouse déchirée était couverte de poussière. Les autres enfants retenaient leur respiration.

— Est-ce que c'est une tenue pour venir à l'école ? demanda M. Lanternet d'une voix grave.

Après un moment de silence, M. Lanternet se tourna vers les autres.

— À votre avis, qui dois-je punir, Arnaud Bussières ou ceux qui se sont moqués de lui ?

Le grand Prons sentait le regard du maître braqué sur lui.

— J'ai honte pour vous ! ajouta M. Lanternet. Sachez que la mère d'Arnaud a donné sa vie pour que vous soyez libres. Arnaud, va te nettoyer. La prochaine fois, tu seras puni pendant une semaine. Tu reviendras quand tu seras propre.

Arnaud sortit dans la cour. Les autres s'assirent en silence. Le facteur trouva le gamin en train de brosser sa blouse.

— Mais qu'est-ce que tu fais, mon gars ? demanda Vergne.

Arnaud le regarda, au bord des larmes. Il avait beau frotter, la crasse restait incrustée dans le tissu de sa blouse. Vergne frappa à la porte de la classe, chercha le courrier dans son grand sac et dit enfin :

— Ce pauvre petit fait pitié à voir, il n'arrivera jamais à nettoyer sa blouse !

— Je sais, répondit le maître.

— Mais c'est un orphelin ! répliqua Vergne.

— Raison de plus, la pitié ne lui serait d'aucun secours.

— C'est une façon de voir les choses, répondit le facteur en s'éloignant.

Quelques instants plus tard, le maître alla chercher le gamin et lui ordonna de rejoindre sa place. Les autres élèves, penchés sur leurs cahiers, n'osaient pas lever les yeux vers lui. Seule Lilly lui jeta un regard rapide.

Le soir, Marguerite ne se fâcha pas en constatant l'état des vêtements de son petit-fils. Depuis qu'il avait échappé la pierre, elle prenait la mesure de son handicap et le plaignait. Arnaud alla flâner le long de la rivière, mais n'avait pas envie de pêcher ni de rejoindre Lilly. Jamais il ne serait comme tout le monde, son pied bot le maintenait à l'écart des autres. Pourquoi vivre dans de telles conditions ?

Il alla se coucher pour fuir ses pensées noires. Au milieu de la nuit, il se réveilla, écrasé par le silence pesant de la maison. Dehors, une chouette n'arrêtait pas de pousser son cri lugubre. La lune ronde semblait le regarder derrière la fenêtre sans volets. Arnaud fixa le disque lumineux qui dominait la campagne avec une sérénité majestueuse. À cette heure, le mystère prenait le dessus sur la raison.

Il s'imaginait habitant sur la lune, au milieu d'une campagne d'or. Il n'y avait pas de gravité et son infirmité passait inaperçue. Il avait largement la force de porter la pierre de sainte Pauline et Paul lui enseignait le métier de maçon.

Il s'habilla à la hâte, ouvrit la fenêtre qui grinça. Barbet, couché dans la cuisine, grogna puis se tut. Arnaud sauta dehors, fit quelques pas. L'air frais le surprit. Il suivit la route qui conduisait au cœur du village en se cachant dans l'ombre laissée par les lampadaires. Pas un chat ne courait entre les maisons.

Sur la place de l'église, la pierre de sainte Pauline était posée sur son socle. On disait qu'elle portait chance quand on la touchait le jour du solstice d'été. Aussi, pendant que les garçons allumaient les feux de la Saint-Jean, les jeunes filles venaient caresser l'énorme galet en espérant trouver un mari dans l'année. À son tour, Arnaud posa ses doigts sur la surface froide, puis, sans réfléchir aux conséquences, prit la pierre à bras-le-corps et la souleva, étonné de la trouver si légère. Ainsi chargé, il traversa la place. Pourvu que personne ne le voie ! Il faisait ça pour prouver à son grand-père qu'il ne valait pas moins que les autres. Le voilà dans la montée de la colline Saint-Clair. Après le pont, la côte devenait plus raide. Arnaud ressentit une légère douleur dans sa jambe, des picotements à son pied déformé. Il faisait froid. Le sommet se découpait dans la lumière de la lune. Dans une ferme lointaine, un coq chantait. Arnaud serrait les dents. Les épaules commençaient à lui faire mal, ses articulations brûlaient. Il s'agrippait à son fardeau avec une obstination d'insecte. Tout à coup, son pied tourna, la pierre lui échappa et roula au sol dans un bruit mat. Il l'empoigna de nouveau. Elle était ronde, sans la moindre aspérité et l'enfant n'arrivait pas à la tenir fermement. Alors, il essaya de la soulever à la hauteur de ses épaules pour passer dessous et la porter comme un sac, mais les forces lui manquèrent. Il reprit sa marche en titubant et en serrant les dents. Son pied tourna encore, il tomba sous son fardeau, réussit à se libérer, se remit péniblement sur pied.

Il reprit sa marche, mais ses jambes ne le tenaient plus. Une fois de plus, il avait surestimé ses forces. Il tomba à genoux, poussa la pierre devant lui pour la faire rouler. Le coq chanta de nouveau, une voiture traversa le village. Peut-être les premiers travailleurs saisonniers de M. Charron qui se rendaient dans les champs de tabac.

Le souffle court, le cœur battant à tout rompre, Arnaud reprit sa progression en s'appuyant sur sa jambe valide. Les yeux fixés sur l'inaccessible sommet, il grappillait des décimètres. Encore un petit d'effort et il aurait vaincu son pied bot. Déjà le soleil illuminait l'horizon. Des grives musiciennes modulaient des notes claires sous un ciel sans nuages.

Tout à coup, sa jambe valide céda. Il roula avec son boulet dans un fossé assez profond. À bout de forces, incapable de faire un mouvement, écrasé par son fardeau, il sentit l'odeur de la terre mouillée remplir sa bouche.

À l'aube, Paul sortit faire un tour dans la cour, s'aspergea le visage avec l'eau froide du bassin. Il regarda le ciel clair, écouta le vent, puis roula sa première cigarette de la journée.

Il revint à la maison. Léa était dans la cuisine ; sa main tâtonnait sur le rebord de la table à la recherche de la pendule et du mur qui la guiderait jusqu'à son habituel fauteuil près de la cheminée. Elle fit la grimace.

— Ça sent mauvais, dit-elle en agitant la main.

— Qu'est-ce que vous voulez que ça sente ? C'est sûrement le fromage que j'ai oublié sur la table.

Marguerite rassemblait des brindilles sur les cendres. Quand le feu fut allumé, elle alla dans la chambre d'Arnaud, ouvrit la porte, tendit l'oreille et s'étonna de ne pas entendre l'enfant bouger. Le lit était vide. Qu'est-ce que cela signifiait ? Elle se dirigea vers la fenêtre ouverte pour regarder dehors. Des corbeaux volaient vers la vallée.

Elle traversa la grande pièce qui servait de cuisine et de salle de séjour, croisa Paul qui fumait.

— Eh bien, qu'est-ce qui se passe ? demanda-t-il.

— Le petit. Il n'est plus dans sa chambre.

— Bah, il est parti avec Justin relever les pièges ou les lignes de fond. Il sera bientôt de retour, t'en fais pas.

Marguerite serrait les dents. Cette inertie de Paul, son refus d'affronter ce qui était à l'origine des malheurs... Paul éliminait tout ce qui ne lui convenait pas, tout ce qui n'allait pas dans son sens. Les autres n'existaient que par rapport à lui-même. Il voulait sa fille à son image et, comme elle s'était rebellée, il l'avait bannie de ses pensées.

— Mais tu ne comprends pas qu'il s'est passé quelque chose ?

Léontine Vergne, qui se rendait à la messe comme chaque matin, traversa la place du village en pensant au chant qu'elle voulait faire répéter aux filles de la chorale. En arrivant à la porte de l'église, elle s'arrêta, consciente que quelque chose n'était pas à sa place. Enfin son regard se posa sur la stèle en marbre noir qui brillait étrangement aux premiers rayons du soleil. Puis elle manqua défaillir : la pierre n'était plus là ! Léontine se signa, toujours incrédule, puis finit par comprendre. On avait volé la pierre de sainte Pauline !

Alerté, le curé, qui se préparait à célébrer sa première messe, arriva, soufflant un panache de buée blanche. Devant la stèle vide, il hésita avant de se décider.

La nouvelle se répandit à la vitesse d'un feu de paille. Les gens, stupéfaits, se rassemblaient sur la place. Qui avait pu commettre un tel sacrilège ? Ils pensaient aux récents événements, à la morte du château dont les policiers ne parlaient plus, puis au scandale provoqué par Jean Charron quand il avait prétendu être le père du petit Arnaud. Depuis quelques jours, une rumeur courait au pays : Marie était vivante ! On disait qu'elle avait épousé un officier allemand avec qui elle avait eu deux enfants et qu'elle menait la grande vie dans une ville allemande.

Les enfants se rendaient à l'école. Ils se rassemblaient devant le portail encore fermé, quand Julie Sagne sortit sur le pas de sa porte et cria :

— On a perdu Lilly ! Elle n'est pas dans son lit !

Elle court, Lilly, sur la route qui monte au sommet de la colline Saint-Clair. Ce matin, dans son sommeil, elle croit avoir vu passer Arnaud sous sa fenêtre. Elle n'a pas pu se tromper : Arnaud a les mêmes blessures, les mêmes douleurs de coups invisibles. Alors, elle a compris.

Elle court à perdre haleine. Ses cheveux noirs volent autour de ses maigres épaules. Ses jambes nues s'agitent sous sa robe claire déployée en ailes de papillon. L'air est encore frais, mais le soleil commence à chauffer sa peau de brune. Lilly n'est pas une enfant triste, bien au contraire, elle est pleine d'une joie de vivre que les coups de son père l'empêchent d'exprimer.

Elle s'arrête à mi-pente pour souffler, puis elle repart. Enfin, au sommet, elle voit Arnaud dans le fossé entre les arbres, sous la pierre de sainte Pauline, Arnaud qui ne bouge pas ! La fillette se précipite, se penche sur lui. « Arnaud, tu m'entends ? » Elle le secoue. Le garçon sursaute, regarde autour de lui et s'étonne de voir le visage de Lilly penché sur lui. Il grimace, la douleur de sa jambe coincée sous la pierre le submerge.

— Mais qu'est-ce que tu fais là ?

Des hommes arrivèrent en parlant très fort. Ils s'approchèrent de Lilly toujours accroupie au-dessus d'Arnaud, misérable, un crapaud écrasé.

— Mais qu'est-ce qui lui a pris ?

— Faut redescendre la pierre de sainte Pauline.

— Si c'était le mien, ajouta l'un d'eux, je peux te dire qu'il ramasserait une raclée qu'il ne serait pas près d'oublier !

La pierre fut sortie du fossé avec beaucoup de précautions. Plusieurs vignerons aux larges épaules la nettoyèrent de la boue. Le curé s'approcha d'Arnaud.

— Viens, dit-il d'une voix douce. Ne pleure pas.

Des regards offusqués se tournèrent vers le prêtre. Pourquoi autant de douceur pour ce misérable ? Si la grêle broyait les grappes, comment feraient-ils, eux, pour manger ?

La pierre fut rapportée à sa place dans une brouette parce qu'on n'avait pas le temps d'aller chercher le brancard réservé à cet usage : le jour commençait, la vigne appelait les travailleurs ; une bêtise de petit voyou ne valait pas qu'on perde de précieuses heures.

Le moment des sanctions était venu. Tout le monde se tourna vers le curé qui était resté près d'Arnaud. L'enfant aurait voulu demander pardon, mais n'arrivait pas à prononcer un seul mot.

Paul arriva, la casquette sur les yeux, le mégot au coin des lèvres. Sombre. Les autres attendaient de lui une réaction à la hauteur du forfait commis. Le curé prit les devants :

— Laissons cet enfant tranquille, dit-il à Paul.

Les protestations fusaient. Comment laisser impunie une faute aussi grave ? Paul ne regarda pas le curé. Entre eux, il n'y avait pas de communication possible, le communiste ne pouvait qu'être opposé à ce que disait un homme d'Église.

— Viens par ici, toi !

Sans rien ajouter, Paul agrippa Arnaud par l'épaule et l'emmena à l'écart. Sa main aux doigts de fer pinçait la chair à travers le tissu de la chemise. L'enfant serrait les dents pour ne pas crier. Son grand-père le conduisit ainsi à travers le village jusqu'à l'école. Arnaud baissait la tête devant les regards hostiles des autres élèves, qui attendaient devant le portail. Lilly, en retrait, sanglotait.

M. Lanternet vint au-devant de Paul. Son regard sévère se posa sur le garçon qui tremblait.

— Comment as-tu osé ? demanda le maître.

Arnaud regardait toujours la poussière et son pied tordu. Paul ne dit pas un mot à l'instituteur. L'étau de sa main se desserra, il libéra l'épaule meurtrie de son petit-fils et s'éloigna de son pas d'ours. À cet instant, Arnaud eut envie de le rattraper, de lui demander pardon parce qu'il était la seule personne qui comptait parmi ces badauds rassemblés, ces garçons alignés et le maître debout devant lui. Le seul avec Lilly qui essuyait ses larmes.

— On rentre ! fit M. Lanternet.

Ils s'attendaient tous à ce que le maître leur fasse la morale, prenne en exemple l'énorme bêtise d'Arnaud pour leur expliquer qu'ils devaient respecter les biens communs quelles que soient leurs origines. Mais M. Lanternet se contenta de dire :

— Prenez vos cahiers.

Le silence qui suivit cette phrase ordinaire pesait sur la classe. Assis les mains sur leur table, les élèves, même les grands du certificat, ne bronchaient pas. Tout à coup, Lilly osa braver l'ordre de M. Lanternet et courut dans l'allée.

— C'est moi qui ai demandé à Arnaud de monter la pierre sur la colline Saint-Clair, déclara-t-elle.

Une légère houle de protestations accompagna cette affirmation inattendue et courageuse. Les regards scrutaient le visage de Lilly encore marqué des traces rouges imprimées par les gros doigts de son père.

— Qu'est-ce que tu racontes ? demanda M. Lanternet.

— C'est moi qui lui ai dit de monter la pierre. Je sais pas ce qui m'a pris.

Ils s'attendaient tous à une punition terrible, un de ces exemples que M. Lanternet aimait faire pour frapper les jeunes esprits.

— On n'en parle plus ! trancha le maître. Au travail, maintenant.

# 21

Ce même jour, peu avant midi, un nouvel événement chassa des esprits la frasque du petit boiteux. En l'apprenant, le facteur en oublia son verre de vin blanc sur le comptoir du bistrot. La stupeur frappa les villageois, qui ne trouvaient pas les mots pour en parler, tellement cela semblait monstrueux.

Paul était rentré chez lui après avoir conduit Arnaud à l'école quand le commissaire Laval et son adjoint, Bonchamps, accompagnés du brigadier Leclant et de deux gendarmes, garèrent leurs voitures dans la cour où Marguerite était en train de plumer un canard. Assise sur une chaise, elle trempait l'animal décapité dans une bassine d'eau chaude et arrachait des poignées de duvet. Elle leva la tête vers les gendarmes et les deux policiers de Bergerac. Qu'est-ce que ça voulait dire ? Était-ce à cause de la bêtise d'Arnaud ? Marguerite, les mains couvertes de plumes mouillées, alla au-devant des arrivants.

— C'est pour quoi ?

— Nous voulons parler à Paul Bussières.

— Et qu'est-ce que vous me voulez ? demanda Paul en roulant une cigarette.

— Nous sommes venus vous chercher.

Paul se tourna vers Marguerite qui restait là, à côté de son siège et du canard à moitié plumé. Enfin, il bougea et, d'un geste appuyé, ajusta sa casquette.

— Mais pourquoi ?

Le commissaire Laval lui tendit un papier.

— Vous allez prendre quelques effets et vous allez nous suivre, dit Laval sur un ton autoritaire.

— « Quelques effets » ? demanda Paul, qui n'était pas un expert en vocabulaire. Qu'est-ce que vous voulez dire ?

— Des affaires de toilette et de quoi vous raser. Il se peut que vous restiez chez nous plusieurs jours.

— Ça veut dire que vous me mettez en prison ?

— Pas encore, mais ça pourrait arriver. Allez, faisons vite.

Il était perdu, Paul. Perdu dans la cour de sa maison. Il s'approcha de Marguerite comme pour lui demander de l'aide. Lui qui savait si bien se défendre était là, les bras ballants, incapable de prononcer un mot de protestation.

— Dépêchez-vous, s'impatienta Laval.

— Mais enfin, c'est des conneries ! finit-il par dire.

— Dépêchez-vous, on vous dit.

Il était prêt. Il n'avait besoin de rien. Le monde venait de s'écrouler. Il monta dans la voiture des policiers. Marguerite se décida enfin à se rebeller :

— Vous n'allez quand même pas le mettre en prison ? Il n'a rien fait. Paul, c'est un honnête homme.

Personne ne lui répondit. Les voitures manœuvrèrent, firent demi-tour et s'en allèrent.

Depuis deux semaines, les gendarmes de Lussac recherchaient sans résultat le brocanteur à la voiture noire signalé par Élisabeth Charron et un grand nombre de villageois. L'étranger avait disparu, mais une nouvelle piste venait de s'ouvrir après une découverte capitale de Bonchamps.

Au commissariat, Paul, placé en garde à vue, dut répondre aux questions des policiers. Assis sur une chaise, dans la pièce vide des interrogatoires, le maçon était atterré, incapable de prononcer un mot. On lui avait pris sa casquette et ses cheveux en épis partaient dans tous les sens. Sa large face rougeaude n'exprimait rien : ses grosses mains de maçon étaient posées sur la table, outils inutiles là où elles n'avaient pas leur place.

Bonchamps, parce qu'il impressionnait beaucoup avec sa carrure, parla le premier. Il se plaça en face de Paul, qui n'osait pas soutenir son regard, comme un enfant attendant sa punition.

— Donc, il y a une quinzaine de jours, vous vous êtes violemment disputé avec M. Henri Charron, propriétaire du château.

Paul n'eut aucune réaction, comme s'il n'avait pas entendu. Il était ailleurs, au Rigal en train de chercher les pierres d'angle pour son château. Pas une ride de son front ne bougea. Bonchamps insista :

— Il faut nous répondre. Nous avons des preuves. Dites-nous la vérité. Ça soulagera votre conscience.

Enfin, Paul s'anima. La mastication du policier l'irritait. Ses mains se fermèrent et s'ouvrirent. Ses cils battirent à plusieurs reprises.

— On s'est disputés, c'est une façon de dire. Il m'a reproché d'avoir laissé mes moutons aller dans ses vignes.

— Et c'était vrai ?

— Bien sûr que non. Mes moutons étaient enfermés dans leur enclos. Il m'a menacé de porter plainte à la gendarmerie.

— Alors vous avez menacé de mettre le feu à sa grange.

— C'était une manière de parler. Je ne l'aurais jamais fait.

Paul avait conscience de ne pas s'exprimer convenablement devant ces policiers déjà décidés à le condamner. Il répéta :

— J'aurais pas mis le feu à son bâtiment parce que je suis un maçon et que je ne détruis pas un travail qui a coûté tant de peine.

— La preuve que vous avez tué la femme du château, c'est ça, dit Bonchamps en sortant d'un sac un fusil carbonisé.

Paul ouvrit de grands yeux. La crosse à moitié mangée par les flammes montrait encore à la base les riches moulures qui l'ornaient. Bonchamps l'avait découvert par hasard dans les débris d'un feu au campement des romanichels, et les experts en balistique étaient formels : c'était cette arme qui avait tué Marthe Leglane.

Paul s'emporta.

— Mon fusil ! dit-il en s'animant tout à coup. Nom de Dieu, où vous l'avez trouvé ? On me l'a volé.

— Vous avez déposé plainte pour ce vol ?

— Non, c'est pas dans les habitudes du pays. On ne dépose pas plainte. On trouve le coupable et on s'arrange avec lui. C'est plus facile.

— Donc, vous dites que ce fusil vous a été volé ?

— Oui, au mois de mars, le 18 pour être précis. Je chassais les bécasses près de la rivière. Et puis j'ai posé mon fusil au pied d'un arbre pour aller voir sous les branches basses d'un grand buis. J'avais vu voler les mouches de la truffe. Vous comprenez, ce n'est pas courant, sous un buis. Alors j'ai rampé jusque-là. Et ç'a duré un bon moment. Il n'y avait pas de truffes, bien sûr, mais quand je suis revenu, mon fusil avait disparu !

— Et vous l'avez cherché ? demanda sèchement Laval, qui était entré dans la pièce.

— Sûr que je l'ai cherché. Mais ce n'était pas quelqu'un d'ici. Tout le monde connaît mon fusil avec sa crosse que mon père avait taillée dans une racine de noyer. Quatre hivers qu'il avait mis, mais c'était de la belle ouvrage. Et un salopard d'étranger me l'a volé.

— Et si tout ça n'était pas vrai ?

Paul se leva de son siège et s'approcha de Bonchamps qui, bien que plus grand et plus costaud, fit un pas en arrière.

— Monsieur, j'ai pas appris ces manières. Je suis maçon, et quand on triche dans la vie, on triche avec la pierre et les murs s'écroulent. Demandez aux gens si les miens sont jamais tombés, même avec la tempête de l'automne dernier. Demandez et vous verrez qu'il y a des choses qu'on ne peut pas dire.

Pour quelqu'un qui cherchait ses mots et avait la réputation d'être peu bavard, Paul se débrouillait bien. Laval se dit qu'il était plus malin que son aspect ne le laissait paraître. Les policiers espéraient qu'il s'effondrerait à la première question, mais non, il savait mettre dans sa voix une conviction qui touchait Bonchamps. Alors, Laval biaisa :

— Pourquoi êtes-vous brouillé avec M. Charron ?

Le visage de Paul s'assombrit.

— Quand mon pauvre père était sur le point de mourir, c'était pas facile chez nous. J'avais dix-huit ans, on avait raclé toutes les économies pour construire la maison qu'on a aujourd'hui. Charron est venu nous voir, il voulait acheter le Rigal pour presque rien parce que c'est le meilleur endroit à truffes du pays. Et puis après, pendant la guerre, il parlait de faire fusiller tous les communistes. Je le sais parce que quand j'ai été arrêté avec quelques autres, il n'a rien fait pour nous sauver. Si on s'en est tiré, c'est qu'on a eu beaucoup de chance.

— Et Jean Charron fréquentait votre fille ? Jean Charron qui dit être le père de votre petit-fils !

— Je veux pas en parler.

Laval et Bonchamps se concertèrent : Paul avait un accent plein de sincérité, mais c'était un roublard. Comment le faire avouer en l'absence de preuves, puisque son fusil avait peut-être effectivement été volé ! Laval fit venir un de ses inspecteurs.

— File à Lussac et questionne les chasseurs. Je voudrais savoir si c'est vrai qu'on a volé le fusil de Paul Bussières.

Deux heures plus tard, l'inspecteur était de retour. Tous les témoignages concordaient.

— C'est vrai. En tout cas, il en a parlé. D'après les gens, Paul Bussières n'est pas un homme à raconter des histoires.

— As-tu pu savoir si le brocanteur sillonnait déjà le pays à l'époque ?

— Oui. Mais je ne vois pas comment cet étranger peut avoir suivi Paul pour lui voler son fusil.

— Conclusion : on n'a pas avancé d'un pouce, murmura Laval. On n'a aucun indice, rien du tout. On a beau multiplier les gardes à vue, on n'a rien. Le seul qui pourrait nous renseigner, c'est Henri Charron, mais étant donné son statut, il faudra des raisons solides pour le faire venir ici.

— Récapitulons, proposa Bonchamps : on trouve Marthe Leglane avec une chevrotine en plein cœur tirée par le fusil de Bussières. Ce fusil a été volé. Nous savons par ailleurs que Jérôme Duvalet a déposé un testament faisant de Marie Bussières et de son fils Arnaud les héritiers de sa fortune. Il y a forcément un lien entre cet héritage et Marthe Leglane, qui connaissait Marie, mais Paul Bussières n'a rien à faire là-dedans. Henri Charron non plus. Quoi qu'on fasse, tout nous ramène à Jean Charron qui a reconnu publiquement être le père du gamin. Ça ne peut pas être seulement pour embêter son père.

— Quelqu'un agit dans l'ombre, affirma Laval en frappant du poing sur la table. Je pense à cet héritage et au frère de Duvalet. Suppose que Marie Bussières soit vivante, alors tout s'explique. Marthe Leglane vient l'annoncer à Jean. Quelqu'un la tue avant qu'elle ne puisse parler, et ce quelqu'un ne peut être qu'Albert Duvalet, troisième héritier sur la liste.

Bonchamps pensait à cette piste depuis longtemps ; le fusil volé conduisait-il dans cette direction ? Albert Duvalet et le brocanteur seraient-ils la même personne ?

— Pourtant, Paul Bussières ne nous a pas dit tout ce qu'il sait, précisa Laval. On va le garder ici. La nuit porte conseil.

Paul fut conduit dans une cellule meublée d'une chaise, d'une table, d'un petit matelas et d'une couverture. Quand le policier voulut fermer la porte, l'artisan remarqua les barreaux à la fenêtre.

— Voilà que vous me mettez en prison ? demanda-t-il.

— On va vous apporter à manger, mais c'est pas un palace.

— Vous allez me garder combien de temps ? Moi, j'ai rien fait !

— Je ne sais pas, dit le policier en haussant les épaules.

La porte se ferma avec un bruit de ferraille. La clef tourna dans la serrure. Paul était seul, dans ces cinq mètres carrés, lui qui ne supportait pas d'être enfermé. Il resta un long moment debout. Les douleurs dans sa poitrine lui faisaient atrocement mal, alors il s'assit sur la chaise en bois blanc, posa ses mains sur ses genoux et attendit. On ne lui avait pas rendu sa casquette et il n'aimait pas rester tête nue.

Des pas s'approchèrent enfin, des pas métalliques comme on n'en entendait pas sur les chantiers. Un policier entra et posa sur la table un plateau avec un bol de bouillon fumant, un morceau de pain, une tranche de fromage, un verre et une carafe d'eau.

— Le soir, il faut manger léger pour ne pas gâter le sommeil ! dit le policier avec un sourire moqueur.

— Et mon tabac ? demanda Paul. Je ne peux pas rester sans fumer !

— Je n'ai reçu aucun ordre dans ce sens.

Le bouillon clair dans le bol et surtout la carafe d'eau indiquaient à Paul qu'il était tombé bien bas. Même à la guerre, il avait du tabac et du vin. Voilà qu'on rabaissait l'honnête artisan au rang d'un voyou, d'un criminel, d'un bandit de grands chemins ! La honte écrasait le soldat décoré à Verdun. Il n'oserait plus sortir de chez lui. Il ne pourrait plus discuter d'un prix avec un client sans avoir l'impression de le voler. Il n'était plus un homme, il n'était rien.

Il goûta le bouillon du bout de la cuiller puis fit une horrible grimace. Même dans les tranchées, la soupe était meilleure. Il se dressa dans cet endroit exigu, mesura l'ampleur de sa déchéance. Que voulaient-ils lui faire avouer ? Paul aimait la chasse ; il prenait un plaisir infini à traquer le sanglier ou le lièvre, mais il n'était pas un meurtrier.

Dans ce cagibi où il n'aurait pas osé enfermer son chien, tant de choses lui revenaient en mémoire ; et ce qu'il aurait voulu oublier s'imposait avec force. L'heure était à l'examen de conscience, avec un sens de l'autocritique qui lui faisait défaut dans sa vie ordinaire.

— Ils me font tous chier ! grogna-t-il.

Curieusement, lui qui parlait peu, qui faisait figure de gros ours, éprouvait à cette heure le besoin de formuler par des mots ce qu'il avait toujours voulu oublier afin de ne pas devoir se confronter à sa lâcheté. Les mots donnaient aux choses une consistance, une épaisseur qui le surprenait toujours.

— J'avais raison, affirma-t-il pour se rassurer. Moi j'ai fait ce que j'ai cru bon. Je ne suis pas un homme malhonnête.

Il cherchait encore à se disculper, mais il savait qu'il avait mal agi et ça lui provoquait une douleur aiguë au creux de l'estomac, qui s'ajoutait à son mal de poitrine. Et puis l'envie de fumer se faisait pressante.

— Je ne pouvais quand même pas leur dire tout ce que je sais, ça ne les regarde pas !

# 22

Léa n'avait pas commenté l'arrestation de Paul, mais son attitude montrait une grande préoccupation. Elle ne cessait d'écouter les bruits de l'extérieur, de sursauter quand le chien aboyait.

Au moment où elle sortait de la maison au bras d'Arnaud pour sa promenade, une voiture arriva dans la cour. Paul en descendit. On ne lui avait pas rendu sa casquette, ce qui changeait sa physionomie. Il s'éloigna lourdement sans remercier le policier qui l'avait reconduit chez lui. Marguerite se taisait, mais ne le quittait pas des yeux. Il monta les marches du perron et alla s'asseoir un instant à sa place, dans la cuisine, près de la cheminée. Il roula une cigarette et, sans un mot pour Marguerite et Justin, sortit de nouveau.

— Eh bien, Paul, qu'est-ce qu'ils t'ont dit ?

Il ne répondit pas. Il marchait sur le chemin qui menait au Rigal. Il avait subi l'humiliation de sa vie. Tout ça parce qu'on lui avait volé son fusil.

Il se mit au travail. Quelque chose le poussait à entasser les pierres les unes sur les autres, à travailler à son mur, quelque chose qui s'était cassé en lui et qui lui faisait très mal.

Il se retourna vivement : Arnaud lui souriait. L'homme reprit son ouvrage comme s'il était seul. Puis, au bout d'un moment, l'enfant n'ayant pas bougé, il lui lança :

— Si tu veux te rendre utile, renverse un seau de ciment sur ce tas de sable, ajoute de l'eau, mais pas trop à la fois et mélange bien.

Arnaud ne se fit pas prier. Il agrippa le sac de ciment, mais n'eut pas la force de le soulever.

— Grand-père…

— Je ne veux pas que tu m'appelles comme ça.

— Grand-père Paul…

Arnaud hésitait. Devait-il lui répéter ce que Lilly lui avait appris cet après-midi quand les policiers questionnaient les gens sur le fusil volé ? La fillette avait vu Paul se glisser sous un buis. Elle avait aussi vu celui qui l'épiait s'approcher sans bruit, prendre le fusil et s'en aller prestement.

— Qu'est-ce que tu me veux ?

— Je peux essayer ?

— Bon d'accord. Je m'occupe du mortier. C'est toi le maçon, je te surveille.

Arnaud étala fièrement un peu de mortier sur le mur, choisit une pierre sur le tas et la posa à sa place. Paul ne fit aucune remarque, mais son regard satisfait montrait que l'enfant ne s'était pas trompé.

Tout à coup, le vieil homme échappa sa pelle qui alla sonner sur les cailloux. Une terrible grimace tordit son visage. Il porta la main à sa poitrine, tituba et tomba en poussant un curieux soupir. Arnaud se précipita.

— Grand-père Paul, qu'est-ce qui se passe ?

Paul ouvrit de gros yeux blancs. Un peu de bave blanche moussait au coin de ses lèvres. Arnaud le secoua.

— C'est rien, dit Paul en tournant la tête.

Il grimaçait encore en frottant sa poitrine avec sa main.

— Qu'est-ce qui t'arrive ? demanda Arnaud.

— Mais rien. Mes vieilles douleurs. Les policiers m'ont fait dormir sur une planche, alors bien sûr, c'est pas bon pour moi. Attends, je vais fumer une cigarette, après ça ira mieux.

Il sortit son paquet de tabac de sa poche et se mit à rouler une cigarette avec lenteur, mais ses gestes manquaient de précision, car ses doigts tremblaient légèrement.

Il tenta de se mettre debout et sentit que ses jambes risquaient de le trahir. Il dut donc rester assis et, d'une main mal assurée, alluma sa cigarette. Arnaud ne le quittait pas des yeux.

Contrairement à ce qu'il affirmait, Paul savait que cette douleur de poitrine était très grave. Les deux jours de garde à vue lui avaient ouvert l'esprit et l'avaient surtout obligé à penser à des choses auxquelles il n'aurait jamais cru devoir réfléchir. Il était malade, et comme son propre père, un jour il tomberait et ne se relèverait pas. Il ne croyait pas aux blagues des curés, au paradis et à l'enfer ; sa notion de la justice universelle était celle d'un maçon : une pierre mal placée et, un jour, le mur se fissure. Pour cette raison, s'en aller vers l'inconnu en laissant derrière lui tout ce malheur, toute cette misère qu'il avait provoquée l'horrifiait.

— Grand-père Paul…

— Qu'est-ce que tu veux ?

— Je voulais te dire que pour la pierre de la sainte…

Le vieux regarda fixement son petit-fils.

— Entre nous, c'est pas une belle pierre. Bien malin serait le maçon qui lui trouverait une place dans un mur !

— Je l'ai fait parce que je suis un Bussières et que les Bussières sont comme les béliers, ils ne reculent pas, s'enthousiasma Arnaud.

Le visage de Paul changea tout à coup. Ses rides étaient moins profondes et ses yeux brillaient d'un nouvel éclat.

— T'es vraiment un drôle de petit gars, toi !

Le ton n'était pas celui de la condamnation. Enhardi, le gamin ajouta :

— Ma mère a fait beaucoup de bêtises, n'est-ce pas, grand-père Paul ?

— Je sais pas, moi, répondit le vieux, embarrassé. Je peux pas dire comme ça.

— Quand ils l'ont emmenée, poursuivit le gamin, on était dans notre petit appartement rue de Clignancourt...

Ça l'agaçait, Paul, qu'on lui parle de ça. Il avait l'impression que, par la voix de l'enfant, un justicier céleste le condamnait.

— Qu'est-ce que ça peut me faire ?

— Eh bien, quand ils sont montés et qu'on pouvait plus s'en aller, je suis parti chez la voisine. Ma mère m'a dit quelque chose à l'oreille que j'ai jamais répété à personne.

Paul, qui ne voulait pas en entendre plus, s'éloigna en traînant les pieds. Pourtant Arnaud était bien décidé à aller au bout de sa pensée.

— Elle m'a dit pendant qu'on entendait les pas des hommes dans l'escalier : « Si un jour tu retournes à Lussac, dis à ton grand-père que je l'aime beaucoup et que je lui demande pardon. »

— Mais t'es complètement fou ! s'emporta Paul en forçant sa marche comme pour fuir quelque chose qui le gênait.

Il abaissa un peu plus sa casquette sur ses yeux. Ce n'était pas l'ancienne casquette grise de crasse et de ciment que les policiers avaient oublié de lui rendre, mais une autre, celle qu'il prenait le dimanche, avec des rayures sombres et qui sentait le tissu neuf comme les vêtements de l'armoire.

Arnaud boitillait derrière son grand-père, qui marchait plus vite que d'habitude. Ce mensonge, il le préparait depuis longtemps. Il savait que ce n'était pas bien de prêter ainsi à sa mère des mots qu'elle n'avait jamais prononcés, mais il savait aussi qu'en les entendant Paul aurait moins mal à la poitrine et qu'il se sentirait un peu plus proche de lui.

— Ouais, tu feras un sacré maçon, toi. J'ai pas vu plus habile pour mettre les pierres sur un mur, dit enfin le vieil homme.

# 23

Après avoir relâché Paul Bussières, Laval s'était longuement entretenu avec le magistrat instructeur qui s'inquiétait d'une possible implication dans l'affaire de Lussac d'Henri Charron, une figure de la résistance périgourdine. La rumeur courait d'une manière déplaisante. Laval n'en était pas mécontent car il espérait qu'on lui laisserait les coudées franches pour son enquête. Dans l'immédiat, avant d'entendre Henri Charron, il voulait s'entretenir de nouveau avec Jean pour faire un point complet de l'enquête.

À l'entrée du jeune homme dans son bureau, Laval se cala sur son siège, un cigarillo aux lèvres. Bonchamps étant en congé, il aurait à traiter ce client tout seul. Un client difficile. Le commissaire n'arrivait pas à le cerner. Un immature couvé par sa mère, un idéaliste et, probablement, un dissimulateur.

— Ce que je ne comprends pas, commença le commissaire, c'est que vous vous soyez accusé d'avoir tué Marthe Leglane par accident.

— La vérité, c'est que j'ai vu la silhouette du meurtrier, à quelques mètres de moi. J'ai franchement cru que c'était mon père. Je voulais régler cela avec lui

Laval, qui cherchait à replacer les événements dans l'ordre, demanda à Jean de lui parler de son action dans la résistance.

— Quand Marie a été arrêtée, j'ai pensé que Duvalet en était indirectement responsable parce qu'il recevait chez lui des officiers allemands avec qui il était en affaires. C'est vrai, je me suis arrangé avec des clients qui étaient dans la résistance. On l'a attiré dans un guet-apens ; j'ai participé à son exécution, mais c'était un acte de guerre, même si je l'ai fait pour d'autres raisons. Quelques jours plus tard, j'ai été arrêté par la Gestapo. Je devais être fusillé, mais j'ai été libéré. Je sais maintenant que c'est grâce à mon père.

— Comment a-t-il pu obtenir cela ? s'étonna Bonchamps.

— Je l'ignore.

Laval ne put retenir un geste de dépit : avec Jean Charron, la vérité s'arrêtait toujours au bord d'un précipice. Il revint sur le meurtre de Marthe Leglane. Pour lui, la jeune femme venait annoncer quelque chose d'important qui contrariait les visées d'Albert Duvalet, le frère cadet du marchand de tableaux, sur l'héritage. S'il était arrivé à Lussac avant même le petit Arnaud en se faisant passer pour un brocanteur, n'était-ce pas parce qu'il savait que l'enfant de Marie allait venir chez ses grands-parents et qu'il voulait empêcher Marthe de parler ?

— Je suis certain que Marthe Leglane était venue m'annoncer que Marie est vivante, dit Jean Charron avec conviction, sinon tout cela n'a aucun sens. C'est pour cette raison que j'ai voulu endosser la paternité d'Arnaud et me donner le droit de le protéger.

Laval trouva la raison tordue, mais la priorité, c'était de mettre la main sur cet Albert Duvalet qui avait disparu sans laisser d'adresse.

Jean Charron quitta le commissariat plus convaincu que jamais que Marie était vivante. Sa voiture refusa de démarrer. Il alla chercher un mécanicien, qui ne pouvait pas réparer le véhicule avant le lendemain. Il dut attendre l'autocar du soir.

La nuit tombait quand il franchit le portail du parc. Sa mère, qui le guettait derrière la fenêtre, sortit à sa rencontre.

— Enfin, te voilà, mais où est ta voiture ?

Élisabeth reprocha à son fils de l'avoir laissée sans nouvelles toute la journée, puis elle ajouta d'une voix sombre :

— Ton père me cause bien du souci. J'essaie de savoir ce qui le tourmente, mais il me rabroue sans cesse.

Jean faillit lui répondre qu'il avait toujours agi de la sorte.

— J'ai vu dans ses papiers qu'il a sorti dix lingots d'or du coffre, précisa Élisabeth. Je sais aussi qu'il est parti vendre une coupe de bois et des terres en Charente. Pourquoi ce besoin pressant d'argent ? Que se passe-t-il ?

— Ne vous inquiétez pas, je lui parlerai.

Jean embrassa sa mère, puis s'éloigna. Il emprunta le sentier du Rigal qui grimpait entre les aubépines et les chênes rabougris. Au sommet de la colline, le petit vent qui soufflait toujours sur cette hauteur le surprit agréablement par sa fraîcheur. Paul était là, sur l'échafaudage de planches, qui choisissait ses pierres. Quand il vit Jean, il se tourna vers les taillis comme s'il cherchait à s'enfuir.

— Qu'est-ce que vous me voulez ? demanda-t-il, sur la défensive.

— Je viens vous parler, répondit Jean d'une voix sifflante.

— J'ai rien à entendre de vous, dit Paul.

Jean s'approcha, les poings serrés, le regard menaçant. Il n'avait plus à demander d'explications. Tout était clair : le vieux cabochard avait détruit Marie par son obstination, il devait le payer d'une manière ou d'une autre.

— La vie est comme ça ! dit-il en se tournant vers son mur.

— Non, ce sont les salopards qui la rendent comme ça. Maintenant, je vais faire ce dont j'ai envie depuis si longtemps. Je vais vous casser la figure.

Paul descendit de son échafaudage, prêt à faire front malgré sa faiblesse.

— Ça vous servira à quoi ?

— À rien, mais j'en ai envie.

C'était dit sur un ton froid, presque détaché, sans la moindre animosité apparente, ce qui augmentait la force de chaque mot. Jean prit le maçon par la chemise et le secoua vivement.

— Vous nous avez tués tous les deux !

Jean poussa brutalement Paul, qui s'affala sur les pierres. Le maçon n'avait pas l'habitude de se laisser bousculer, mais ses forces le trahissaient. La douleur de sa poitrine éclatait en lui dès qu'il faisait un effort un peu violent. Il préféra parlementer.

— Ce n'est pas moi qui l'ai dénoncée à la Gestapo, c'est votre propre père.

— Peut-être, mais vous étiez bien content et vous n'avez rien fait pour l'en empêcher. Seulement, ce que vous ignorez, c'est que Marie est vivante !

Paul se remit lentement sur ses jambes. Il avait eu un moment de défaillance, un court instant de peur. Maintenant que la douleur se calmait, il retrouvait toute son animosité.

— Qu'est-ce que vous voulez que ça me foute ?

Jean bondit de nouveau sur Paul, les deux hommes roulèrent à terre. Alors un cri strident éclata comme un claquement de fouet. Arnaud jaillit du fourré, toutes griffes dehors. Jean fut tellement surpris qu'il lâcha prise et s'éloigna sans un mot. Arnaud se pencha sur son grand-père, que la douleur étreignait de nouveau.

— Grand-père Paul, qu'est-ce qui se passe ?

De sa main blanche et fine, le gamin caressait la joue rugueuse du vieil homme, un geste d'une grande douceur.

— Il est parti, ajouta-t-il.

Paul s'assit lentement. Ce n'était pas Jean qui lui avait fait mal, mais la conscience d'avoir été injuste. En face de ce petit visage penché sur lui, ses remords l'écrasaient.

— On n'en parle plus, grogna-t-il en tentant de se mettre debout.

Arnaud ramassa sa casquette et la lui apporta. Paul fit un pas de côté et manqua tomber.

— Appuie-toi sur mon épaule, dit le gamin.

Paul eut un léger sourire.

— Un bancal pour soutenir un vieux plein de rhumatismes !

— Allez, viens.

Paul avait l'impression de ne pas être en compagnie d'un enfant, mais d'une grande personne très raisonnable. Alors, il demanda :

— C'est bien vrai ce que tu m'as dit sur ta mère ?

— Quoi ?

— Qu'elle t'a parlé comme tu me l'as raconté, avant de se faire arrêter ?

— C'est vrai, s'obstina le gamin. Quand ils l'ont arrêtée, je ne pensais pas qu'ils lui feraient du mal parce qu'elle était si belle ! Qu'on me frappe moi, c'est normal, je suis laid et boiteux, mais elle avec ses beaux yeux noirs, avec sa peau si douce à embrasser, ils ne pouvaient pas !

— Ouais, je comprends.

Ils descendirent vers la maison. Tout à coup, Paul s'arrêta, regarda Arnaud planté sur sa jambe valide, Arnaud avec sa tête ronde, ses cheveux en bataille et cette voix qui devenait si particulière quand il chantait.

— Qu'est-ce que tu me veux ? demanda l'enfant, intrigué.

— Rien.

Ils reprirent leur marche. Et puis Paul s'arrêta de nouveau. Le soleil commençait à descendre sur l'horizon.

— Écoute, fit Paul, il faut que je te dise…

Arnaud se planta devant lui, à sa manière, sur sa jambe forte, le pied déformé reposant seulement sur la pointe sans s'appuyer sur le sol.

— Va chercher ce vaurien.

— De qui tu parles, grand-père Paul ?

— Ce vaurien de Charron. Va lui dire que je veux lui parler, à lui tout seul.

— Mais il t'a tapé dessus. Tu te doutes bien que…

— Va le chercher, je te dis. Dis-lui que je l'attends là-haut.

Le gamin s'éloigna. Paul fit demi-tour, mais il devait souffler à chaque pas. Ce qui le tracassait, c'était cette impression de vide qui se creusait en lui, qui s'élargissait, comme si ses os, ses muscles, ses poumons se diluaient dans le néant. C'était encore plus désagréable que la douleur de poitrine qui ne le quittait plus, même au plus profond de son sommeil.

Il ne sentait plus le contact de ses pieds avec le sol. Il avait l'impression de flotter et c'était très désagréable. Au bout de quelques mètres, il s'arrêta, hors d'haleine, ouvrit la bouche parce que l'air n'arrivait plus à passer dans sa gorge serrée. Sa tête devint tout à coup si lourde qu'elle roulait sur son épaule, comme la pierre de sainte Pauline, trop ronde, impossible à caser dans un mur. Il tomba sur les genoux, s'écroula sur le sentier entre les ronces, la face contre le sol.

Jean le trouva recroquevillé et inerte. Il le secoua. Encore une fois, la formidable constitution du maçon prit le dessus, il ouvrit les yeux.

— Paul, qu'est-ce qui vous arrive ? demanda Jean.

— C'est rien, grogna le vieux en essayant de s'asseoir. Je sais pas ce qu'ils m'ont donné à manger, les flics, mais ça passe pas.

— Il faut aller chercher le médecin.

— C'est pas la peine.

Paul savait que personne ne pourrait le sauver. Son propre père était mort ainsi, à traîner cette douleur à la poitrine, à s'essouffler de plus en plus, à tomber souvent jusqu'au jour où il avait fallu l'emporter sur son lit, mourant.

— Écoute, dit Paul en s'adressant à Jean, qu'il tutoya à cet instant ultime parce que tutoyer était pour lui une marque de confiance. Je vais te dire quelque chose.

Jean l'aida à s'adosser contre le tronc moussu d'un arbre. Sa tête pesait toujours autant, penchée sur l'épaule droite. Il passa lentement une grosse main tremblante dans ses cheveux.

— J'ai fait une grosse bêtise. Et si je pars avec ça sur la conscience, les murs que je laisserai seront ceux d'un salopard et ne tiendront pas longtemps. C'est à propos de Marie.

Jean braqua son regard sur celui du maçon, qui abaissa les paupières.

— Juste après le départ de Marie à Paris, ton père est venu me trouver. Il ne supportait plus de te voir malheureux. Alors, il m'a dit qu'il acceptait le mariage à condition que je déchire ma carte du Parti, parce qu'il ne pouvait pas se mettre en famille avec un communiste.

— Quoi ? s'étonna Paul.

— Il redoutait que tu fasses une bêtise. Je lui ai craché à la figure : je croyais que les idées étaient plus fortes que les hommes.

À cet instant ultime de sa vie, Paul comprenait qu'il avait sacrifié deux vies pour un idéal dont il n'était plus certain. Il murmura :

— Je te demande pardon.

Il fit une horrible grimace, comme si ce mot lui avait écorché la langue. Le visage contracté, il porta sa main à sa poitrine.

— Vous allez vous allonger là, décida Jean. Je vais chercher le médecin.

— C'est pas la peine puisque je vais crever. Mais avant, je voulais te dire ça et puis…

— Et puis quoi ? On a assez perdu de temps, fit Jean. On va vous porter en bas.

Jean prit le maçon par un bras et l'aida à se mettre sur ses jambes. Arnaud se plaça de l'autre côté et ils commencèrent une lente descente dans le sentier abrupt. Paul était beaucoup plus lourd qu'il ne le paraissait.

Le Dr Marcellin, averti par Justin, arriva peu de temps après. Il ausculta le malade allongé sur son lit et dit :

— Il faut vous hospitaliser.

— Vous faites bien des manières pour rien, s'emporta Paul.

Il avait encore très mauvaise conscience. Une fois de plus, il s'était arrangé avec ses remords. Le courage lui avait manqué. Obéissant à cette croyance simpliste du marchandage avec les forces supérieures du destin, il murmura d'une voix inaudible :

— Je jure que si j'en sors, je dirai la vérité.

# 24

Depuis quatre jours, Paul était à l'hôpital de Bergerac. Lui qui s'était vu mourant allait mieux. Le traitement du cardiologue l'avait requinqué au point qu'il regrettait d'avoir autant parlé à Jean. Il réclamait son tabac, mais les infirmières lui répétaient qu'il n'avait plus le droit de fumer, ce qui le mettait en colère.

— Ça vous fait du mal, lui expliqua l'une d'elles. Quand on est cardiaque, on ne fume pas !

— Qu'est-ce que vous en savez ? C'est quand j'ai pas envie de fumer que je suis malade !

Paul n'était pas un douillet qui écoutait ses moindres douleurs. Il ne croyait pas une seconde à ce que disaient les médecins : lui seul savait ce qui lui convenait. Comme il se sentait très bien, il voulut sortir, retourner sur son chantier, mais le médecin s'y opposa, alors il devint très désagréable avec ceux qui s'occupaient de lui : la soupe était infecte, celle des tranchées était cent fois meilleure, la viande était trop dure, le vin aigre et en quantité insuffisante.

Une fois par semaine, quand l'auberge Blandin de Bergerac lui faisait une commande, Justin allait poser les lignes à anguilles dans l'étang du château. Justin était beaucoup plus jeune que Paul ; il était né alors que sa mère allait sur ses quarante-cinq ans. On disait que c'était pour ça qu'il n'avait pas toute sa tête.

Ce soir-là, il se faufilait le long du mur du château sous les branches basses. La nuit était très claire ; tout autre que lui aurait redouté de se faire surprendre par les gardes, mais Justin avait le regard d'un chat et l'oreille d'un chevreuil, rien ne lui échappait, pas le moindre mouvement dans la pénombre, le moindre bruit anormal se distinguant à peine des craquements de brindilles.

Il se cacha derrière des buissons, attendit un instant, aux aguets, puis reprit sa marche jusqu'à l'étang par un sentier dissimulé entre les herbes. Sur son dos, son énorme musette restait bien calée.

La lune s'était levée. Des odeurs mouillées montaient de la berge. De petits poissons picoraient la surface. Par moments, attaqués par des perches, ils giclaient hors de l'eau pour échapper aux prédateurs.

Justin sortit ses lignes de sa musette, sa boîte à limaces, et commençait à enfiler les appâts sur les gros hameçons quand son regard se posa sur quelque chose qui se dressait devant lui, à une dizaine de mètres.

Il s'approcha avec prudence, fit un détour pour mieux voir. Cette fois, il n'y avait plus de doute. Un homme était pendu là, à une branche maîtresse d'un chêne. Un homme que Justin connaissait. Une grimace horrible déformait son visage.

— Nom de Dieu…

Justin tremblait. C'était la première fois de sa vie qu'il voyait un pendu. Il se ressaisit, rassembla ses lignes et sortit du parc en courant. Comment annoncer sa découverte alors qu'il n'avait rien à faire à cet endroit ?

Il posa sa musette dans la cabane et partit pour la gendarmerie. Le brigadier Leclant s'étonna de voir le simplet hésiter au bas des marches.

— Qu'est-ce qui t'arrive, Justin ?

— Mon chien était parti dans le parc et j'ai couru le chercher. J'ai trouvé M. Charron pendu !

Aussitôt les gendarmes se rendirent sur les lieux. Le brigadier ordonna :

— Appelez le médecin. Aidez-moi à le descendre.

Les gendarmes décrochèrent le mort, l'allongèrent sur l'herbe en attendant le médecin qui tardait. Jean et sa mère arrivèrent. Élisabeth se laissa tomber à genoux à côté du corps de son époux, dont on avait caché la tête hideuse sous une veste. Jean resta en retrait, le visage grave, silencieux.

Le Dr Marcellin constata le décès. Les gendarmes emportèrent le corps au château, où Élisabeth, qui avait retrouvé ses esprits, cherchait des vêtements pour le défunt. Elle sortit de sa boîte la médaille de la Légion d'honneur qu'elle agrafa à sa veste.

— Il est allé en Charente la semaine dernière, dit-elle, pour vendre une coupe de bois qui ne lui a pas rapporté ce qu'il espérait.

Leclant se dit que ce n'était pas une raison suffisante pour se pendre. Il avertit le commissaire Laval qui arriva quelques instants plus tard. Dépassant d'une poche du cadavre, Laval découvrit une lettre cachetée, avec, écrit en majuscules : POUR JEAN.

Jean se retira à l'écart pour déchirer l'enveloppe. Il ne voulait pas que les autres lisent son émotion sur son visage. L'écriture était toujours aussi ferme, filiforme et régulière :

*Je veux que tu saches que tu as été toute ma vie. Le plus grand bonheur que j'ai eu, c'est ta naissance. Je nous voyais tous les deux multipliant les projets, marchant d'un même pas vers les mêmes buts. C'est pour toi que j'ai trahi mon pays. Quand Jérôme Duvalet a été tué, les membres du commando dont tu faisais partie ont été arrêtés. Tous ont été malheureusement exécutés sauf un, toi. J'ai acheté ta vie en donnant à l'ennemi trois chefs de la Résistance, des camarades qui me faisaient toute confiance. Voilà ce que j'ai fait pour te sauver. Albert Duvalet, le frère de Jérôme, sait tout cela et me fait chanter. Il a juré de me ruiner et je ne pourrai pas supporter mon déshonneur, raison pour laquelle je meurs. Je ne pouvais pas partir sans te dire la vérité.*

Jean plia lentement la feuille de papier sous le regard pesant de sa mère, et la rangea dans la poche intérieure de sa veste. Il s'agenouilla devant la dépouille de son père et se mit à pleurer en silence.

Henri Charron fut enterré deux jours plus tard dans le vaste caveau que son grand-père avait fait construire au milieu du parc du château. Tous les villageois étaient là, même ceux qui affichaient leurs idées de gauche anti-bourgeoises. Paul, sorti de l'hôpital la veille, parfaitement requinqué, se trouvait avec ses copains du parti communiste en dehors de la chapelle, et bavardait, la casquette à la main. Il enterrait son ennemi et lui qui aurait dû parader se sentait très mal à l'aise. Les paroles échangées lors de leur dernière dispute tournaient dans son esprit. Paul avait claironné : « Vous avez beau être M. Charron, moi, je vous emmerde et je cracherai sur votre cercueil le jour de votre enterrement ! » Henri Charron lui avait répondu du tac au tac : « Vous cracherez sur mon cercueil, d'accord, mais sachez que, quand on me mettra en terre, vous ne tarderez pas à me suivre ! » Paul avait beau se dire que ce genre de paroles n'avaient aucun sens, il ne parvenait pas à les chasser de son esprit. Il ne cessait de se répéter qu'il s'en moquait, qu'il ne craignait pas la mort, et pourtant ça le tracassait : les traitements de l'hôpital avaient fait momentanément reculer la douleur, mais elle était toujours là, présente, sournoise.

Le commissaire Laval et son adjoint Bonchamps se tenaient en retrait et observaient la foule, examinant les visages à la recherche de l'inconnu, le maître chanteur de retour sur les lieux de ses méfaits. Ils regardaient surtout les proches du mort, Élisabeth qui pleurait au bras de son fils, les frères d'Henri Charron qui habitaient Bordeaux. Jean affichait un visage défait qui étonnait.

Ils regardaient aussi Paul, à côté de Marguerite et de son frère Justin. Léa était restée à la maison parce que ça ne valait pas la peine de se déranger pour si peu de chose.

Tout à coup, Bonchamps donna un coup de coude à son supérieur.

— Le frère de Paul, regarde-le bien.

— Pourquoi ? On dit qu'il n'a pas avalé le Saint-Esprit !

— On dit aussi que c'est le meilleur pêcheur et braconnier du pays. Ça prouve qu'il est moins con qu'on le pense.

— Et alors ?

— On ne lui a posé aucune question. Peut-être qu'on devrait !

À la fin de la cérémonie, les gens sortirent du parc et s'attardèrent devant le portail pour bavarder.

Les deux policiers attendirent le passage de la famille Bussières. Bonchamps salua Paul et Marguerite, puis s'adressa à Justin :

— On a deux ou trois questions à vous poser. Est-ce que vous pouvez nous suivre ?

Justin regarda le policier avec ses yeux d'animal apeuré, puis il se tourna vers son frère et enfin vers sa belle-sœur. Il hésita un long moment, les bras écartés comme un canard qui s'apprête à s'envoler. Paul s'impatienta :

— Puisqu'ils veulent te parler, qu'est-ce que tu attends ?

Justin hésitait encore. Il portait son costume sombre, le seul qu'il possédait, trop étroit aux épaules. On n'avait pas l'habitude de le voir habillé de la sorte et sa silhouette en était transformée. Sans sa casquette grise de crasse, ses cheveux qu'il avait tenté de maîtriser en les mouillant rebiquaient sur son crâne et faisaient de lui un être nouveau, presque inquiétant. Il s'approcha de Bonchamps qui le dominait, mais visiblement son regard montrait qu'il était comme le renard, jamais soumis, toujours prêt à s'enfuir, à glisser entre les mains du chasseur.

— Montez dans la voiture. Nous allons au commissariat de Bergerac, nous serons plus tranquilles pour bavarder.

Il se troublait, Justin. Sa place à lui, c'était dans la forêt, au bord de la rivière, dans les vignes où il piégeait les grives, mais toujours seul et libre de ses mouvements.

— Vous m'emmenez en prison ? demanda-t-il d'une voix étranglée.

— Nous voulons seulement vous poser quelques questions. Ensuite, nous vous ramènerons chez vous.

Cette mise en scène avait pour but d'impressionner le vieux garçon. Ils auraient pu le questionner sur place, au bord de l'allée, mais l'animal, proche de sa tanière, se serait laissé moins facilement impressionner que dans un commissariat avec des policiers en uniforme.

Il s'assit sur la banquette arrière, ramassé sur lui-même, comme s'il s'apprêtait à bondir dès que la porte s'ouvrirait. Devant, les deux policiers se taisaient, histoire d'accentuer le trouble du frère de Paul.

À Bergerac, ils se garèrent dans la cour du commissariat, une austère maison aux murs ocre et, toujours sans parler, Bonchamps fit signe à Justin de descendre. Le braconnier obéit en jetant autour de lui un regard apeuré.

— Suivez-nous, dit Laval en marchant vers le perron.

Ils le firent entrer dans un petit bureau et lui demandèrent de s'asseoir. Justin posa ses fesses sur le rebord de la chaise en tournant vers les policiers des yeux de renard traqué.

— Bon, commença Laval, tu vas tout nous raconter.

Le tutoiement faisait toujours beaucoup d'effet sur les hommes de la campagne. Il indiquait une infériorité, celle du domestique par rapport à son maître, de celui qui obéit aux ordres en face de celui qui les donne.

— Commençons par le début. Ta nièce et le fils Charron, ça a duré combien de temps ?

— Je sais pas de quoi vous voulez parler.

— Fais pas l'imbécile, tu as compris. Leur idylle, leurs amours…

Justin faisait semblant de réfléchir, mais il n'en avait pas besoin. Lorsque les deux adolescents allaient dans le bosquet près de la rivière pour s'embrasser, il les regardait, caché derrière un houx. Ces étreintes le fascinaient, lui qui n'en avait jamais connu.

— Ils ont commencé un été, Marie avait pas plus de quinze ans. Jean était un peu plus âgé. Ils se retrouvaient les samedis et les dimanches.

Justin soupira, comme si ces souvenirs lui rappelaient une période heureuse.

— Ils étaient beaux, poursuivit-il à voix basse. Très beaux. Moi, je sais pas le dire, mais je voyais qu'ils étaient beaux tous les deux ensemble.

— Et alors ? demanda Bonchamps après avoir échangé un rapide coup d'œil avec Laval : ils croyaient Justin incapable de s'exprimer, et découvraient qu'il parlait aussi bien que les autres.

— Après, tout le monde a été au courant. C'est Paul qui a commencé. Il a fâché Marie. Elle a dit qu'elle s'en fichait, il s'est mis en colère. Jean recevait les mêmes engueulades par son père.

— Pourquoi, à ton avis ?

— Bon, c'était pas possible, un Charron et une fille du village. Et puis Paul aime pas les bourgeois. Avec M. Henri, il avait eu des histoires.

— Quelles histoires ?

— Ils se sont toujours disputés. M. Charron n'aimait pas les communistes.

— Et après ? insista Bonchamps en s'asseyant en face de Justin, qui eut un mouvement de recul.

— Ils ont réussi à séparer Marie et Jean. Marie était si belle que les garçons ne manquaient pas pour lui tourner autour. Jean est parti à l'armée, en Algérie. Alors, mon frère s'en est encore pris à sa fille qui courait les bals et les galants. Elle aussi est partie. À Paris. Et j'ai plus eu de nouvelles.

Son visage s'était fermé. Il fit une petite moue.

— Elle était si belle ! Oui, moi je l'aimais bien, Marie. Elle a toujours été si gentille avec moi.

— Bon, poursuivit Laval en revenant au sujet qui l'intéressait, toi qui sais tout ce qui se passe au pays, connais-tu celui qui a volé le fusil de ton frère ?

— Un beau fusil, ajouta Justin. Avec une crosse sculptée par mon père. Il avait bien de la chance, Paul, d'avoir un fusil comme ça.

— Et tu ne sais pas qui l'a volé ? insista Laval.

— Non, répondit Justin.

Une nouvelle fois, les deux policiers échangèrent un regard entendu. Justin ne savait pas mentir. Il n'en avait jamais eu besoin à Lussac et sa voix, sa manière de secouer la tête laissaient supposer qu'il cachait quelque chose.

— Tu mens, fit Bonchamps. Tu ne dis pas tout ce que tu sais. Ce fusil, tu le trouvais très beau, n'est-ce pas ?

Alors, il craque, Justin. Il avoue une faute qui lui pèse sur la conscience. Le chasseur connaît toutes les ruses avec les lièvres qui courent dans les vignes, il sait se dissimuler, se rendre invisible, approcher la laie et ses marcassins, mais ici, dans ce bureau vide, il est incapable de masquer sa moindre pensée.

— Mon père a donné le fusil à Paul, parce qu'il est l'aîné et que moi, je suis pas bien malin. Mais c'était pas juste. Je suis meilleur tireur que Paul.

— Alors tu as volé le fusil et c'est toi qui as tué la femme dans le parc du château, parce que tu étais entré pour braconner et qu'elle t'avait vu, c'est bien ça ?

Justin osa un regard timide vers Bonchamps.

— Non. J'ai pas tué la femme. Moi je tue seulement les sangliers et les lièvres, je sais pas tuer les gens. Et puis, le fusil de Paul avec sa belle crosse bien sculptée, c'était pas un bon fusil. Il tirait de travers. Je ne pouvais pas chasser avec. Je préfère le mien, tout laid, mais qui tire droit.

— Alors, qu'est-ce que t'en as fait ?

Un sanglot souleva les épaules de Justin. Il fit une horrible grimace, conscient d'avoir commis une grosse bêtise. Son visage rasé le montrait plus jeune qu'il ne paraissait d'habitude.

Des larmes noyaient ses yeux, roulaient sur ses joues toutes lisses.

— Je voulais pas le faire, mais…

— Mais quoi ? demanda sévèrement Laval.

— Marguerite, ma belle-sœur, me donne pas d'argent. Alors, pour mon tabac et mes sorties, il faut que je me débrouille. Au moment du fusil, j'avais plus rien parce qu'on me commandait pas de gibier. Je l'ai vendu.

— Tu l'as vendu ? Tu as osé le vendre ? Et à qui ?

— Au brocanteur qui passait dans le pays depuis quelque temps. Un homme grand et maigre comme M. Henri. Le fusil lui plaisait. J'avais tellement besoin d'argent que je le lui ai donné trop vite. Il l'aurait payé le double si j'avais su faire.

Laval et Bonchamps sortirent de la pièce pour se concerter. Justin ne mentait pas, mais ils n'étaient guère plus avancés : comment retrouver Albert Duvalet qui avait disparu depuis l'assassinat de Marthe Leglane ? Bonchamps retourna auprès de Justin et demanda :

— Le gars qui t'a acheté le fusil, tu l'as vu ces jours derniers ?

— Non.

— Bon, on va te ramener à Lussac. Mais si tu le vois, cet homme à qui tu as vendu le fusil, tu cours vite à la gendarmerie pour avertir le brigadier Leclant.

Il promet, Justin. Il est tellement content de rentrer chez lui qu'il promettrait n'importe quoi. Ce que lui demande le policier est à sa portée car, d'ordinaire, il voit beaucoup de choses, surtout celles qui échappent aux autres.

## 25

Paul se rendit à son chantier au hameau du Theil à cinq kilomètres de Lussac. Il voulait le terminer au plus vite et se sentait tellement d'attaque depuis son retour de l'hôpital qu'il ne doutait pas d'y arriver. Ses bonnes résolutions étaient oubliées. Le médecin lui avait dit de se ménager et surtout de ne plus soulever de grosses pierres ; il n'en ferait qu'à sa tête.

Quand il arriva à son chantier, la chaleur de la mi-mai était déjà étouffante. Il remplit son bac d'un beau mortier qu'il étala sur le mur. « Faudrait pas trop lambiner, pensa-t-il, avec ce soleil, le ciment va tirer et je pourrai plus rien en faire ! » Paul se sentait tellement en forme qu'il avait envie de siffler. La douleur de sa poitrine s'était complètement estompée, il ne ressentait plus qu'une sorte de lourdeur, une légère oppression, rien de grave.

Jean arrêta sa voiture près du chantier, marcha avec précaution sur les pierres disposées autour du petit échafaudage. Jamais Paul n'avait été aussi occupé.

— Bonjour, Paul ! Vous voilà en pleine forme !

C'était le moment ou jamais de mettre sa conscience en paix, mais le maçon ne se sentait pas prêt. Et puis, il restait toujours brouillé avec les Charron. La mort d'Henri n'avait rien changé.

— Il faut que je vous parle, insista Jean.

— Eh bien, parle, bougonna Paul en conservant le tutoiement de leur dernière rencontre.

— Je suis sûr que Marie est vivante, que c'est pour cette raison que Marthe Leglane a été tuée. Et j'ai la preuve que vous ne m'avez pas tout dit.

— Qu'est-ce que tu vas chercher ? mentit Paul sans lever les yeux.

Sans hésiter, Jean Charron sortit un pistolet de sa poche et le braqua sur le maçon. Son regard affichait une détermination sans faille.

— Je n'ai rien à perdre, dit-il. Ma vie s'est arrêtée le jour où Marie m'a quitté. Alors, vous allez me dire ce que vous savez.

— Mais je ne sais rien ! Qu'est-ce que tu vas te monter la tête ?

Jean brandit l'arme sous le nez de Paul pour montrer qu'il s'impatientait.

— Vous mentez ! Les policiers ont retrouvé la mère de Marthe Leglane. Le commissaire Laval vient de me l'annoncer.

Paul lui faisait face, sa truelle à la main, debout sur son échafaudage. Il apprit ainsi que, à la Libération, Marthe avait repris son logement rue de Clignancourt. Elle avait été contactée par le frère de Jérôme Duvalet, Albert Duvalet, qui voulait lui faire signer un papier certifiant que Marie était morte près d'elle en déportation. Marthe avait refusé, car elle était certaine que son ancienne camarade avait survécu. Marthe l'avait cherchée pendant des mois et l'avait trouvée, mais n'en avait parlé à personne de peur qu'Albert Duvalet s'arrange pour la faire disparaître.

— Quelle histoire ! fit Paul, qui ne savait pas comment se tirer d'affaire. Mais qu'est-ce que j'y peux ?

— Où se trouve Marie ? s'écria Jean, qui perdait son calme. Marthe vous a écrit pour vous le révéler, à Marguerite et à vous. Alors, vous me le dites tout de suite ou je vous fais sauter la cervelle.

Paul posa sa truelle, couvrit le bac de ciment avec un sac vide pour le protéger du soleil. La menace de l'arme ne l'effarouchait pas outre mesure : Charron ne tirerait pas tant que le maçon n'aurait rien révélé.

— Bon, fit-il en marchant vers l'ombre du mur, tu vas d'abord ranger ça. Ensuite, on pourra parler.

Jean glissa le pistolet dans sa poche.

— C'était il y a quelques années, je me souviens plus exactement. C'était le marché, un mardi, je crois. Je travaillais à la maison de Reney, qui se trouve un peu avant la nôtre. Vergne, le facteur, est arrivé. Il avait tellement bu qu'il ne tenait pas debout. Il s'est quand même arrêté chez Reney. Il n'avait rien à y faire, mais il voulait boire un verre de plus. Il a buté sur mes pierres, il est tombé et son sac s'est vidé devant moi. Et là, j'ai vu une lettre adressée à Marguerite. Je l'ai prise, il n'y avait pas de mal à ça. Je l'ai lue et je l'ai mise au feu.

Jean commençait à comprendre.

— C'était une femme, continua Paul. Une copine de Marie. Elle disait que notre fille était dans une maison pour grands blessés. Elle est revenue des camps, mais sans sa tête, sans rien, sans savoir comment elle s'appelle. Elle l'avait retrouvée et nous suppliait de la reprendre.

— Mais où, dans quelle maison pour grands blessés ?

Paul tourna vers Jean un regard atterré.

— Eh bien ça… J'ai répété ce mot presque tous les jours et puis…

— Et puis quoi ?

— Et puis, je m'en rappelle plus. Je le cherche depuis une semaine. C'était du côté de Tours. J'ai regardé sur une carte.

Jean Charron était perplexe : Paul n'était-il pas encore en train de mentir, de travestir la vérité ?

— Qui avait envoyé cette lettre ?

Paul leva les yeux vers Jean puis les baissa rapidement.

— C'était bien écrit et, ce nom, je l'aurais oublié comme le reste, mais ce qui s'est passé ici il y a quelque temps m'a rafraîchi la mémoire.

— Qui était-ce ? le pressa Jean.

— Marthe Leglane, la femme qu'on a trouvée morte dans le parc du château. Je ne pouvais pas le dire aux policiers.

— Tout comme vous ne pouvez pas me dire où est Marie parce que vous ne voulez pas que je la retrouve.

— Je te jure que je te dis la vérité.

Jean n'insista pas. Les établissements pour grands blessés ne devaient pas être légion. Il regagna sa voiture et se rendit à Bergerac. Au commissariat, Laval le reçut dans son bureau qui empestait le cigarillo. Jean lui communiqua la révélation capitale que venait de lui faire Paul Bussières.

— J'avertis les collègues de Tours, dit le policier, conscient que son enquête prenait enfin un tournant décisif.

Jean, qui devait aller visiter ses clients à Paris, décida de faire un crochet par Tours où il arriva en fin d'après-midi. Il se rendit au commissariat où on l'attendait : Laval avait averti ses collègues. Le commissaire de permanence avoua son incapacité à l'aider.

— La guerre a en effet engendré tellement de victimes, ajouta l'homme. Nos services font leur possible depuis la fin de la guerre, mais réussissent rarement à retrouver leurs familles. Et comme nous avons beaucoup à faire, ces questions sont souvent traitées quand il n'y en a pas d'autres, c'est-à-dire jamais.

— Marie Bussières a trente et un ans, même si cela ne veut rien dire car elle a dû vieillir beaucoup plus vite que les autres. La vie peut encore beaucoup lui apporter.

— Il y a quelqu'un qui s'occupe de ça à la préfecture : c'est au service des grands blessés de guerre. Mais je ne suis pas certain qu'on pourra vous aider. Autant chercher une aiguille dans une botte de paille.

— Je sais, dit Jean en se levant, plus que jamais décidé à aller au bout de ses recherches.

Il était trop tard pour se rendre à la préfecture. Jean prit une chambre dans un hôtel au bord de la Loire et alla se promener le long du quai. Le soir tombait. La fraîcheur du fleuve donnait envie de respirer à pleins poumons, de courir, de sentir la vie couler en soi.

Qu'attendait-il de l'avenir ? La mort de son père, dont il se sentait responsable, ne le laisserait jamais en paix. La force du sentiment qui l'avait lié à Marie depuis son adolescence l'avait toujours retenu sur les marches de la vie, au bord d'une fête réservée aux autres. Il croyait avoir sorti Marie de ses pensées, ne plus s'intéresser à elle, et voilà qu'il se rendait compte qu'elle était toujours aussi présente.

Il dîna à une terrasse pour profiter du crépuscule sur le fleuve. La chambre qu'il avait retenue manquait de confort, mais il dormit cependant assez bien dans un lit qui grinçait à chacun de ses mouvements. Un rêve le réveilla très tôt alors que le jour éclairait le ciel sur les eaux encore sombres de la Loire.

Il était dans une maison tout en longueur au milieu d'un parc, construite pour accueillir les épaves de la guerre. Certains pensionnaires marchaient avec des béquilles, d'autres étaient assis sur des fauteuils roulants que des infirmières déplaçaient selon les heures de la journée, le matin, en face du parc, le soir quand il faisait beau, sur la berge d'une petite rivière à l'ombre des saules.

Jean marchait au milieu de cette longue pièce aux larges baies vitrées dépourvues de rideaux, fouillait les visages, allait d'une personne à l'autre. Il se réveilla avec la certitude que Marie n'était plus là, qu'elle était partie depuis peu pour une destination inconnue.

Il prit son petit déjeuner et se rendit à la préfecture. L'homme qui le reçut au service des grands blessés de guerre était lui-même handicapé. Il fit entrer Jean dans son bureau envahi de piles de papiers.

— Il y a tellement de souffrance là-dedans, vous comprenez…

— Oui, je comprends. C'est pour cette raison que je veux retrouver une personne qui m'est chère et à qui je voudrais donner un peu de bonheur si c'est encore possible.

— Vous savez, enchaîna l'homme, qui portait d'épaisses lunettes, je reçois tous les jours des gens animés des mêmes intentions généreuses que vous. Hélas ! très peu parviennent à leur but.

— Mais Marie est vivante, j'en suis convaincu, répliqua Jean. Donc, je la retrouverai.

— Tous les gens que je reçois sont aussi convaincus que vous, mais ça ne suffit pas.

L'homme secoua la tête et remonta ses lunettes sur son nez étroit.

— Depuis que la guerre est finie, il a pu se passer beaucoup de choses. La personne que vous cherchez a pu être transférée dans un autre établissement.

Voilà qui donnait un sens à son rêve de la nuit précédente. Il demanda :

— Pouvez-vous me donner la liste des institutions qui accueillent des grands blessés de guerre ?

— J'en connais, mais il y en a certainement beaucoup d'autres…

Jean repartit avec une liste d'une centaine d'adresses. Comment allait-il pouvoir retrouver Marie dans cet immense dédale ?

Il décida de se rendre dans un hospice qui se trouvait à la périphérie de Tours, sur la route d'Amboise. Il expliqua sa démarche à une infirmière et crut que la chance lui souriait : une femme muette incapable d'écrire et de communiquer, dont on ne savait rien, se trouvait là en attendant que les siens viennent la reconnaître.

Quand il pénétra dans la vaste pièce où les malades passaient de longues heures à regarder couler la rivière derrière de hautes fenêtres, Jean ressentit une vive émotion. C'était la pièce qu'il avait vue dans son rêve, avec de grandes baies vitrées sans rideaux. Il déchanta vite : la femme en question n'était pas Marie. C'était une blonde assez ronde aux yeux bleus. Elle marchait difficilement avec des béquilles et ne prononçait qu'un seul mot : « Marcoussis. » L'infirmière expliqua :

— Des spécialistes sont venus l'examiner et ont tenté de lui faire dire autre chose. Elle prononce ce mot sans qu'on sache pourquoi. Il existe une petite ville dans la région parisienne qui porte ce nom. Nous avons fait circuler des photos, mais personne ne l'a reconnue. Son mystère reste entier…

Jean passa sa matinée à visiter d'autres lieux d'asile dans les parages de Tours. Il questionna des grabataires, de grands blessés qui avaient conservé leur mémoire intacte. Aucune trace de Marie.

## 26

La fillette courait le long de la Brède avec la légèreté que lui permettaient son corps menu et ses jambes grêles. Ses cheveux battaient des ailes. Parfois, elle se tournait et attendait Arnaud qui peinait à la suivre. Lilly était la seule à ne pas se moquer de lui, Lilly n'entendait que sa voix de papillon.

— Plus tard, tu seras un grand chanteur et tu auras beaucoup d'argent.

— J'aime pas chanter. J'aime pas qu'on me regarde. Je voudrais me cacher sous terre et vivre comme les taupes, dans le noir.

Arnaud était de mauvaise humeur. Depuis qu'il était rentré de l'hôpital, Paul qui avait retrouvé toute sa vigueur ne se préoccupait plus de lui. Était-ce parce que Jean était parti à la recherche de Marie ? Parce que les Lussacois disaient de plus en plus fort que Paul, le bon artisan et le bon voisin, était aussi le plus détestable des pères ?

— C'est idiot, s'emporta la fillette. Quand tu chantes, les gens sont heureux et ils te regardent pour te remercier. Pourquoi tu ne veux pas chanter pour moi ?

— Parce que ma voix va si loin que tout le monde

l'entend. Et tout le monde dira que le boiteux fait son intéressant.

— Alors, tu n'es plus mon ami ! grogna Lilly, vexée.

Arnaud l'attira contre lui. Avec Lilly, il se permettait des familiarités qu'il n'aurait jamais osées avec quelqu'un d'autre. Lilly, c'était son double en fille, mais en plus beau. Il savait qu'elle ne le trahirait jamais.

— Viens ! fit la fillette en tirant le garçon par le bras.

Ils arrivèrent au noyer creux. Lilly regarda autour d'elle pour s'assurer qu'ils étaient bien seuls.

Elle plongea son bras dans le tronc creux et en ressortit la vieille boîte métallique. Elle l'ouvrit : six billets s'y trouvaient pliés, avec des pièces qui faisaient un bruit métallique en glissant sur le fond.

— Tu as vu ? On en a beaucoup !

Arnaud s'étonnait. Comment Lilly avait-elle pu économiser autant d'argent ?

— T'en fais pas, avoua la fillette, personne ne saura que c'est moi. J'ai fait attention.

— Mais tu les as volés ?

Elle sourit et prit cette attitude espiègle qui lui allait si bien.

— Je les ai trouvés, alors au lieu de les laisser emporter par le vent, je les ai pris.

— Mais enfin, on peut pas faire ça, c'est pas bien ! Les voleurs vont en prison !

Lilly s'assit sur la grosse racine du noyer qui, partant du tronc, ondulait entre les herbes comme le corps d'un serpent monstrueux.

— Tu mériterais que je te dénonce, la menaça Arnaud.

— Je ne savais pas que tu étais aussi trouillard, se moqua Lilly en se levant de nouveau et en braquant ses grands yeux dorés sur le garçon.

Une larme perlait au coin de ses paupières. Ses lèvres se contractaient en une moue triste.

— J'aurais dû me douter que je ne pouvais pas compter sur toi.

— Écoute, répliqua le gamin, conciliant, je dirai rien à personne. Remets la boîte à sa place, je vais t'attraper des ablettes pour ce soir.

— Non, depuis que ma petite sœur s'est étranglée avec une arête, ma mère n'en veut plus, dit la fillette en s'animant. Et puis, c'est pas pour me faire un cadeau que tu veux me donner des poissons, c'est parce que tu aimes la pêche, parce que tu ne penses qu'à toi.

Il ne sut pas quoi répondre ; Lilly n'avait pas tort.

— Si tu veux, je vais chanter.

Lilly leva vers lui ses grands yeux étonnés. Un léger sourire étira ses lèvres.

— Tu proposes ça pour te racheter, mais je sais que tu n'as pas envie de chanter.

À son tour, Arnaud boudait.

— C'est bien ta faute ! Je chanterais si tu voulais te marier avec moi.

— Je t'ai dit que c'était pas possible !

Arnaud se cabra.

— Tu es bête comme une pie, s'écria-t-il.

Ils se séparèrent, fâchés. Arnaud se jura qu'il ne reviendrait pas la chercher. Qu'elle aille jouer la pimbêche ailleurs, il ne voulait plus la voir ! Il prit sa canne à pêche dans l'abri de berger, ramassa quelques vers de terre et s'approcha de la petite avancée où l'herbe avait été piétinée. Les ablettes étaient là sous la surface, à moins de un mètre du bord. Il voyait leurs corps marron onduler avec grâce dans le courant. Il accrocha un morceau de ver à l'hameçon et lança sa ligne. Ses yeux ne quittaient plus le bouchon rouge qui dérivait avec le courant. D'un geste sec et parfaitement dosé, il ferra un premier poisson imprudent.

Il ramena l'ablette jusqu'à lui, la prit dans sa main, la regarda un long moment. Les soubresauts du poisson éveillaient en lui un sentiment de pitié. Si c'était lui le poisson, si un géant le tenait ainsi dans sa main, ne l'aurait-il pas imploré de le relâcher ?

Il jeta l'ablette dans l'eau, posa sa canne au milieu du sentier sans penser qu'on pouvait la lui voler ou qu'un promeneur risquait de marcher dessus. Il s'éloigna de la rivière pour échapper à la pensée que la pêche qui lui procurait autant de joie était un acte monstrueux. Un pressentiment l'étreignait : il avait remarqué que, depuis quelques jours, les rides de son grand-père s'étaient creusées et que son regard paraissait de plus en plus sombre.

En arrivant au Rigal, il resta en retrait du chantier et s'étonna de ne pas voir son grand-père sur l'échafaudage. Il s'approcha et découvrit Paul au pied de son mur, couché dans l'herbe, comme s'il faisait la sieste. Un peu de bave blanche coulait au coin de ses lèvres.

— Ah, c'est toi ! fit le grand-père en s'animant. Comme je suis content ! Je t'ai appelé dans ma tête et tu as entendu.

— Qu'est-ce qui t'arrive ?

— Ça va pas…

Lilly, qui avait suivi Arnaud de loin, s'approcha à son tour. Arnaud se pencha sur le malade qui grimaçait.

— T'appuie pas sur ma poitrine. Ça me fait trop mal !

Arnaud se dressa et demanda à Lilly :

— Va chercher le docteur. Dis-lui que mon grand-père est très mal.

La fillette partit en courant.

— Le docteur, grogna le malade, qu'est-ce que tu veux qu'il fasse ? Me ramener à l'hôpital ? Ça a bien servi à quelque chose, la première fois !

Ses yeux ne se fixaient sur rien. Il grinçait des dents, un bruit insupportable La bave coulait toujours au coin de ses lèvres. Quelque chose s'était coincé dans sa poitrine.

— Tu vois, il avait raison, le salopard du château. Il m'avait dit que le jour où on l'enterrerait, je ne tarderais pas à le suivre !

— Grand-père...

Paul leva ses yeux pleins de sang sur cet enfant de personne qui était aussi son petit-fils et murmura :

— Ta mère...

Dans cet ultime instant, il n'avait de pensée que pour sa fille, le drame de sa vie, sa plus grosse faute.

— Je voulais son bien. Je te jure que je voulais son bien.

Son regard se tourna vers l'échafaudage et le nouveau mur au milieu des ruines.

— C'était pourtant un grand château, placé au meilleur endroit. Écoute...

Arnaud se pencha vers la bouche ouverte d'où sortait un raclement bruyant :

— Tu le finiras, tu as le sens des pierres !

— Je te le jure, grand-père Paul...

Arnaud se tournait anxieusement vers le chemin toujours désert. Tout à coup, Paul se contracta, tout son corps devint dur. Il voulut parler encore ; ses lèvres remuèrent, mais aucun son ne sortit de sa bouche. Sa tête roula sur le côté, ses muscles se détendirent. Dans le chemin enfin, des cailloux roulaient sous des pas pressés. Justin arriva, puis Marguerite. Et enfin le gros médecin qui peinait dans la côte. Il s'approcha de Paul, écarta l'enfant et s'accroupit devant le corps. Marguerite restait en retrait ; ses larmes se mêlaient à la sueur sur ses joues.

— Il est mort ! dit le Dr Marcellin.

Justin recula, comme s'il cherchait à s'enfuir, puis son visage se resserra en une horrible grimace. Il s'écroula en sanglots sur un tas de pierres. Les autres le regardaient : on croyait que Justin, réputé pour son insensibilité, sa manière de tuer les lapins pris au filet d'un seul mouvement du genou, ne savait pas pleurer.

— Il faut le redescendre, dit le Dr Marcellin. Allez chercher du renfort.

## 27

Quand il apprit la mort de Paul, Jean Charron céda au découragement. Sa dernière chance s'envolait. En ce début de mois de juin, il visitait les établissements de la Touraine, hôpitaux, maisons de retraite, centres spécialisés dans l'accueil des handicapés, mais Marie restait introuvable. Avait-elle été transférée dans une autre région ? Était-elle morte ? Comment le savoir, maintenant que Paul était parti avec le nom du dernier établissement où elle avait séjourné ? Comment renouer le fil qui l'aurait conduit à cette femme sans souvenirs, sans nom ?

À Lussac, la mort de l'artisan sema la consternation. Personne ne s'y attendait. Paul, c'était le maçon du pays, celui qui était capable de colmater n'importe quelle brèche, de remettre d'aplomb le mur le plus endommagé. Les gens ne tarissaient pas d'éloges, même ceux qui, de son vivant, le considéraient comme un infect bonhomme.

Vêtu de son costume acheté avant la guerre pour le mariage du neveu de Marguerite, sa croix de guerre accrochée sur le revers de sa veste, Paul reposait sur le grand lit de sa chambre, que Marguerite avait nettoyée de fond en comble. Sur la table de nuit, un rameau de buis était posé à côté d'un bol d'eau bénite et d'un crucifix discret pour ne pas choquer les camarades communistes. Le défunt serait conduit à l'église car Marguerite n'avait pas pu se résoudre à un enterrement civil. La mort de Paul la réconciliait totalement avec ses croyances.

Les compagnons de la Résistance hissèrent un drapeau français dans la cour. Justin fut impressionné par cette marque d'importance. Comme le voulait la coutume, il arrêta l'horloge de la grande cuisine à l'heure de la mort. Léa, d'ordinaire si loquace, se taisait. On n'avait pas eu besoin de lui apprendre la mort de Paul, elle l'avait devinée. Elle perdait son fils aîné et se demandait ce qu'elle faisait là dans cette nuit perpétuelle, à scruter le néant.

Le défilé des cousins, des voisins, des nombreuses connaissances de Paul dura deux longues journées. Ils entraient sans frapper, comme cela se faisait dans la maison d'un mort, traversaient la grande cuisine sans un mot, le visage fermé. Ils allaient dans la chambre, se recueillaient devant la dépouille puis revenaient dans la pièce principale, embrassaient Léa, Marguerite, serraient la main de Justin qu'on ne reconnaissait pas avec son costume sombre et sa casquette neuve. Marguerite l'avait obligé à se raser et son visage inhabituellement glabre attirait les regards. Arnaud ne supportait plus ces embrassades qui sentaient le suint de mouton, le soufre et l'eau de Cologne. Avant de partir, les visiteurs buvaient un verre de vin ou une tasse de café. La coutume voulait qu'on ne quittât pas la maison d'un mort sans trinquer. Justin vidait verre sur verre et, à mesure que la journée s'écoulait, son pas devenait hésitant.

Quand il le pouvait, Arnaud s'enfuyait au Rigal. C'était à lui que revenait la tâche de terminer le château des Bussières, et il le construirait si grand, si beau qu'on en parlerait à Bergerac, à Bordeaux, peut-être même à Paris !

Vers midi, le deuxième jour, Jean et sa mère garèrent leur voiture dans la cour. Justin qui les vit en premier rentra dans la maison pour ne pas avoir à les accueillir. Ils montèrent lentement les marches du perron, traversèrent la cuisine. Léa tourna ses yeux vides vers eux, mais ne fit aucune remarque.

Après la visite au mort, Élisabeth embrassa Marguerite sur les deux joues et la garda un instant serrée contre elle, comme si elles étaient de vieilles amies, puis Justin et la vieille Léa. Jean se contenta d'une poignée de main à la mère et à l'oncle de Marie, ignorant l'aveugle qu'il détestait autant que Paul. La châtelaine accepta une tasse de café. Justin, au fait de son rôle, proposa un verre de vin à Jean, qui ne le refusa pas.

— J'ai visité la plupart des établissements où Marie pourrait être, dit Jean à Marguerite. Mais je la retrouverai, même si je dois y passer ma vie.

La querelle entre les deux familles n'avait plus aucun fondement maintenant que les protagonistes n'étaient plus là. Élisabeth regrettait de ne pas avoir mesuré la force du sentiment qui unissait Jean et Marie.

L'enterrement de Paul rassembla beaucoup de monde. Tous les habitants de Lussac et des communes voisines y assistèrent. La renommée du maçon avait largement dépassé les frontières cantonales. Le curé Beaufort récita la cérémonie aux morts ; les membres du parti y assistèrent par respect pour la veuve. Les résistants debout autour du cercueil honoraient leur camarade derrière le drapeau tricolore déployé au bas de l'autel. Arnaud était grave, mais ne pleurait pas entre sa grand-mère et Justin, qui donnait le bras à Léa. Que faire contre la fatalité ? Paul était mort exactement comme son père : les Bussières n'avaient-ils pas le cœur fragile ? Marguerite priait pour que Dieu accueille ce pauvre homme qui n'avait pas agi par méchanceté, mais parce qu'il ne voyait pas plus loin que le bout de son nez.

Enfin, quatre « camarades » chargèrent le cercueil sur leurs épaules et le portèrent au cimetière situé en dehors du village, au milieu des vignes. Les gens marchaient en silence. Seul se faisait entendre le crissement du gravier sous les pas.

Quand les hommes glissèrent des cordes sous le cercueil pour le descendre dans le caveau ouvert, Arnaud fut pris de tremblements. Les larmes qu'il n'avait pas versées jusque-là troublaient sa vue. Marguerite lui prit la main et la serra très fort. Désormais, il était un membre à part entière de cette famille qui l'avait d'abord rejeté, un véritable Bussières.

Après l'enterrement, il se plaça devant le portail entre sa grand-mère et son grand-oncle, pour recevoir les condoléances. Il dut supporter les embrassades qui lui donnaient la nausée, les soupirs résignés et les « on est bien peu de chose en ce bas monde » récités sur le ton de la plus profonde affliction.

Les gens ne s'attardèrent pas : la vigne et le tabac en pleine végétation réclamaient leurs soins. À la maison, Marguerite activa le feu et mit à chauffer la sauce au vin préparée la veille. Justin se changea et conduisit les moutons dans l'enclos près de la Brède. Quand il revint, les assiettes étaient disposées sur la table. La vie continuait sans Paul, identique à ce qu'elle était avant.

Arnaud, qui n'avait pas faim, avala son bouillon et s'échappa. Au Rigal, il se plaça sous l'arc dressé au-dessus du mur et imagina le château terminé, les deux tours telles que son grand-père les avaient conçues, la façade orgueilleuse tournée vers le village, le parc et la belle route goudronnée à la place de l'actuel sentier de chèvres qui obligeait Paul à monter les sacs de ciment en poussant sa brouette.

Il sortit de sa poche une petite boîte en carton qui contenait le fruit de son larcin : le paquet de tabac, les feuilles à cigarettes et le briquet qui avaient glissé de la poche du mort quand on l'avait transporté chez lui.

Il détacha avec précaution une feuille transparente, la disposa sur sa main droite entre le pouce et l'index comme il l'avait vu faire à Paul, puis y déposa une pincée de tabac. Il finit par réussir à rouler une cigarette molle dont le tabac s'échappait aux extrémités. Il la cala au coin de ses lèvres, l'alluma avec le briquet de son grand-père. La fumée lui piquait le nez et la gorge. Une envie de vomir lui souleva l'estomac.

## 28

Depuis le début des vacances, Arnaud aidait Justin aux vignes. Le travail était routinier : surveiller les sarments libres qui s'allongeaient de plusieurs centimètres en une nuit, les attacher ou les couper. Une fois par semaine, le simplet sulfatait les rangs avec un énorme pulvérisateur qu'il portait sur son dos. Arnaud préparait la bouillie de cristaux de sulfate de cuivre d'un bleu délicat qu'il écrasait dans une bassine d'eau.

Justin, qui avait vécu effacé sous la coupe de son frère, tenait désormais la place du maître. Il n'avait pas changé ses habitudes, il mangeait toujours à côté de Marguerite, mais il se servait le premier. Il décidait quelle parcelle de vigne devait être traitée et se plantait chaque matin au milieu de la cour à la place qu'occupait Paul pour regarder les nuages. Il parlait toujours aussi peu, mais montrait qu'il était désormais chez lui, sur la terre de sa famille. Le vouvoiement qu'il employait pour s'adresser à Marguerite témoignait à la fois d'une autorité et d'une distance qui n'échappaient à personne. Il ne se cachait plus pour aller braconner et prenait le temps de fumer sa cigarette avant de sortir.

Lilly s'occupait de sa petite sœur de deux ans. Les

premières grandes chaleurs épuisaient les dernières forces de sa mère. La fillette devait accomplir toutes les corvées. Son père partait le matin dans les vignes de M. Charron et rentrait le soir, souvent éméché, la parole forte et la main lourde.

Arnaud s'attardait souvent devant sa porte. Quand elle le voyait, la fillette sortait, lui souriait et retournait à son travail sans prononcer un mot. Un soir, alors qu'elle était en train de laver le linge de sa petite sœur dans la cour, elle lui dit :

— J'ai ajouté cinq francs dans notre caisse.

— Encore ! s'étonna Arnaud.

— On a presque assez, répondit la fillette, mais pour l'instant, on ne peut pas partir. Ma mère est trop fatiguée.

— On partira quand ?

Paris lui manquait, surtout depuis que son grand-père n'était plus là.

— On partira plus tard, quand le bébé de ma mère sera né, répondit la fillette en baissant ses yeux tristes. Tu penses bien que je veux voir la tour Eiffel !

— J'aimais bien quand on allait se promener tous les deux.

Les lourdes boucles de la fillette roulèrent sur ses joues.

— Moi aussi, j'aimais bien.

— Le soir, quand ta petite sœur est au lit, tu peux pas venir à notre arbre ? demanda le garçon.

Elle sembla réfléchir, mais sa réponse était prête depuis longtemps :

— D'accord, je viendrai.

Elle retourna à son travail car sa mère venait de sortir. Arnaud s'éloigna, heureux de ce rendez-vous.

Vers cinq heures de l'après-midi, il emmena son arrière-grand-mère faire sa promenade quotidienne. La vieille se montrait reconnaissante envers ce garçon sans qui elle aurait été condamnée à rester dans la maison.

— Toi, tu as fumé, constata-t-elle se pinçant le nez.

— Mais non, mentit Arnaud.

— À d'autres. Ton haleine sent le tabac, répliqua la vieille dame.

Elle sentait des choses qui échappaient aux gens ordinaires. La pression de sa main noueuse sur le bras d'Arnaud était significative. Elle se crut obligée de préciser :

— Ton grand-père est parti trop vite ! Il avait beaucoup à t'apprendre.

Arnaud aurait voulu exprimer son sentiment, mais il ne trouvait pas les bons mots. Alors, il se mit à parler de sa petite vie d'autrefois. Il n'était pas un gamin malheureux. Sa mère continuait d'habiter leur petit appartement parce que, avec les voisins, elle avait trouvé une famille.

— Moi, j'aimais vendre les journaux dans les rues. Les gens me donnaient une pièce, je rendais la monnaie. Oui, j'aimais bien, même si ça…

— C'est pas un métier, trancha Léa. Si tu n'avais pas ton pied tordu…

La vieille femme sentit le bras de l'enfant se contracter.

— Tu sembles avoir une bonne tête, rectifia-t-elle. Ça te sauvera.

Après la soupe composée de larges tranches de pain trempées dans le bouillon, Arnaud accompagna Justin jusqu'à la cabane au bord de la rivière. Le braconnier lui expliqua qu'un ciel piqué d'étoiles n'était pas bon pour la pêche et qu'il ne devait pas espérer attraper le gros brochet repéré dans l'étang du château.

— Par contre, pour le lapin, c'est du gâteau !

L'enfant regarda son grand-oncle préparer ses collets puis se rendit au noyer creux où Lilly l'attendait.

— J'ai encore ajouté dix francs, dit-elle en montrant un billet plié en quatre.

— D'où vient-il ? De la poche du facteur ?

— Je l'ai trouvé par terre.

— On perd beaucoup de billets autour de toi, constata Arnaud.

Elle ne répondit pas. Ce soir encore, son père l'avait frappée parce que la soupe était trop chaude et qu'il s'était brûlé. Elle s'assit sur l'herbe, le corps secoué de sanglots.

— Il me tape tous les jours, à toutes les occasions. Il n'arrête pas de me dire que je deviendrai comme ta mère.

— Ah bon ! répondit Arnaud. Et qu'est-ce qu'elle était, ma mère ?

Lilly regretta d'avoir parlé ainsi et ne savait comment s'en tirer pour ne pas vexer son ami.

— Ben, on dit que… que les hommes la payaient !

— C'est pas vrai, s'emporta Arnaud. C'est pas vrai. Les gens racontent n'importe quoi parce que ma mère était très belle et qu'ils étaient jaloux.

Un homme de grande taille fit soudain irruption devant eux. Lilly reconnut le brocanteur qui était passé au village pour acheter les vieilles pendules et les casseroles en cuivre.

— Pas un mot, ordonna l'homme en braquant un pistolet sous le nez d'Arnaud. Le moindre cri et je vous tue comme des lapins.

Lilly enfouit vivement les billets et les pièces dans sa poche. Arnaud était pétrifié.

— Vous allez me suivre, tous les deux.

Il les poussa brutalement dans le sentier qui conduisait à la route. Lilly pleurnichait ; Arnaud tomba et se releva prestement.

Ils arrivèrent à la voiture noire garée au bord du fossé. L'homme ouvrit la portière arrière et fit signe aux enfants de monter ; il s'assit au volant. Le véhicule rejoignit la route nationale. Arnaud claquait des dents ; il pensait à sa mère montant dans une voiture semblable sous la menace de deux policiers allemands. Lilly, d'ordinaire timide et effacée, eut le courage de demander :

— Mais vous nous emmenez où ?

— Tais-toi.

— Nos parents vont nous chercher, poursuivit la gamine. Mon père est très méchant, il vous tapera dessus.

— Mais tu vas te taire !

La voiture roulait très vite. Le bruit assourdissant du moteur occupait tout l'espace. Le chauffeur avait allumé les phares qui éclairaient une route rectiligne. Lilly se pelotonna contre Arnaud et ne bougea plus. Le garçon gardait les yeux ouverts. Il savait que cet enlèvement avait un rapport avec la morte du château et sa mère que la rumeur disait vivante.

— Monsieur…

Lilly s'était redressée. Arnaud lui enfonça son coude dans les côtes pour la contraindre au silence. Le véhicule quitta la grand-route pour une autre plus étroite qui s'enfonçait dans une forêt très sombre.

— Monsieur…

— Tais-toi.

Des tournants en épingle obligeaient le chauffeur à freiner brusquement. Les enfants étaient bringuebalés. Lilly glissa sa main dans celle d'Arnaud. La fillette implorait sainte Pauline de les sauver. Le jour se levait, éclairant un paysage grandiose et inattendu, des monts couverts de sapins et, au loin, des pics enneigés.

La voiture s'arrêta enfin sur une petite plateforme à côté d'une sorte de chalet construit au-dessus d'un bois de sapins rabougris et des rochers comme suspendus entre ciel et terre, prêts à basculer.

— Vous ne bougez pas, dit l'homme en prenant son pistolet posé sur le siège à côté de lui.

Il fit le tour du véhicule et ouvrit la portière.

— Descendez.

Les deux enfants obéirent. L'homme braqua son pistolet sur ses petits prisonniers. Arnaud tremblait si fort qu'il peinait à marcher, Lilly retenait ses sanglots.

— Entrez.

Il les poussa à l'intérieur du chalet. Malgré les volets fermés, ils remarquèrent une grosse table au milieu de la pièce et des placards sur les côtés. Un poêle avec son tuyau qui montait vers la toiture, des bûches empilées à côté et une grosse marmite encombraient cet espace restreint. De l'extérieur, l'homme ferma la porte à double tour et retira la clef de la serrure.

La voiture manœuvra et s'éloigna. Quand le bruit du moteur se perdit dans les piaillements d'une multitude d'oiseaux, Lilly osa bouger.

— Je veux pas qu'on nous tue ! gémit-elle.

Le corps d'Arnaud était aussi dur que les pierres de Paul. Il était incapable de faire le moindre mouvement.

— Jamais personne ne viendra nous chercher ici, poursuivit la fillette.

Elle se dressa devant son compagnon et essuya son visage mouillé au pan de sa robe. Tout à coup, ses yeux ne trahirent plus la moindre peur.

— Dis-moi, mon papillon, tu penses bien que le bon Dieu t'a pas donné une si belle voix pour qu'elle s'arrête de chanter !

— Qu'est-ce que tu veux dire ? demanda Arnaud en remuant enfin ses bras.

Lilly se sentait pleine d'une détermination nouvelle. La fillette qui s'usait aux tâches ménagères et recevait les taloches de son père avait puisé dans sa vie misérable une force qui s'exprimait à cet instant.

— On va s'en aller !

— Mais comment ? La porte est fermée à clef, les volets de la fenêtre sont fermés de l'extérieur. Tu vois bien que c'est impossible, pleurnicha Arnaud.

— Les papillons ont des ailes pour voler de fleur en fleur, ajouta Lilly avec un léger sourire.

— Je ne comprends rien à ce que tu dis. La peur te fait divaguer !

Lilly grimpa sur le poêle et se mit à secouer le tuyau. Une pluie de poussière de métal rouillé et de suie s'abattit sur elle. Elle se tourna vers Arnaud, toujours immobile au milieu de la pièce et dit sur le ton du reproche :

— Si tu venais m'aider !

— Mais qu'est-ce que tu veux faire ?

— Arracher le tuyau.

Il ne comprenait toujours pas les intentions de Lilly, mais découvrait que la gamine timide de Lussac montrait ici sa véritable nature. Il grimpa maladroitement sur le poêle et prit le tuyau à bras-le-corps. La tôle craqua, se tordit et céda d'un coup. Une grosse quantité de suie tomba sur le gamin qui roula au sol. Lilly regardait par le trou de la toiture un peu de ciel bleu.

— Ça va pas être facile, constata-t-elle, mais on devrait y arriver !

— Le trou est trop étroit, on ne passera jamais, protesta Arnaud, qui venait de comprendre. Et même si on passe, on va glisser sur les tuiles et on va tomber dans le vide.

— T'es bien un Parisien ! rétorqua Lilly. Un gars de la ville qui n'a jamais rien vu, un empoté !

— Pourquoi tu dis ça ?

Tout en parlant, Lilly avait approché un tabouret qu'elle positionna en équilibre sur le poêle.

— Si tu m'aidais !

Une fois le tabouret calé sur le poêle, elle y grimpa, s'étira pour atteindre le plafond.

— Je suis trop petite ! Essaye, toi.

Arnaud grimpa à son tour sur le tabouret. Lui aussi était trop petit.

— Donne-moi la pelle qui se trouve à côté de la cheminée, commanda-t-il.

Lilly sourit. Finalement, son papillon avait un peu de cervelle ! Tenant la pelle par le manche, Arnaud passa le fer de l'outil dans le trou, le cala sur le rebord du toit et pesa de tout son poids sur le manche.

— Comme ça je peux grimper.

Le boiteux, à cause de son pied trop faible, avait développé une force des bras qui lui permit de monter aisément jusqu'aux poutres, mais les tuiles cédèrent et il tomba brutalement en poussant un cri.

— Bah, c'est rien, jugea Lilly. Tu ne vas pas faire la mauviette ! Regarde, le trou est maintenant assez large pour qu'on puisse passer facilement. Allez, recommence et évite de tomber.

— T'es marrante, toi ! Pourquoi tu ne montes pas à ma place ? grogna Arnaud en se massant les côtes.

— Parce que c'est toi le garçon. Et si tu veux que je t'épouse, il faut que tu sois fort.

— Tu m'as dit que tu ne voulais pas...

— Dépêche-toi !

Il grimpa une nouvelle fois sur le poêle puis sur le tabouret qu'il avait replacé, prit à deux mains le manche de la pelle. Cette fois, les tuiles résistèrent et il put prendre appui sur les poutres. Il passa la tête hors du toit et vit les montagnes à l'infini, les pentes blanches et les bosquets en dessous. Pas la moindre maison. Le vent soufflait au-dessus de lui, frais malgré le grand soleil. La lumière n'était pas celle de Lussac, sa transparence rapprochait l'horizon.

— Alors, tu te dépêches !

Il réussit à s'asseoir sur le rebord des tuiles. La pente du toit n'était pas très forte.

— Alors, tu arrives ? répliqua-t-il.

À son tour, Lilly s'agrippa au manche, serra les dents, mais ses bras trop maigres n'avaient pas la force de la soulever.

— Qu'est-ce que tu fais ? rouspéta Arnaud qui, pour une fois, se trouvait en avance sur la fillette.

— Je peux pas. Il faut que tu m'aides, que tu tires sur la pelle pour me soulever.

— Franchement...

Arnaud se positionna au-dessus du trou et hissa la fillette qui s'assit sur les tuiles et tourna vers son compagnon un visage radieux.

— Il ne nous reste plus qu'à ouvrir nos ailes pour descendre.

— Et après, qu'est-ce qu'on fera ? demanda le gamin, inquiet.

— On ira se cacher dans la forêt. On ira voir les gendarmes et on dénoncera le méchant qui veut nous tuer.

Lilly ne savait pas très bien ce que signifiait le mot tuer. Bien sûr, elle avait vu son père assommer les lapins et leur arracher un œil pour les saigner, elle avait assisté au sacrifice du cochon, mais sa mort à elle, qu'est-ce que cela représentait ?

— Allez, il faut descendre ! dit Arnaud en se laissant glisser, les fesses sur les tuiles.

Au bord du toit, il regarda en bas.

— C'est vachement haut ! On va se casser une jambe !

Lilly éclata d'un rire clair qui traversa l'air pur. Arnaud boudait.

— Allez, viens, tu ne comprends pas qu'on est du mauvais côté ? Franchement, je me demande ce qu'on t'a appris à Paris.

— Qu'est-ce que tu veux dire ?

— On est du côté de la pente, alors forcément c'est très haut. Il faut remonter et aller sur l'autre pan du toit qui s'arrête près du sol.

— Je ne comprends rien à ce que tu racontes.

— T'es tarte, voilà ce que tu es !

Lilly remonta vers le faîtage puis cria :

— J'avais raison.

Arnaud la rejoignit. Ils descendirent sur l'autre versant dont les dernières tuiles se trouvaient à moins de deux mètres du sol.

— Allez, je saute ! fait Lilly.

Elle roula en boule sur les cailloux et se redressa.

— Qu'est-ce que tu attends ?

Il hésita un instant. Si son pied valide se tordait, il ne pourrait plus marcher.

— Mais qu'est-ce que tu fais ?

Il se laissa tomber comme un sac.

— Cette fois, on est libres ! Viens, on s'en va, dit Lilly, triomphante. Le bandit va trouver la cage vide !

Elle courut en direction du bosquet. Arnaud suivait difficilement.

— Quel mal dégourdi tu fais ! s'emporta la fillette.

La voiture noire remontait dans le chemin, soulevant un nuage de poussière. Les deux gamins, comprenant qu'ils avaient eu beaucoup de chance, s'enfoncèrent dans le bois. Ils couraient un peu au hasard. Arnaud, qui traînait la jambe, tomba en jurant, s'égratigna le visage, puis reprit sa course de boiteux. L'homme, qui venait de s'apercevoir de l'évasion des enfants, sortit du chalet et se dirigea vers le bosquet, son pistolet à la main. Arnaud comprit qu'il n'était pas assez rapide pour lui échapper et se cacha derrière un rocher, le cœur battant à tout rompre. L'autre passa près de lui sans le voir. Quelques instants plus tard, il remonta vers le chalet en maugréant. Lilly rejoignit son camarade.

— Viens, j'ai trouvé quelque chose.

Ils se glissèrent jusqu'à un éboulis de rochers caché en partie par des aubépines et des ajoncs. Sous d'énormes blocs s'ouvrait une grotte naturelle. Ils y entrèrent et s'assirent, haletants. Tout à coup, Arnaud sursauta. Autour de lui, le sol était jonché de débris d'os. Lilly éclata de rire.

— C'est un renard qui a mangé une poule, qu'est-ce que tu veux que ce soit ?

— Des loups, un ours peut-être !

— Mais non, tout ça c'est des bêtises.

Lilly était assise à même le sol. Ses jambes nues dépassaient de sa robe retroussée, des jambes maigres, mais parfaitement identiques, avec des pieds ordinaires dans des petites chaussures d'été.

— Il ne nous trouvera pas ici.

— T'es vraiment une drôle de fille, toi !

— Voilà ce qu'on va faire, proposa-t-elle. On va rester ici le temps qu'il s'en aille. Ensuite, on descendra jusqu'à un village et on prendra le train.

— Pourquoi tu veux prendre le train ? Le mieux, c'est d'aller voir les gendarmes et de tout raconter.

Lilly sourit et montra les billets qu'elle avait toujours dans sa poche.

— Non, on va aller à Paris.

— Mais t'es folle ! C'est impossible !

— Bien sûr que si, c'est possible. Tu m'as promis de m'emmener voir la tour Eiffel.

— Bah ! c'est pas grand-chose, répliqua Arnaud, qui avait là l'occasion de se montrer à son avantage. Je la voyais tous les jours.

— Il paraît qu'elle est plus haute que les nuages.

— Ouais, admit le gamin, prenant un air blasé et forçant son accent que Lilly ne pouvait pas imiter. C'est vrai que des fois elle est à moitié dans les nuages.

Arnaud tenta de se mettre debout en s'appuyant uniquement sur sa jambe valide. Lilly le regardait.

— Tu comprends bien que je n'épouserai pas quelqu'un qui peut à peine se tenir debout.

— Mais tu vas arrêter ! hurla Arnaud en montrant ses poings.

Lilly le regarda d'un petit air moqueur.

— Cesse de faire le bébé. Ma petite sœur, quand elle fait une crise, je lui donne une fessée. Toi, c'est ce qu'il te faudrait.

— J'ai faim.

— On va trouver à manger.

Il tourna vers elle un visage perplexe. La morve coulait de son nez, il renifla, s'essuya avec sa manche. Lilly parlait comme une grande personne et c'était insupportable.

— Comment on va faire pour trouver à manger ?

— Je sais pas, moi. J'ai vu un ruisseau en dessous des rochers. Va pêcher des poissons !

— J'ai pas de canne à pêche.

La fillette avait parlé un peu vite. Trouver à manger ne serait pas aussi facile qu'elle l'avait affirmé. Ils n'avaient pas de quoi faire du feu et leur argent ne leur servirait à rien dans cette montagne où il n'y avait pas de magasins.

— Bon, fit-elle. On va attendre la nuit et on partira.

— Mais où ?

— Il y a sûrement un village en bas. Il suffira de suivre la pente.

— Oui et on ira tout raconter aux gendarmes ! se rassura Arnaud.

— Mais qu'est-ce que tu peux être idiot ! Parfois, je me dis que tu es le garçon le plus empoté de la terre !

Lilly s'aventura à découvert. Le ciel se chargeait de nuages au-dessus des cimes blanches. Tout à coup, la fillette entendit du bruit et eut le réflexe de se baisser derrière un rocher. Le brocanteur passait à quelques mètres d'elle. Quand il se fut éloigné, elle retourna auprès d'Arnaud et décida :

— On va finir par se faire prendre. Il faut partir tout de suite.

— Mais on va se perdre et puis…

— Et puis, tu as peur, c'est ça ?

Il ne répondit pas. Partir à cette heure vers l'inconnu le terrorisait. Il était fatigué ; la nuit tombait et il imaginait des ours géants levant sur lui leurs pattes griffues.

— Tu te dépêches ?

Il se mit péniblement sur ses jambes, boitilla jusqu'à la sortie. La nuit était presque tombée, beaucoup plus sombre que d'habitude. Il faisait encore chaud.

— Ça sent l'orage, dit Lilly en levant le nez au ciel. Viens, personne ne nous verra.

Ils partirent. Lilly tirait Arnaud par la main, mais le gamin boitait de plus en plus lourdement. Son pied valide roulait sur les cailloux. Tout à coup, il s'arrêta :

— Tu entends ?

Lilly tendit l'oreille.

— Eh bien, quoi ?

— Les loups ? Tu ne les entends pas hurler dans le bois ?

— Ce sont des chouettes, idiot ! En ce moment, elles ont des petits et les rassurent en faisant des bruits comme ça.

Ils reprirent leur marche. Le tonnerre roulait entre les monts. Arnaud sursautait à chaque éclair. Lilly marchait devant lui, sûre d'elle, une Lilly que rien ne pouvait arrêter.

— L'orage nous éclaire, constata la fillette.

Le grondement de la foudre se heurtait à la montagne qui l'amplifiait. Le vent s'était levé. Arnaud n'avait plus de forces. Sa jambe valide ne le tenait plus, l'autre lui arrachait des cris de douleur. Il se laissa tomber sur une pierre.

— Je peux plus. J'ai trop mal partout.

— Allez, dépêche-toi ! Debout.

— Non, je te dis. Je ne peux pas.

Lilly se planta devant lui. La foudre claqua contre les rochers, explosant en une gerbe de lumière. Elle avait beau jouer la courageuse, c'était la première fois qu'elle affrontait un orage aussi violent.

— Asseyons-nous, concéda-t-elle. Il ne faut pas rester debout sous l'orage. Ça attire la foudre !

Ils se serrèrent l'un contre l'autre, respirant à peine, les yeux fermés. Quand le tonnerre s'éloigna, ils reprirent leur marche. Une pluie torrentielle et froide les glaçait jusqu'aux os.

Ils arrivèrent dans une lande couverte d'herbes où s'écoulaient une multitude de sources. Un chien aboya. Ils s'arrêtèrent, tremblant de froid et de peur. Un éclair leur montra une cabane de berger sur leur droite, adossée à la pente.

— Il y a quelqu'un, c'est certain, affirma Lilly. Le chien ne peut pas s'être enfermé tout seul.

Ils s'approchaient prudemment, quand, tout à coup, un faisceau de lumière les éblouit. Arnaud poussa un cri, Lilly se cacha la tête dans ses bras.

— Qu'est-ce que c'est ? murmura une voix rauque.

— C'est nous, monsieur, dit Lilly, suppliante. On s'est perdus.

— Par ce temps ? Fait pas bon se promener. Venez.

L'homme révélé par les éclairs portait une sorte d'imperméable noir qui le couvrait de la tête aux pieds. Il marchait lentement, un peu voûté.

— Qu'est-ce que tu as, tu boites ?

— Il a un pied bot, monsieur, expliqua Lilly. Mais il chante comme un papillon.

— Ah bon ! s'étonna l'homme, tout à coup intéressé et ouvrant ses grands yeux clairs. Ça doit drôlement bien chanter un papillon !

À l'intérieur de la cabane, les murs nus et humides délimitaient un espace restreint encombré par une petite table, quelques tabourets, des coffres et, sur l'un d'eux, un fusil de chasse et une cartouchière. L'homme posa son imperméable noir. Ses longs cheveux blancs se mélangeaient à la barbe sur son large visage.

— Vous avez de la chance que je sois là. Je ne monte pas souvent, surtout en cette saison. Je suis chasseur et les bouquetins sont nombreux par ici. Ce soir, j'ai pas voulu redescendre à cause de l'orage !

Arnaud et Lilly, serrés l'un près de l'autre, restaient sur leurs gardes. Dans une sorte de cheminée en pierre, un feu flambait autour d'une casserole posée sur un trépied.

— Mais vous êtes trempés et vous n'avez pas mangé, je suppose ?

Lilly claquait des dents. Arnaud, que la station debout torturait, se laissa tomber sur un tabouret. L'homme lui jeta un regard curieux.

— Approchez-vous du feu, dit-il en ajoutant des bûches dans les flammes. Je suis un gitan. Un bohémien, si vous voulez. Maintenant dites-moi ce que vous faites ici.

Lilly et Arnaud échangèrent un coup d'œil rapide. Lilly avait entendu dire tellement de mal des bohémiens, voleurs de poules, pilleurs de potagers, qu'elle redoutait le pire ! Pourtant, celui-ci ne lui faisait pas mauvaise impression.

— On s'est perdus, dit-elle. On était montés ici avec nos parents et on les a perdus.

— À d'autres, rétorqua le gitan. Mattéo n'est pas un idiot, alors ne lui racontez pas d'histoires.

— La vérité, c'est qu'on nous a enlevés et qu'on a réussi à s'échapper, reconnut Arnaud.

Mattéo souleva le couvercle de sa casserole, tourna son contenu.

— C'est de la soupe de corbeau. C'est très bon, mais j'avais pas prévu qu'on serait trois, sinon j'aurais mis un corbeau de plus. On va se débrouiller.

Arnaud fit une grimace. De la soupe de corbeau ! Il supposait que la chair de ces oiseaux criards qui se nourrissaient de charognes était infecte.

— Comment ça se fait que toi tu parles avec l'accent pointu des Parisiens et toi avec l'accent du Sud-Ouest ? Vous n'êtes pas de la même famille ?

— C'est mon cousin.

Mattéo retira la casserole du feu et prit des tasses dans le petit placard, simple niche dans le mur où l'on avait ajouté des portes. Il les remplit d'un liquide épais à l'odeur bizarre.

— J'ai pas de cuiller, faut vous débrouiller comme ça.

Les enfants aspiraient le liquide crémeux du bout des lèvres. Arnaud s'étonna de trouver ça bon. Lilly fit une petite grimace en pensant aux corbeaux. Mattéo remplit une nouvelle fois les tasses.

— Alors, comme ça, tu dis que tu chantes bien ?

— Je sais pas, répondit Arnaud.

— On va voir ça.

L'homme sortit d'un étui en toile grossière une guitare dont le vernis s'écaillait.

— Un gitan sans sa guitare, c'est pas un vrai gitan ! précisa Mattéo. Même à la chasse, je l'emporte avec moi. Elle me tient compagnie, on se dit des tas de choses, tous les deux, surtout celles qu'on ne peut pas dire aux autres.

Il promena ses doigts sur les cordes qui émirent de petites notes lumineuses. Puis les notes se rassemblèrent en accords qui s'envolaient dans la pénombre. Et la voix rauque de l'homme entonna un air que les enfants ne connaissaient pas. Arnaud, réconforté par la chaleur de l'âtre et la soupe, ne sentait plus la douleur de sa jambe. Les paroles étaient dans une langue inconnue, mais la mélodie devint vite familière. Sa voix de papillon se joignit à celle de l'homme dans un mouvement parfait. Lilly écoutait, la bouche ouverte. Jamais elle n'avait entendu pareille musique. Le gitan ne quittait pas Arnaud des yeux. Quand il s'arrêta de chanter, il resta un long moment silencieux, les doigts sur les cordes de son instrument.

— Eh bien, toi..., dit-il enfin, la gorge nouée.

— Il a chanté à l'église pour la Sainte-Pauline, dit Lilly, ne voulant pas rester à l'écart. Les gens pleuraient tellement c'était beau.

— Eh bien, toi..., répéta Mattéo, qui ne trouvait pas les mots pour qualifier ce qu'il venait d'entendre. Comment tu fais pour apprendre aussi vite ?

— Je sais pas, monsieur.

— Il apprend toujours comme ça, s'exclama Lilly.

— Appelle-moi Mattéo. Monsieur, c'est pour les étrangers. Qui sont vos parents ?

Arnaud baissa la tête. Lilly intervint :

— La vérité, monsieur, c'est qu'il est parisien et qu'il avait une mère, mais on sait plus où elle est. Il est venu chez ses grands-parents à Lussac, chez nous.

— Bon, ça me regarde pas, trancha Mattéo. On partira demain après-midi. Vous allez dormir dans ce coin, moi, je vais me mettre ici. Quand vous vous réveillerez, je serai à la chasse. Attendez-moi. Il y a du pain et du saucisson dans cette musette.

Sans rien ajouter, le gitan s'allongea près de la cheminée, rabattit son chapeau sur sa figure et s'endormit. Les enfants se couchèrent l'un près de l'autre, tremblant dans leurs vêtements mouillés. Le silence retomba sur la pièce. Au bout d'un moment, une petite voix murmura à l'oreille d'Arnaud :

— Tu dors ?

— Non.

La respiration bruyante de Mattéo se transforma en ronflements puissants. Lilly pensa que son père ronflait de la sorte même quand il n'avait pas bu. Elle en fut rassurée et elle s'endormit à son tour.

Arnaud se réveilla le premier. Le soleil illuminait la seule fenêtre aux vitres sales. Mattéo était parti. Lilly ouvrit les yeux.

— J'ai froid, murmura-t-elle en se pressant contre le garçon. J'ai mal partout.

Ils se levèrent. Arnaud frissonnait ; ses jambes peinaient à le porter.

— Il a dit de l'attendre. Il va pas tarder à revenir. Si on mangeait ? proposa Arnaud en prenant la demi-tourte de pain dans le sac.

Ils s'installèrent à table. Lilly grignotait son morceau de pain et une rondelle de saucisson qu'Arnaud avait eu beaucoup de mal à couper avec l'unique couteau à la lame ébréchée.

— Moi, j'ai pas confiance, dit Lilly. Les bohémiens sont tous des voleurs. On dit, à Lussac, qu'ils vendent les enfants à des cirques pour les faire manger par les tigres.

— Qu'est-ce que tu racontes ? se moqua Arnaud en mastiquant de bon appétit. C'est pas possible.

— Ils volent aussi les poules, s'anima Lilly.

— Tu parles ! Les poules, c'est le renard qui les vole !

— On devrait s'en aller. Maintenant qu'on a mangé, on pourrait marcher jusqu'à un village avant la nuit.

— Qu'est-ce que t'en sais ?

Lilly ouvrit la porte. Sur la campagne encore mouillée, le ciel était d'un bleu très pur, si profond derrière les montagnes blanches. Les oiseaux sifflaient. La fillette regarda un long moment les pics dressés sur l'horizon, qui lui donnaient le vertige. Le soleil était déjà haut ; une chaleur lourde s'abattait sur les pentes.

— Je te dis qu'il faut s'en aller. On est assez grands pour se débrouiller seuls ! insista Lilly.

— Moi, je te dis qu'il faut attendre Mattéo. Avec lui, on ne risque rien.

— Et s'il nous vend à un cirque ? Tu veux pas venir parce que tu as peur à cause de ton pied.

Lilly avait touché le point sensible du garçon. Pour faire oublier son infirmité, il était capable de toutes les audaces.

— On y va.

Ils se laissèrent emporter par la pente qui n'en finissait pas. Très vite, Arnaud commença à se plaindre de son pied malmené par les cailloux qui roulaient sous sa chaussure. Lilly fit mine de ne pas l'entendre. Après une longue marche dans les éboulis, ils traversèrent une prairie et trouvèrent un sentier entre les ajoncs. Ils aperçurent alors des maisons et un clocher couverts d'ardoises bleues.

— On dirait une grande ville !

— Justement, répondit Lilly, dans les grandes villes, il y a toujours une gare et un train pour Paris.

# 29

Laval et Bonchamps se rendirent à la gendarmerie de Lussac pour faire le point : les deux enfants avaient disparu depuis trois jours et l'enquête en était toujours à son point de départ. Le commissaire avait lancé un avis de recherche sur l'ensemble du territoire. Toutes les polices de France étaient mobilisées pour retrouver Arnaud et Lilly. La radio et les journaux multipliaient les appels.

Les deux policiers étaient certains qu'Albert Duvalet était le ravisseur. L'adresse fournie par le notaire parisien n'était plus la bonne. Ils envoyèrent des inspecteurs sur les bords du lac d'Annecy d'où les Duvalet étaient originaires. Ils apprirent que l'homme avait émigré en Italie dans les années 1930 où il s'était marié. Il avait divorcé après la guerre et exerçait le métier de brocanteur.

Laval ne cachait pas son pessimisme.

— Le temps qui passe diminue les chances de les retrouver vivants. Les premières vingt-quatre heures sont déterminantes. Maintenant, je pense qu'il faut rechercher de petits cadavres.

Le brigadier Leclant n'arrivait pas à admettre une telle éventualité. Il cherchait de nouvelles raisons d'espérer.

— Ils sont peut-être enfermés quelque part !

— Non, trancha Bonchamps. Si le ravisseur avait voulu faire du chantage, il y a longtemps qu'on le saurait. Duvalet a tué celui à qui revenait l'argent de son frère. Ce n'est pas plus compliqué que ça.

— Mais alors, pourquoi la petite Lilly ?

— Parce qu'elle devait être avec Arnaud. Et l'homme n'a pas voulu laisser de témoins. Je vous le répète : je suis très pessimiste.

Une voiture arriva dans la cour de la gendarmerie et s'arrêta à côté de l'escalier. Jean Charron claqua la portière, monta vivement les marches et entra dans le bureau de Leclant dont la porte était entrebâillée.

— Alors ? lui demanda Laval en allumant un cigarillo.

— J'ai peut-être retrouvé Marie.

— Je n'y crois guère.

— La préfecture d'Indre-et-Loire m'a aidé à recenser les anciens déportés dans les établissements relevant de l'Assistance publique, poursuivit Charron. Seules les femmes ont été prises en compte. Il y en a eu quatre depuis la Libération, deux vieilles femmes, une autre qui parle avec un accent du Nord, et enfin une dernière qui a été transférée à Suresnes. Celle-ci ne parle pas et n'a aucun état civil. Je suis presque certain que c'est Marie. Je vais me rendre sur les lieux.

Il souriait, Jean Charron, et ce sourire victorieux illuminait son visage, lui conférant une certaine grâce qui n'échappa pas à Bonchamps dont l'incessante mastication agaçait Laval.

— Je pars demain matin par le premier train, déclara Jean.

Bonchamps lui adressa un regard intrigué. Jean crut devoir justifier son obstination :

— Vous pensez que je suis fou, n'est-ce pas ? Vous avez sûrement raison.

Quand Jean Charron fut sorti, Laval murmura :

— Drôle de bonhomme ! S'encombrer d'une femme qui ne le reconnaîtra même pas, une sorte de légume qui se contentera de manger et boire, qui ne saura même pas dire merci. À son âge ! Il pourrait se trouver une belle héritière et prendre du bon temps.

Au village, les gens oubliaient leurs vignes et leurs champs de tabac pour participer aux battues organisées par les gendarmes. Arnaud et Lilly avaient été enlevés alors que la plupart des gens étaient encore dehors. La peur s'emparait des mères, qui accompagnaient leurs enfants à l'école et multipliaient les recommandations de prudence.

Marguerite faisait face aux questions des voisins sans se démonter. Elle accomplissait ses tâches ordinaires, s'occupait de sa basse-cour, de son potager, mais passait beaucoup de temps à écouter les voitures sur la route en contrebas. Justin n'avait rien changé à ses habitudes. L'enlèvement d'Arnaud, à qui il s'était attaché, l'affectait beaucoup. Confiant dans son instinct de braconnier, il avait cherché les indices qui auraient pu échapper aux policiers, les brindilles déplacées, les herbes écrasées, les plus petites empreintes dans la poussière. Il n'avait rien trouvé à part le passage de la voiture noire dont il reconnaissait le dessin des pneus. Léa évitait de se plaindre car elle redoutait que sa bru, qui ne l'avait jamais aimée, ne se débarrassât d'elle dans quelque maison pour vieillards handicapés. Sa promenade lui manquait mais plus encore la présence furtive de ce gamin qui apportait sa gaieté, sa fraîcheur dans cette maison austère.

Armand Sagne, le père de Lilly, passait ses journées assis devant sa porte à fumer des cigarettes et s'en prenait à sa femme qui gémissait tout le temps. Il rouspétait quand la soupe n'était pas prête à l'heure et menaçait sa fille de deux ans qui ne cessait de pleurnicher. Il se rendait plusieurs fois par jour à la gendarmerie, puis chez Marguerite. S'il n'avait pas trop bu, il se contentait de dire que l'attente était intenable, que Julie se faisait beaucoup de souci, ce qui n'était pas bon dans son état. Quand il était ivre, il menaçait tout le monde. Marguerite le laissait parler, puis se plantait devant lui et, montrant ses gros poings, le poussait dehors sans ménagement.

Le troisième jour, le curé Beaufort décida de dire une messe à la tombée de la nuit pour bien montrer que ce n'était pas un office ordinaire, mais une prière en faveur des disparus. Assise au premier rang, à côté de Justin et de Léa, Marguerite avait le sentiment d'assister à un enterrement sans cercueil. Le visage fermé, elle essuyait ses larmes et jurait à Dieu que si son petit Arnaud revenait, elle ferait don aux pauvres de sa broche en or qui lui venait de sa mère et dont elle avait toujours refusé de se séparer.

L'intense recueillement gommait les différends et les querelles ordinaires. Personne ne manquait à l'appel, pas même les membres du parti communiste à qui il ne serait pas venu à l'idée de ne pas participer à ce mouvement de solidarité. Ils avaient été de toutes les battues avec les gendarmes et étaient prêts à repartir tout de suite malgré la fatigue d'une longue journée de travail. Ces gens peu instruits qui ne trouvaient jamais les mots justes pour exprimer leurs pensées, ces gens qui posaient des collets à lapin, qui tranchaient la gorge des chevreaux, qui ne connaissaient que la dureté de la vie, n'admettaient pas que quelqu'un puisse s'en prendre à des enfants. Ils espéraient encore un miracle. Beaucoup étaient persuadés que Dieu entendrait leurs prières et que les gendarmes les attendraient à la sortie de l'église pour leur apprendre la bonne nouvelle.

# 30

Arnaud et Lilly arrivèrent à l'entrée de la ville, en réalité plus grande que ce qui leur avait semblé du haut de leur perchoir. Arnaud lut ce qui était écrit sur le panneau.

— Bagnères-de-Luchon. Qu'est-ce que ça veut dire ?

— Ben rien, c'est le nom de la ville, comme Lussac. Viens, on va chercher la gare et on montera dans un train pour Paris !

Arnaud éclata d'un rire moqueur, s'assit sur une grosse pierre, car sa jambe lui faisait atrocement mal.

— Ma pauvre fille, tu crois qu'on va trouver un train pour Paris dans ce bled ?

— Bien sûr, répondit la fillette avec assurance.

Elle lui prit la main et l'obligea à se mettre debout et à marcher. Il boitait plus que d'habitude.

— Faut faire un effort. Je veux pas d'une mauviette.

— J'ai faim, j'ai soif et je suis fatigué, voilà !

Lilly se planta devant lui, croisa les bras sur sa petite poitrine de gamine et prit un air sévère.

— Il faut savoir ce que tu veux !

— Je suis sûr qu'on nous cherche. On ferait mieux d'aller à la gendarmerie.

— Sûrement pas ! s'écria Lilly, en colère. On a des sous, on va à Paris. Moi, je veux voir la tour Eiffel, parce qu'une fois que je serai revenue à Lussac, j'en partirai plus jamais !

— Et quand tu seras grande ?

Le visage de Lilly s'assombrit. Elle pensait à sa mère avec son gros ventre et ses douleurs.

— Quand je serai grande, je ferai comme les autres, la soupe et les corvées. J'aurai plus le temps de penser à de belles choses.

Elle lui montra ses billets.

— À quoi ils serviraient si on va à la gendarmerie ? Viens, on va acheter des gâteaux pleins de crème.

— Pourquoi tu veux des gâteaux ?

— Parce que je n'en ai mangé qu'une seule fois et que c'était si bon que je m'en souviens encore. Viens.

Ils entrèrent dans la ville qui se tassait entre les montagnes, déambulèrent dans la rue principale, s'attardant devant les vitrines des magasins. Ils trouvèrent une boulangerie-pâtisserie. Lilly envoya un clin d'œil à Arnaud.

— Moi, je veux un mille-feuille avec beaucoup de crème jaune. C'est si bon que je pourrais en manger tout le temps. Et toi ?

Lui, il pensait à Paris. La rue qui descendait en pente douce ressemblait vaguement à la rue Caulaincourt. Après avoir pris sa pile de journaux au kiosque situé au pied du Sacré-Cœur, il entrait dans le bistrot qui se trouvait un peu plus haut dans la rue de Clignancourt. Là, des hommes prenaient leur café. Il vendait ses journaux et partait très vite pour ne pas céder à la tentation de dépenser les quelques pièces récoltées.

— Moi, je veux des croissants, dit-il. De bons croissants avec la croûte très fine qui se détache en miettes plates.

— T'es bizarre, toi ! s'étonna Lilly.

— Peut-être. Et puis ces miettes, il ne faut pas les perdre, tu les manges à la fin parce qu'elles sont très bonnes avec leur goût de sucre.

Ils entrèrent dans la boulangerie. La vendeuse les servit sans les regarder. Lilly acheta deux mille-feuilles et deux croissants, paya, prit sa monnaie en faisant semblant de la recompter, mais elle ne pensait qu'aux gâteaux.

Ils mangèrent sur le trottoir, sans la moindre pudeur, sans se préoccuper des gens qui leur lançaient des regards curieux. Lilly engloutit le premier mille-feuille avec gourmandise. À côté, Arnaud s'empiffra d'un croissant en pensant à la rue de Clignancourt. Sa main gauche sous le menton, il récupérait les miettes brunes.

— Tu as raison, on va aller à Paris. Il n'y a que ça de vrai !

Lilly pensait à sa mère. Pourquoi n'était-elle pas partie, comme Marie Bussières ?

— Tu sais, dit-elle, quand les gens de Lussac parlaient de ta mère, moi, je les écoutais !

Arnaud se braqua.

— Je sais ce qu'ils disaient, grogna-t-il.

— Je voulais te dire… Et puis non, viens, on va chercher la gare.

Ils remontèrent la rue sans se presser. Un lourd soleil frappait les toits. Il faisait très chaud. Arnaud se tortillait en grimaçant.

— Qu'est-ce qui te prend ?

Il n'osait pas dire qu'il avait mal au ventre, mais à mesure qu'il marchait, la douleur s'amplifiait.

— Faut que j'aille au petit coin ! dit-il en grimaçant.

— Franchement, s'emporta Lilly, tu ne peux pas te retenir !

— Faut que j'y aille ! dit Arnaud sur un ton désespéré.

Il partit en courant dans une ruelle qui serpentait entre de vieilles maisons, se cacha derrière un mur et descendit son pantalon. Quand il revint, la fillette se pinça le nez.

— Tu pues !

Il s'éloigna en rouspétant.

— Allez, viens.

Ils trouvèrent facilement la gare, minuscule entre ses murs de rochers. Ils entrèrent dans un bâtiment étroit en pierre de taille. Plusieurs trains étaient affichés, mais pas un seul pour Paris.

— Qu'est-ce que je te disais ? se vanta Arnaud en s'asseyant sur un banc dans la salle d'attente. Paris, c'est trop loin.

Lilly dut se rendre à la raison. La fillette, qui n'était jamais sortie de Lussac, avait pourtant son idée. Dans une rue voisine, elle accosta une vieille dame.

— On fait un jeu et on doit répondre à la question : « Si vous deviez aller à Paris en train, comment feriez-vous ? »

La vieille dame sourit à Lilly dont le visage innocent incitait à la confiance. Arnaud restait en retrait. Son accent parisien risquait d'éveiller des soupçons.

— Eh bien, ma fille, c'est simple, répondit la dame. Tu vas à Toulouse et de là tu prends le train pour Paris !

— Merci, madame !

Les deux enfants retournèrent à la gare. Lilly se dirigea d'un pas décidé vers le guichet où un employé attendait les voyageurs en lisant le journal. Arnaud voulut l'arrêter.

— T'es complètement folle !

— Monsieur, dit la fillette, ma maman m'a demandé de venir acheter des billets de train pour Paris. Il en faut un pour moi et un autre pour mon cousin.

L'homme leva sur la gamine un regard intrigué. Arnaud se tenait en retrait.

— Et pourquoi elle n'est pas venue elle-même, ta maman ?

— Parce qu'elle garde ma petite sœur. Nous devons aller à Paris avec mon cousin. Mon oncle nous attend pour nous emmener en Bretagne où on a de la famille.

— En Bretagne ?

— Oui, en Bretagne parce que la maman de mon cousin est bretonne.

Arnaud n'en pouvait plus. La manière dont Lilly mentait lui nouait le ventre d'une envie de rire qu'il contenait difficilement.

— Bon, dit l'homme. Tu veux deux allers ? Tu as de quoi payer ?

— Bien sûr, répondit la fillette, de plus en plus certaine de réussir.

— Elle sait, ta maman, que ce n'est pas direct ?

— Oui, on change à Toulouse. C'est pas la première fois qu'on fait le voyage.

Rassuré, le guichetier délivra les deux billets, compta l'argent que Lilly avait posé devant lui.

— Ça fait beaucoup trop, dit l'homme, c'est vrai que le train a augmenté, mais pas à ce point.

La fillette prit les deux billets, s'éloigna rapidement et tourna vers Arnaud un regard triomphant.

— Qu'est-ce que je te disais ?

En fin d'après-midi, un homme arriva au commissariat de Bagnères-de-Luchon sur une vieille moto pétaradante.

Sa peau tannée, ses yeux noirs brillants sous son chapeau montraient qu'il appartenait au peuple manouche. Sa figure était cachée par une imposante barbe blanche.

— Je veux parler à un commissaire de police, dit-il.

— Qu'est-ce que vous lui voulez ?

— Je m'appelle Mattéo, je suis gitan. J'ai quelque chose d'important à dire sur les enfants que vous cherchez.

Il fut aussitôt introduit dans le bureau du commissaire Margelin.

— Je ne veux pas d'histoires, alors il faut que je vous parle.

— On vous écoute.

— Voilà, dit l'homme, la nuit dernière, j'étais dans la montagne, à l'endroit qu'on appelle Briquefer. À la tombée de la nuit, il y a eu un orage terrible. J'ai trouvé deux enfants, un garçon qui boitait et une fille très brune.

— Deux enfants ? Que faisaient-ils à cet endroit ?

— Je me souviens de leurs noms, poursuivit Mattéo. Le garçon s'appelait Arnaud et la petite fille Lilly. Ils étaient trempés. Ils ont débarqué dans l'abri de berger où j'allais passer la nuit, ils ont mangé et dormi. Ce matin, je suis parti avant le jour parce que j'aime bien me promener à cette heure. Quand je suis revenu, vers dix heures, ils étaient partis.

— Dis donc, fit le commissaire de police en se tournant vers un collègue, c'est bien à Bergerac qu'ils recherchent deux enfants ? Appelle-les tout de suite !

# 31

À Paris, Jean Charron prit une chambre dans un hôtel proche de la gare d'Austerlitz. Il ne dormit pas de la nuit. Le doute le hantait : si la femme amnésique transférée à Suresnes n'était pas Marie, tout espoir de la retrouver s'écroulerait.

Le lendemain matin, après un rapide petit déjeuner, il prit le métro qui le conduisit porte Maillot, puis le bus jusqu'à Suresnes. Il faisait très beau, un grand soleil, et il s'attarda sur les bords de la Seine. Une violente douleur oppressait sa poitrine, gênait les battements de son cœur. Pourquoi s'obstinait-il à chercher celle qui n'était plus qu'une ombre, une enveloppe sans âme, un souvenir ? N'était-il pas en train de courir après un rêve de jeunesse, une adolescence dont il n'était pas guéri ?

À Suresnes, il se fit indiquer l'hôpital psychiatrique, un vaste établissement, perché au-dessus de la Seine. Quand il franchit la porte d'entrée, une infirmière l'arrêta : les visites n'étaient autorisées que l'après-midi. Jean expliqua qu'il arrivait de province et qu'il recherchait une jeune amnésique rescapée des camps de concentration.

— Elle s'appelle Marie Bussières et elle est originaire du Périgord !

— Nous n'avons qu'une seule personne qui pourrait correspondre à ce signalement. Nous l'avons appelée Anna parce que ce nom lui va bien. Nous ne savons rien sur elle. Suivez-moi.

L'infirmière emmena Jean Charron jusqu'à un escalier qu'elle monta d'un pas allègre devant lui et frappa à la porte d'un bureau. Un homme aux cheveux blancs vint ouvrir.

— Monsieur Perchon, voici un visiteur qui prétend connaître Anna.

M. Perchon, directeur de l'hôpital psychiatrique, salua Jean et dit sur un ton plein de compassion :

— Anna ? Pauvre fille qui a sûrement beaucoup souffert. Mais qu'est-ce qui vous fait penser que vous la connaissez ?

— Elle était en Touraine. J'ai épluché tous les effectifs des établissements de cette région. J'ai la certitude que Marie Bussières a été transférée chez vous. D'ailleurs, je n'ai pas pu savoir pourquoi.

L'homme réfléchit un instant et consulta le gros livre des effectifs.

— Les cas comme Anna sont très rares. Elle vient en effet de Touraine.

— Puis-je la voir ? demanda Jean d'une voix sourde d'émotion.

— C'est quelqu'un de votre famille ?

— Beaucoup plus, répondit Jean.

— Alors, on y va, dit le directeur en se levant.

M. Perchon marchait devant Jean dans un couloir carrelé de larges dalles blanches. Ils descendirent un escalier de la même couleur, traversèrent une salle où des pensionnaires faisaient les cent pas. Près de vastes baies vitrées, des hommes jouaient aux cartes sur des tables en bois blanc. D'autres, assis sur des bancs, regardaient le parc en bavardant.

— Les gens de ce service n'ont pas de famille. Les plus valides donnent un coup de main dans les potagers, certains assurent l'entretien des bâtiments. Ils retrouvent ici un semblant de famille.

Ils arrivèrent dans une aile de cet immense bâtiment, longèrent une suite de portes avec des numéros. Le directeur ouvrit l'une d'elles et s'effaça devant le visiteur qui n'osait pas entrer : la certitude que Marie était là l'oppressait. Il était sur le point de défaillir.

Enfin, il leva la tête. La malade, assise sur le lit, se tourna vers lui. Son visage n'avait pas changé, à part une balafre en bas de la joue qui lui entaillait le menton. Les mêmes grands yeux noirs, la même peau blanche et les mêmes cheveux de jais. M. Perchon et l'infirmière restaient en retrait, conscients qu'un lien très fort unissait cet homme originaire d'une lointaine province et cette femme venue de nulle part.

Jean fit un pas vers l'amnésique, lui prit la main.

— Marie, c'est moi, Jean. Tu ne me reconnais pas ?

Avait-elle entendu ? L'accent de cette voix qui prononçait son véritable nom avait-il trouvé le chemin d'une mémoire prête à refaire surface ? Elle posa de nouveau son regard sur Jean, mais aucune lueur ne passa dans la noirceur de ses prunelles.

— Ton fils, Arnaud, est à Lussac. Tu te souviens d'Arnaud ?

Le directeur s'approcha.

— Vous dites qu'elle s'appelle Marie ?

— Oui, Marie Bussières. Elle a un fils. Sa famille est de Lussac, un village près de Bergerac, dans le Périgord.

Personne ne mit en doute l'affirmation de Jean qui ajouta :

— Je veux la ramener chez elle pour qu'elle retrouve les siens et surtout son fils, Arnaud.

— Je comprends, admit M. Perchon, mais il se trouve qu'elle a été tellement maltraitée dans le camp qu'elle ne peut plus marcher.

Jean Charron accusa le coup. Il pensait refaire avec elle les promenades de leur adolescence sur les bords de la Brède, l'accompagner ainsi chaque jour dans la reconquête de son passé. Ce serait plus difficile que prévu.

— Aucune importance, décida Jean. Sa place n'est pas ici, mais avec les siens.

Le directeur expliqua que la paralysie des jambes était due à une lésion du nerf sciatique touché lors d'une blessure profonde dont personne ne connaissait l'origine.

— Je souhaite surtout qu'elle retrouve sa mémoire et son nom, répondit Jean.

Le directeur le pria de le suivre dans son bureau.

— Je suis favorable à votre démarche, mais je dois avoir la preuve de l'identité de cette femme, et je ne pourrai la laisser sortir qu'après l'avis favorable de sa famille. Vous comprenez...

— Je peux revenir avec son fils qui la reconnaîtra, avec sa mère. Je peux aussi trouver des photos. Il doit en exister une où nous sommes tous les deux, mais tellement plus jeunes que je me demande si vous pourrez faire le rapprochement.

— Nous allons demander une enquête de police. Ce n'est qu'après ses conclusions que vous pourrez venir la chercher.

— Faites vite ! Je l'attends depuis si longtemps.

Jean quitta l'hôpital déçu. Il n'avait pas pu obtenir l'autorisation de rester avec Marie et il avait le sentiment qu'il ne la reverrait plus : Albert Duvalet avait tué Marthe dans le parc du château, il n'allait pas s'arrêter à ce premier crime.

— Vous devez la surveiller très attentivement. On en veut à sa vie et c'est un miracle qu'elle soit encore là ! avait-il supplié M. Perchon avant de partir.

# 32

Enfin, Laval et Bonchamps avaient une piste sérieuse. L'espoir de retrouver les enfants vivants les poussait à agir au plus vite ! Ils partirent le soir même pour la Haute-Garonne. Laval passa avertir sa femme qui lui fit une scène. Bonchamps prit le volant de leur voiture de fonction et attendit son chef qui tardait.

— Elle m'a dit qu'un jour je ne trouverai plus personne à la maison, s'exclama Laval en claquant la portière.

Bonchamps sourit en manœuvrant le véhicule dans la cour de la gendarmerie. Rouler de nuit vers une ville qu'il ne connaissait pas lui plaisait. Surtout pour aller arrêter Duvalet. Pourvu qu'ils arrivent à temps !

— Tu ne peux pas savoir la chance que tu as d'être resté célibataire, déclara Laval qui, lui aussi, n'était pas mécontent d'échapper à la monotonie quotidienne.

— Sûrement, répondit évasivement Bonchamps. Un jour, je te raconterai ma vie et tu verras que je ne suis pas aussi veinard que tu le penses.

Ils partirent pleins d'espoir. Enfin un peu d'action ! Ils espéraient réussir un coup de filet dont la presse parlerait à leur avantage. Retrouver les enfants vivants leur vaudrait une promotion, mais ils n'envisageaient pas de se séparer, même s'ils s'en défendaient.

— On fait la paire depuis combien de temps ? demanda Bonchamps.

— Quelques années, mais je n'ai pas envie de finir ma carrière avec toi, bougonna Laval. J'en ai marre de te voir ruminer comme un bœuf !

— Et toi, tu crois que j'apprécie tes cigarillos qui m'empoisonnent ?

Ils rirent franchement. Le bruit du moteur les assourdissait. Après avoir roulé deux heures sur des routes très droites et dans une campagne plate, ils arrivèrent devant les premiers contreforts de la montagne. Les tournants se multipliaient, les côtes étaient de plus en plus raides.

— Il est temps d'arriver, s'exclama Bonchamps, je suis asphyxié.

Il était trois heures du matin. Laval pensait à sa femme et à ses filles qui dormaient. Parfois, il se disait que le métier de commissaire de police ne lui convenait plus, qu'il était trop vieux pour courir ainsi l'aventure et qu'il allait demander une place moins exposée avec des horaires de bureau. Bonchamps appliquait toute son attention à la conduite. Après une côte sans fin, la route plongeait vers la vallée où brillaient les lumières de Bagnères-de-Luchon.

Au commissariat de police, on les attendait depuis plus d'une heure. Les nouvelles n'étaient pas bonnes.

— Aucune trace des gamins. On a fouillé la ville et les alentours, rien.

— Cette fois, c'est foutu, grogna Bonchamps en serrant les poings.

Pendant ce temps, la voiture noire, une traction que les Lussacois connaissaient bien, roulait à toute vitesse vers Paris. Le « brocanteur » Albert Duvalet avait cherché Arnaud et Lilly toute la journée. Il avait parcouru la montagne, les alentours du chalet sans trouver la moindre trace des enfants. La certitude qu'ils avaient regagné la ville l'avait conduit à arpenter les rues les unes après les autres, sans résultat.

Duvalet, n'ayant remarqué aucun mouvement de police ou de gendarmerie, se dit que la chance était peut-être encore de son côté : les enfants avaient pu se perdre dans la montagne où ils mourraient de faim et de froid. L'endroit où se trouvait son chalet étant particulièrement sec et désertique, les bergers n'y conduisaient pas souvent leurs troupeaux, les promeneurs y étaient rares, une aubaine.

Il devait donc éliminer celle à qui revenait l'héritage de son frère et que Charron finirait par retrouver. Marie Bussières se trouvait dans un établissement où il l'avait fait transférer grâce à des relations à la préfecture de Paris. Ce serait facile de l'éliminer. Ensuite, il aviserait. Paris lui offrait une multitude de cachettes sûres pour échapper à la police.

## 33

Marguerite ne dormait plus. Elle oubliait d'arroser ses légumes et les oisons n'avaient plus leur habituelle ration d'orties hachées. Les œufs s'entassaient dans les nids. Justin s'occupait encore des moutons, mais il oubliait la vigne et le tabac à désherber. Léa ne demandait plus à sortir. La seule phrase qu'elle répétait tout le temps exacerbait sa bru.

— Je vous avais dit que ça sentait le malheur. Ce pauvre Paul en partant ne l'a pas tout emporté.

Marguerite passait le plus clair de son temps au milieu de la cour, incapable de faire un pas dans un sens ou dans l'autre. Elle courait au portail chaque fois qu'une voiture passait sur la route en contrebas. Elle s'en prenait aux gendarmes qui ne faisaient pas leur travail, aux policiers qui continuaient d'interroger les gens au lieu de partir chercher ces pauvres enfants là où ils étaient.

Le cinquième jour après l'enlèvement de son petit-fils, deux hommes cravatés, visiblement des gens de la ville, garèrent leur voiture au milieu de la cour.

— Madame Bussières ? demanda l'un d'eux.

En voyant leur mine sérieuse et grave, Marguerite se

dit qu'ils apportaient une mauvaise nouvelle. Elle leur fit face, sur la défensive.

— Qu'est-ce que vous me voulez, encore ? murmura-t-elle d'une voix anxieuse.

— Connaissez-vous cette personne ?

L'homme tendit une photo à Marguerite qui y jeta un regard rapide. Son visage se crispa, la rougeur de ses joues s'estompa. Les deux hommes ne perdaient rien de ses réactions.

— Qu'est-ce que vous voulez ? demanda-t-elle d'une voix étranglée par l'émotion.

— Que vous nous disiez si vous connaissez cette personne.

Marguerite regarda encore la photo, en proie à cette peur qui montait du plus profond d'elle-même, terrible, écrasante. Ce portrait contenait tant de douleur, de marques de torture dont elle se sentait responsable qu'elle hésita avant d'avouer.

— C'est Marie, ma fille.

— Elle est dans un hôpital à Suresnes, à côté de Paris. C'est M. Jean Charron qui l'a retrouvée. Vous pouvez aller la chercher si vous le souhaitez.

Aller la chercher ! Comment faire un tel déplacement, elle qui n'était jamais allée à Bordeaux ? Comment prendre le train pour cette capitale dont on parlait beaucoup mais que les gens comme elle n'avaient jamais visitée ? Reprendre Marie ici, pour quoi faire ? Pour avoir devant elle l'image terrible de ses erreurs accumulées tout au long de sa vie ?

— Mais pourquoi ne m'a-t-elle pas écrit ? demanda encore Marguerite, qui cherchait à gagner du temps devant les deux hommes toujours attentifs à ses moindres réactions.

— Elle est revenue des camps nazis dans un état très grave. Elle ne sait plus son nom, elle n'a plus de mémoire, elle est perdue. Les médecins disent qu'un choc émotionnel pourrait lui rendre ses facultés. Il se peut qu'en vous voyant, vous, sa mère…

— Comment voulez-vous que j'aille à Paris ?

— Nous vous laissons les photos. Notre mission est accomplie. Désormais, c'est à vous de décider.

Ils remontèrent dans leur voiture qui s'éloigna sous un soleil radieux. Seule, Marguerite regarda les photos plus en détail. Le beau visage de Marie avait perdu sa lumière. Sa peau terne, son regard vide, la balafre au bas de la joue qui tranchait le menton dénotaient une violence qui l'avait détruite, écrasée comme un insecte malfaisant. Tout ça par la faute de Paul ! Elle lui en voulait, même si ce n'était pas bien de faire des reproches à un mort.

— Qu'est-ce que c'était ? demanda Léa. Qu'est-ce qu'ils voulaient dire ces hommes avec Marie qui n'a plus sa tête ?

— Marie est vivante. Il faut aller la chercher. Sa place est ici, avec nous.

Elle venait de se décider et ne reculerait pas. La vieille femme, qui avait toujours pris le parti de Paul, objecta :

— Et c'est toi qui la soigneras ? Elle est sûrement mieux dans son hôpital qu'ici, loin de tout.

— Non, trancha Marguerite. Elle doit revenir ici, parce que c'est chez elle et qu'on n'est nulle part aussi bien que chez soi.

Sans rien ajouter, elle passa dans sa chambre, changea son tablier sale pour celui qu'elle portait le dimanche après-midi, bleu avec des fleurs blanches. Elle couvrit ses cheveux de son foulard gris parce qu'il n'était pas décent qu'une femme de son âge se promenât les cheveux au vent. En traversant la cour, Justin qui ramenait les moutons s'étonna, car il comprit à la détermination de sa belle-sœur que quelque chose de très grave venait de se passer. Il pensa à Arnaud, mais, redoutant le pire, ne posa pas de questions.

Marguerite traversa le village d'un pas décidé. Les gens qui la voyaient passer la saluèrent discrètement, mais n'entamèrent pas la conversation. Tous savaient qu'elle venait de retrouver sa fille puisque les policiers les avaient questionnés en premier. Personne ne pensa à la féliciter. L'absence du petit Arnaud et de Lilly faisait peser sur les Lussacois une chape d'angoisse.

Marguerite entra dans le parc du château. Élisabeth lisait, sous un tilleul. Elle posa son livre sur ses genoux.

— Je veux voir Jean, dit Marguerite sans perdre son temps en civilités.

— Il est parti se promener du côté de l'étang.

— Comme s'il n'y avait rien d'autre à faire qu'à se promener, bougonna la paysanne en prenant la direction de l'étang.

Elle trouva Jean assis sur une souche ; il regardait l'eau immobile. Elle s'approcha sans précaution, faisant autant de bruit qu'un sanglier.

— Ils sont venus me voir, lança-t-elle. Vous aviez raison.

Jean, qui attendait cet instant depuis longtemps, répondit sans la moindre hésitation :

— Nous partons tout de suite !

Elle resta un instant interdite, comme stupéfaite par cette décision qu'elle avait prise mais qu'elle aurait voulu retarder.

— Le temps de faire deux ou trois bricoles à la maison, précisa-t-elle pour gagner un peu de temps.

Elle retourna chez elle, la peur au ventre. Le voyage vers l'inconnu la terrorisait, pourtant elle ne se reconnaissait pas le droit de se défiler. Elle chercha dans l'armoire une boîte cachée sous une pile de linge. Il y avait là une belle somme d'argent, conservée depuis des années. Paul avait pensé à ses vieux jours parce qu'il espérait vivre très longtemps. Le destin en avait décidé autrement ; ses économies serviraient à racheter sa faute.

Une heure plus tard, Jean stoppa sa voiture au milieu de la cour où Barbet l'accueillit en aboyant.

— Je m'en vais chercher Marie ! dit Marguerite à sa belle-mère.

— Mais où ça ? À Paris ?

— Oui, à Paris, trancha Marguerite sur un ton de revanche.

— Et le petit qui est perdu ? demanda encore Léa.

— Je sais. Tout arrive en même temps !

Justin, planté au milieu de la cour, releva sa casquette pour mieux la voir monter dans la voiture de Jean qui fit demi-tour et s'éloigna. C'était si inattendu qu'il resta là, la fourche dans les mains, à se demander ce qui se passait.

Marguerite et Jean roulèrent de longues heures sans échanger un mot. Ils empruntèrent des routes de plus en plus fréquentées, traversèrent des villages, des villes aux noms inconnus. Marguerite découvrait un monde si différent du sien. Et puis, la pensée d'Arnaud s'imposa, brûlante, douloureuse. Elle avait le sentiment de l'abandonner à son tour, de le fuir. Ce fut ce qui la décida à parler.

— Pourvu qu'il ne soit rien arrivé au petit ! murmura-t-elle.

Jean ne détourna pas les yeux de la route. Il ne croyait plus à une issue heureuse et biaisa.

— Ça n'aurait rien changé d'attendre.

Ils arrivèrent à Paris à la nuit tombée. Marguerite, qui s'ennuyait déjà de Lussac, estima qu'il ne fallait pas perdre de temps. Ils se rendirent à l'hôpital où les visites étaient terminées depuis longtemps. Un des infirmiers de nuit appela le directeur, qui logeait sur place, et les portes s'ouvrirent. Marguerite marchait d'un pas emprunté dans ces couloirs impersonnels. Elle mesurait sa lourdeur de paysanne à côté des filles de salle et du directeur cravaté. Elle n'osait pas faire sonner son accent campagnard au milieu de ces citadins. Le bouclier de son énorme sac à main devant elle, la paysanne restait sur le qui-vive, prête à sortir ses griffes.

M. Perchon s'arrêta devant la porte d'une chambre.

— C'est ici, dit-il.

Des gémissements les surprirent. Marguerite qui, à Lussac, ne reculait pas devant un animal agressif et encore moins devant un homme menaçant, sentit ses jambes flageoler. Elle serrait les dents pour ne pas montrer son malaise.

M. Perchon ouvrit vivement la porte et se précipita. Marie, allongée sur son lit, se tordait de douleur. Une écume blanche moussait au coin de ses lèvres. Marguerite ne bougeait pas, son sac à main toujours devant elle.

— Vite, cria Jean qui comprit avant tout le monde ce qui se passait, elle est en train de mourir !

Une horrible odeur remplissait la chambre. Marie suffoquait. Enfin, Marguerite réagit et voulut prendre sa fille dans ses bras.

— Mais qu'est-ce qu'ils t'ont fait ?

Marie eut un mouvement des mains comme pour écarter tout le monde, pour retrouver un peu de cet air qui lui manquait. Des infirmiers arrivèrent en renfort avec un médecin qui n'hésita pas :

— Vite, faut l'emmener aux urgences !

Les infirmiers allongèrent la malade sur un brancard et l'emportèrent au pas de course. Marguerite, debout à côté du lit, restait de marbre.

Des gens couraient dans tous les sens. Marguerite sortit enfin lourdement dans le couloir. Les larmes roulaient sur son large visage.

— J'espère qu'ils vont pouvoir la sauver !

— Mais qu'est-ce qui s'est passé ?

— On l'ignore.

Jean prit l'initiative d'aller chercher une chaise pour Marguerite, qui s'assit, ses grosses mains rouges posées sur son sac. Le visage de sa fille tordu de douleur la hantait. Et cette balafre au bas de la joue droite, qui la lui avait infligée ? Mon Dieu, faites qu'elle vive ! Marguerite s'engageait à s'occuper d'elle jusqu'à la fin de ses jours.

— Et le petit ? demanda-t-elle encore à Jean.

— J'ai téléphoné, toujours pareil, répondit-il en soupirant.

Les médecins du service des urgences découvrirent vite que Marie avait été empoisonnée par des bonbons contenant de la strychnine. La chance avait voulu qu'on s'en rendît compte à temps, sinon, il n'y aurait eu aucune possibilité de la sauver.

Le commissaire Martin, un petit homme chauve à l'estomac proéminent, commença son enquête, mais ne trouva aucun indice particulier. Il ordonna des relevés d'empreintes sur tous les objets de la chambre et particulièrement sur la boîte de bonbons. Il décida d'interroger le personnel.

Ce fut Jean qui mit le commissaire Martin sur la bonne voie.

— Cette tentative d'empoisonnement a la même cause que l'enlèvement du petit Arnaud. Une somme importante attend Marie et son fils dans une banque suisse. Ainsi n'y a-t-il qu'un seul coupable possible : Albert Duvalet.

— D'accord, répondit le commissaire, mais ce Duvalet a bénéficié de complicités dans le personnel, sinon…

— Pendant les heures de visite, il est tout à fait possible de s'introduire dans la chambre d'un malade sans attirer l'attention de personne, précisa M. Perchon.

Martin téléphona à Bergerac puis au commissariat de Bagnères-de-Luchon. Laval bavarda un long moment avec son collègue parisien et en déduisit que si Duvalet s'en était pris à Marie, c'était qu'il avait pu se débarrasser d'Arnaud et de Lilly.

— Cette fois, c'est cuit, grogna Laval. On n'a plus aucune chance !

— Il faut quand même continuer de les chercher, insista Bonchamps. Tant qu'on n'a pas retrouvé les corps des petits, on ne doit pas baisser les bras.

# 34

Arnaud et Lilly durent attendre plusieurs heures le train pour Toulouse. Comme ils ne voulaient pas attirer l'attention sur eux, Lilly décida qu'ils resteraient assis sur le banc du quai.

— Si on nous demande quelque chose, tu dis… D'ailleurs, tu ne dis rien, c'est moi qui parlerai, décida la fillette.

Arnaud était persuadé que les policiers qui les recherchaient les trouveraient avant leur arrivée à Paris. Il se tassa sur son siège en massant sa jambe douloureuse.

— Toi, quand tu as quelque chose dans la tête ! Qu'est-ce qu'on va se prendre !

— Mais non ! Un bandit nous a enlevés, on a réussi à lui échapper et on a pris le premier train pour qu'il ne nous rattrape pas. C'est pas notre faute si ce train va à Paris, répliqua Lilly, radieuse.

— Ça va mal tourner, j'en suis sûr, grogna encore Arnaud. Et puis l'argent des billets, faudra bien que tu dises d'où il vient !

— Je trouverai quelque chose !

Ils n'avaient plus la force de se disputer. Lilly laissa tomber sa tête sur l'épaule du garçon et ferma les yeux.

Arnaud regardait les employés de la gare, les voyageurs qui passaient sur le quai. Certains lui adressaient un regard intrigué, alors il baissait la tête et se donnait une apparence dégagée en sifflotant. Enfin, le haut-parleur annonça le train pour Toulouse. Lilly se redressa.

— C'est pour nous !

Le train s'arrêta dans un grand bruit de freins. En deux bonds, Lilly fut près de la porte ouverte. Le contrôleur, le képi relevé, surveillait la descente des voyageurs. Elle hésita, mais son billet à la main lui donnait de l'assurance. Elle monta sur le marchepied.

— Alors, tu viens ? cria-t-elle à Arnaud.

Elle s'engagea dans le couloir du wagon au milieu des gens qui cherchaient une place et rangeaient leurs valises. C'était la première fois de sa vie qu'elle prenait le train et elle s'émerveillait.

— Qu'est-ce que c'est grand ! De dehors, on ne se rend pas compte ! Viens, on va s'asseoir ici.

Lilly entra dans un compartiment vide et s'assit sur un siège assez dur dont le cuir glaça ses cuisses.

— Fais pas la tête !

— Je sais qu'on va se ramasser une sacrée raclée, répondit Arnaud. Je suis sûr qu'on nous cherche partout et nous, on se balade tranquillement en train.

— Cesse de dire des bêtises. Il ne faudra pas oublier de descendre à Toulouse. C'est là qu'on va prendre le grand train pour Paris.

Après le coup de sifflet du chef de gare, le convoi se mit à rouler, d'abord lentement, d'une manière insensible, puis de plus en plus vite. Lilly, le nez collé à la vitre, regardait la campagne, les gens dans les champs, les montagnes qui s'éloignaient. Elle avait l'impression de survoler un monde ordinaire où elle n'avait pas été heureuse. Arnaud boudait toujours.

— À Toulouse, si on était intelligents, on prendrait le train pour Bergerac, comme ça on serait revenus seuls et les grandes personnes seraient fières de nous !

— Quelle nouille tu fais ! On ne peut pas puisqu'on a des billets pour Paris !

À mesure qu'ils approchaient de Toulouse, les voies étaient de plus en plus nombreuses. Lilly s'inquiéta :

— Je sais pas comment on va faire !

Le train s'arrêta. Un haut-parleur annonça Toulouse. Lilly et Arnaud suivirent le flot des voyageurs. Une fois sur le quai, au milieu des gens pressés qui la bousculaient, Lilly se sentit perdue.

— Il est où le train pour Paris ?

— Je sais pas, on verra bien.

Ils reprirent leur marche, montèrent un escalier jusqu'à un immense hall ouvert sur une place où étaient garées des voitures. Un employé de la gare avec un uniforme bleu sombre et un képi s'approcha d'eux.

— Vous cherchez quelqu'un ? demanda-t-il en souriant.

— Mon cousin et moi, on va à Paris, répondit Lilly, qui avait retrouvé son aplomb. On cherche le train…

— À Paris ? Mais vous êtes seuls pour un aussi long voyage ?

— On n'est plus des enfants, monsieur, répliqua Lilly, j'ai onze ans et Joseph presque douze.

Elle avait menti avec aplomb, sans baisser les yeux. Arnaud, rouge de confusion, regardait ses chaussures couvertes de boue sèche.

— Le prochain train pour Paris, mais il n'y en a pas avant demain matin !

Lilly prit un air affligé.

— Mon père nous a pourtant dit que dès qu'on arriverait à Toulouse, il faudrait demander pour le train de Paris qui partait une heure plus tard.

— C'est vrai, fit l'homme, mais le train dont ton père t'a parlé a été supprimé ! Le prochain est à six heures trente-deux demain matin.

— Bon, on va attendre ! conclut Lilly.

— Mais vous n'avez pas de bagages ?

— Non, mon père a dit que c'était trop lourd.

L'employé s'éloigna. Les deux enfants allèrent s'asseoir sur un banc.

— Comment tu savais qu'il y avait un train dans une heure ?

— Je savais pas, j'ai dit ça comme ça.

— Et pourquoi tu m'as appelé Joseph ?

— Parce qu'il ne faut pas dire nos noms.

— J'espère qu'on va nous trouver. J'en ai marre de courir. Et puis j'ai faim.

— Viens, on va acheter des gâteaux ! dit Lilly en montrant le seul billet de banque qui lui restait.

— On va dormir où ?

— Je sais pas, sur ce banc, pourquoi ?

Ils sortirent dans la rue sous le regard insistant de l'employé. La nuit tombait. Arnaud frissonna.

— J'ai froid.

— Franchement, toi...

Ils trouvèrent une pâtisserie qui n'avait plus grand-chose à leur vendre. Lilly acheta deux éclairs au chocolat et Arnaud ses habituels croissants. Une fois sur le trottoir, ils se mirent à manger, mais l'appétit leur manquait.

— J'ai soif ! dit Arnaud, la bouche pleine.

— Viens, on va chercher quelque chose. Mais faut pas se perdre.

Ils déambulèrent dans les rues jusqu'à une petite place où se trouvait une fontaine. Sans se soucier d'être remarqués, ils s'approchèrent du bassin et se mirent à boire avec leurs mains.

— Moi, quand je serai grand, déclara Arnaud, la figure ruisselante, je serai conducteur de train.

— Eh bien, moi, quand je serai grande, s'exclama Lilly, j'irai...

Elle se renfrogna, baissa la tête et s'éloigna du garçon étonné.

— Qu'est-ce qui te prend ?

— Rien, bougonna la fillette, au bord des larmes.

Elle pensait à sa mère qui n'arrivait plus à marcher avec son gros ventre et qui se cachait pour échapper aux baffes de son ivrogne de mari. Un sanglot souleva ses frêles épaules.

— C'est pas juste ! murmura-t-elle.

Ils revinrent vers la gare. Les lampadaires chassaient l'obscurité sur la place où des taxis attendaient les clients. Lilly s'arrêta sur les marches. À l'intérieur, un haut-parleur chuintait quelque chose d'incompréhensible.

— Faut pas rentrer, dit la fillette. L'homme qui nous a parlé tout à l'heure nous regarde. Faut pas attirer l'attention.

— Et où on va passer la nuit ?

— Viens.

Ils s'engagèrent dans une rue qui longeait un jardin près des voies. La fillette remarqua un hangar accolé à un autre bâtiment.

— On va dormir là.

Arnaud pensa au risque de se faire prendre, mais il préféra se taire. Sa cavale commençait à lui peser et il n'avait qu'une envie : dire qui il était pour retourner à Lussac où, finalement, la vie était moins compliquée que partout ailleurs.

Ils entrèrent dans le hangar rempli de matériel, traverses de bois, charrettes, essieux de wagons, caisses empilées, et d'une multitude d'outils, pelles, pioches, brouettes.

— Personne ne viendra nous chercher ici. On va se mettre dans un coin, on va dormir un peu, et on est tout près pour prendre notre train.

— Et si on se réveille pas ?

— Toi, il faut toujours que tu penses au pire.

Tout au fond, ils trouvèrent des vêtements de travail qu'ils empilèrent sur le sol à côté d'un tas de traverses. Lilly se blottit contre Arnaud, frotta son nez froid sur la joue du garçon et murmura :

— Il est tard, ma mère a mis ma petite sœur au lit. Et mon père va rentrer. Quand il rentre tard comme ça, c'est qu'il a bu.

Un tremblement parcourut le corps de la fillette. Elle se serra un peu plus fort contre Arnaud qui pensait, lui aussi, à sa mère, probablement vivante et tellement loin qu'il ne la retrouverait jamais.

Ils s'endormirent.

Tout à coup, Lilly sursauta. Le jour se levait. Elle secoua Arnaud.

— Vite, pourvu qu'on n'ait pas raté notre train !

Ils coururent jusqu'à la gare. La grande horloge sur le fronton indiquait six heures.

— Ça va, constata Lilly.

Le train pour Paris était affiché. L'employé de la veille était là. À croire qu'il passait sa vie dans cette gare !

— Mais vous étiez où ? s'enquit l'homme. Je vous ai cherchés, hier soir !

— On était chez notre tante Martine.

— Le train pour Paris, c'est le quai numéro 3. Prenez ce couloir.

Lilly s'emporta contre Arnaud qui n'avançait pas assez vite. Ils montèrent dans un wagon et, quand ils furent installés, Lilly, déclara, triomphante :

— Cette fois, on y va, à Paris !

# 35

À l'hôpital, les nouvelles de Marie n'étaient pas bonnes. Le lavage d'estomac avait permis de neutraliser une bonne partie du poison, mais l'état de la malade ne s'était pas amélioré. Les médecins réservaient leur pronostic.

Compte tenu des circonstances particulières, M. Perchon mit des chambres à la disposition de Marguerite et de Jean. Marguerite refusa d'abord, puis finit par se laisser emmener dans la sienne. Une fois la porte fermée, elle s'assit sur le rebord du lit. Les odeurs de cette pièce la gênaient ; les pas dans le couloir, les cris des patients, tout ce vacarme inhabituel stressait la paysanne. Chez elle, on entendait le hibou, parfois un chien aboyer, mais jamais un tel bruit. Et puis il ne lui serait pas venu à l'idée de se coucher dans des draps qui sentaient mauvais, des draps qu'elle n'avait pas lavés elle-même et que tant de mains étrangères avaient touchés !

Marguerite avait mal partout. Une douleur profonde la taraudait, la minait. Quelque chose lui disait que Marie allait mourir et qu'elle ne reverrait jamais Arnaud. Ce serait sa punition pour n'avoir pas su tenir tête à Paul. Depuis qu'il était mort, elle ne cessait de s'en prendre à cet homme auprès de qui elle avait vécu plus de quarante ans et qu'elle rendait responsable de tous les malheurs.

Le visage de Marie hantait son esprit. Pleurer lui aurait fait du bien, mais ses yeux restaient secs. Elle se mit à genoux, joignit les mains et leva les yeux vers le plafond.

— Mon Dieu, dit-elle, faites un miracle. Pas pour moi, qui mérite de souffrir parce que j'ai été faible, pour eux, pour cette pauvre fille et son garçon si malheureux avec son pied de travers. Je vous en supplie.

Elle se dit que demander en ne proposant rien en échange était un mauvais marché. Elle crut bon de préciser :

— Je jure qu'en plus du beau collier que je donnerai aux pauvres, je paierai mon denier du culte tous les ans, et que ce sera le plus gros de la commune. Je jure que je vous prierai tous les jours et que j'irai à la messe tous les dimanches. Tant pis si les autres se moquent de moi.

Dès le lendemain, Marguerite apprit que Marie était sauvée, mais qu'elle devait rester à l'hôpital pendant quelques jours. La femme ne pensa plus qu'à Arnaud. Il lui semblait que son absence de Lussac condamnait l'enfant. Elle décida donc de rentrer par le train, même si cela lui paraissait une aventure périlleuse. Jean la conduisit à la gare.

Le train de Toulouse était arrivé quelques instants plus tôt, il s'en était fallu de peu que Marguerite et les enfants se croisent dans la gare d'Austerlitz.

Depuis deux jours, Laval et Bonchamps tournaient en rond. Aidés par plusieurs brigades de gendarmerie de la région, ils avaient ratissé les alentours de Bagnères-de-Luchon, exploré les environs de la cabane de berger où Mattéo avait recueilli les enfants. Ils découvrirent aussi le refuge : sa toiture éventrée indiquait que les enfants y avaient séjourné et s'en étaient échappés. En ville, les policiers faisaient du porte-à-porte, interrogeant inlassablement les gens, jusqu'à ce qu'un vieil homme leur raconte qu'il avait vu l'autre matin un gamin boiteux et une fillette d'une dizaine d'années marcher vers la gare. Aussitôt Laval et Bonchamps se rendirent à cet endroit où il ne leur serait jamais venu à l'idée de chercher les fugitifs.

— Je sais pas si c'est ceux que vous cherchez, déclara le guichetier, mais j'ai vendu deux billets, avant-hier matin, à deux enfants, un garçon qui boitait et une petite brune aux longs cheveux bouclés. Ils m'ont dit qu'ils avaient l'habitude de voyager seuls !

— Des billets pour Paris ? s'exclama Bonchamps en levant les bras au ciel. Mais qu'est-ce qui leur a pris ?

— T'excite pas, tempéra Laval. Ce ne sont probablement pas nos gamins. Où veux-tu qu'ils aient trouvé l'argent ?

— Je te jure que si c'est eux, je leur flanque une de ces raclées ! tonna l'adjoint du commissaire en se frottant les mains et en souriant.

— Bon, poursuivit Laval, il faut aller au bout de cette piste, c'est la seule que nous ayons, même s'il y a peu de chances que ce soit la bonne. S'ils sont partis pour Paris, ils ont fait escale à Toulouse. On y va !

— Franchement, faire de la voiture avec ton infecte odeur de tabac..., rouspéta Bonchamps. Je ne sais pas ce qui me retient de prendre le train.

— C'est ton devoir qui te retient, rien de plus !

Ils arrivèrent à Toulouse en milieu d'après-midi. La chaleur était suffocante, mais les deux hommes ne prirent pas le temps de boire une bière bien fraîche. À la gare, ils interrogèrent les employés et furent très vite rassurés : l'un d'eux se souvint des deux gamins qui avaient pris le train pour Paris. La description qu'il en fit ne laissait aucun doute.

— Maintenant on est certains qu'ils sont vivants. Ils sont vivants ! triompha Bonchamps en serrant les poings. Il n'empêche qu'ils l'auront, leur raclée, quand je les aurai retrouvés !

Il affichait un air ravi à la pensée de cette fessée magistrale, mais c'était surtout le soulagement de savoir les gamins vivants.

— Qu'est-ce qu'on fait ? On va à Paris ? demanda-t-il comme pour plaisanter.

— Non, répliqua Laval, qui avait hâte de rentrer chez lui. On avertit les collègues. N'oublie pas qu'Arnaud est parisien. Il saura se débrouiller.

— Mais qu'est-ce qu'ils sont allés faire à Paris alors que toutes les polices de France se cassent les dents à les chercher ! bougonna Bonchamps en enfournant une tablette de chewing-gum.

— Va savoir...

## 36

Quand le train arriva en gare de Paris-Austerlitz, la nuit tombait. Exténués, Arnaud et Lilly avaient dormi une partie du voyage. Ils se sentaient dispos malgré la faim qui tiraillait leur estomac.

— Bon, on va prendre le métro pour aller chez tante Jocelyne, décida Arnaud. Elle nous donnera à manger, on dormira chez elle et puis…

Lilly se planta devant son camarade, les mains sur les hanches.

— Et tu crois qu'on a fait tout ça pour aller chez ta tante Jocelyne ? Jamais, tu entends ! Elle serait trop contente de dire aux gendarmes qu'elle nous a retrouvés ! On va voir la tour Eiffel !

— Mais il fait nuit. Et puis j'ai faim.

— Il me reste un peu d'argent. On va acheter du pain et du chocolat…

— Et on va dormir où ? Dans un coin de rue comme les clochards ?

Lilly agrippa Arnaud par le col de sa chemise et, le regardant dans le blanc des yeux, acquiesça :

— Oui, comme les clochards.

Ils sortirent dans la rue éclairée, marchèrent jusqu'à la

Seine. Lilly s'extasia devant le fleuve tranquille qui reflétait la lumière des réverbères en plaques dorées. Une péniche passait, elle la regarda s'engouffrer sous le pont et s'éloigner, puis tourna vers Arnaud un regard émerveillé.

— C'est beau, hein ? Et maintenant, on va à la tour Eiffel !

À son tour, Arnaud se planta devant la gamine.

— Écoute, Paris, c'est pas Lussac. C'est très grand. La tour Eiffel est très loin d'ici. Moi, j'ai faim, je bouge plus tant que je n'ai pas mangé.

— Bon, tempéra la fillette, viens, on va trouver à manger. Franchement, je pensais que tu étais un peu plus courageux !

Ils traversèrent le pont en direction de la gare de Lyon. Dans une boulangerie, ils achetèrent du pain blanc. Lilly trouva ça tellement bon qu'elle ne pensa plus au chocolat.

— Maintenant faut trouver un endroit pour dormir, dit Arnaud, la bouche pleine. Pour la tour Eiffel, il faut attendre qu'il fasse jour, sinon tu ne verras rien !

— C'est vrai, admit Lilly. Bon, on va chercher un endroit comme la nuit dernière. Ça doit pas être très compliqué.

Ils rebroussèrent chemin. À la gare d'Austerlitz, ils allèrent dans la salle d'attente, s'assirent sur un siège et attendirent.

— C'est pas bien, là ! dit Arnaud, qui retrouvait ses instincts de petit citadin. On va se faire repérer.

Il emmena Lilly jusqu'au parking couvert ; une voiture arriva dans un bruit insupportable. Alors il proposa de passer la nuit au Jardin des Plantes.

— C'est de l'autre côté de la rue. Il y a un grand bâtiment avec des tas de squelettes de bêtes qui n'existent plus. Et puis un zoo plein d'animaux. Mais là, c'est fermé, il faut payer pour entrer. À côté, dans le jardin public, on pourra trouver un endroit tranquille.

Arnaud n'était pas peu fier de montrer à Lilly qu'il connaissait bien l'endroit. Il la conduisit dans le jardin public, désert à cette heure. Ils se glissèrent au cœur d'un gros massif de buis.

— Là, personne ne nous verra, précisa le garçon. Sur un banc, les policiers nous auraient vite repérés.

— Ça sent le pipi de chat, murmura la fillette.

— Toi, t'es jamais contente.

Elle se blottit contre lui et ils restèrent ainsi un long moment, attentifs aux bruits qui venaient de la rue voisine. Enfin, Lilly dressa la tête. Dans l'obscurité, Arnaud voyait ses yeux pleins d'une lumière diffuse.

— Tu dors ?

— Non.

— Faut que tu me dises, reprit Lilly, la tour Eiffel…

— Mais tu vas me casser longtemps les oreilles avec ça ? On ira la voir demain matin. On prendra le métro. C'est un train qui passe sous la terre.

Lilly imagina ce train qui courait dans des galeries de terre comme une taupe dans le potager de son père.

— Je voulais te demander, poursuivit la fillette, tu veux toujours te marier avec moi ?

— Écoute, c'est pas le moment d'en parler. Moi, je pense qu'une fois que tu auras vu ta tour Eiffel, on ira embrasser tante Jocelyne et on retournera à Lussac. Ma grand-mère doit se faire un sang de tous les diables !

— C'est promis, concéda Lilly, mais dis-moi si tu veux encore te marier avec moi.

— Tu m'as dit que tu ne voulais pas parce que j'étais boiteux !

— Eh bien si, je veux.

Le silence retomba entre eux. Puis Lilly murmura :

— T'es pas content ?

— Je t'ai dit que c'était pas le moment !

Encore un silence rapidement ponctué par des sanglots retenus. Arnaud sentait les larmes de la fillette mouiller la peau de son cou.

— T'es méchant ! Au fond, j'avais raison de ne pas vouloir me marier avec toi !

— Franchement, qu'est-ce que t'es compliquée !

Les sanglots s'estompèrent lentement. Arnaud pensait à Marguerite et à Justin qui devaient être à table à cette heure. Il entendait Léa dire de sa voix caverneuse : « Ça pue le malheur dans cette maison ! »

La lumière intense d'un jour de juillet les réveilla. Malgré leur posture peu confortable, ils avaient dormi d'une traite. Ils sortirent de leur cachette, heureux d'avoir échappé à toutes les mauvaises rencontres possibles dans ce lieu ouvert à tous. Lilly ne cachait pas son impatience.

— On va à la tour Eiffel !

— Bon, fit Arnaud, qu'est-ce qui te reste comme argent ? Il faut acheter des tickets de métro.

Elle montra une poignée de pièces. Arnaud les compta.

— Ça ira, dit-il sur un ton de chef. Viens.

Lilly lui prit la main et se laissa conduire. Ils arrivèrent à un escalier qui s'enfonçait sous terre. La fillette avait l'impression de descendre dans l'immense cave du château de Lussac, où elle était allée quelquefois avec son père. Arnaud acheta deux tickets.

— C'est simple, expliqua-t-il en forçant son accent parisien. Il faut prendre la bonne direction qui est écrite sur les murs.

— Et comment tu sais qu'on va vers la tour Eiffel ?

— Bah, j'ai l'habitude !

En fait, il n'était pas si sûr de lui, mais ce n'était pas grave : le monument le plus haut de Paris se voyait de loin !

La chance lui sourit. Après un changement et quelques hésitations, encouragé par les remarques pleines d'admiration de Lilly, ils descendirent à la station Bir-Hakeim. Une fois dans la rue, ils s'arrêtèrent, insensibles aux gens pressés qui les bousculaient. Devant eux, majestueuse, immense et légère dans sa démesure, la tour Eiffel offrait à leurs regards la délicatesse de sa dentelle d'acier. Lilly n'en croyait pas ses yeux.

— Viens, on s'approche ! proposa Arnaud.

Ils marchèrent dans l'allée bordée de tilleuls vers les pieds géants. En face d'eux, la tour se dressait, immense et aérienne. Arnaud se rendait compte qu'il ne l'avait jamais vraiment regardée jusqu'à ce jour et qu'il devait à l'ignorance de la petite Lilly cette découverte. Ils ressentaient combien les lignes étaient pures, combien elles se liaient les unes aux autres sans le moindre heurt, avec une telle évidence qu'ils ne pouvaient imaginer qu'un homme l'avait dessinée et que des ouvriers l'avaient construite. Elle était si parfaite qu'elle devait exister depuis toujours.

— Mon Dieu..., murmura Lilly.

— Eh bien, quoi ? répliqua Arnaud un peu brusquement, pour cacher son émotion.

Tout à coup, le visage de Lilly se contracta en une horrible grimace. Elle poussa un cri strident qui fit se retourner les nombreux promeneurs, puis se roula par terre en déchirant ses vêtements et en se griffant le visage. Arnaud voulut la relever, mais la fillette le repoussa. Un des nombreux policiers qui patrouillaient sur l'esplanade voulut à son tour relever la fillette qui le mordit à la main.

— Mais enfin, qu'est-ce qui se passe ?

— Je sais pas, répondit Arnaud, lui aussi près des larmes. Ça lui a pris d'un coup !

Deux autres policiers arrivèrent à la rescousse. Ils maîtrisèrent Lilly qui cessa de se débattre. La colère avait fait place à l'abattement et des larmes abondantes roulaient sur ses joues. De gros sanglots soulevaient ses épaules.

— Qu'est-ce qu'il t'arrive ? demanda un policier. Tu es malade ?

Puis, se tournant vers Arnaud, il ajouta :

— Qui êtes-vous ? Où sont vos parents ?

Alors Lilly, tout à coup apaisée, se tourna de nouveau vers la tour Eiffel. Son regard était si intense que l'homme qui la tenait dans ses bras la posa par terre. Lilly fit quelques pas en direction du monument. Arnaud lui prit la main. Elle éclata de nouveau en sanglots.

— Il y a que… que… que ma mère ne verra jamais la tour Eiffel !

— Mais bien sûr qu'elle la verra, voulut la rassurer le policier, qui avait compris à l'accent de la fillette qu'elle venait d'une lointaine province.

— Non, monsieur, répliqua la gamine avec assurance. Et si moi je l'ai vue, c'est parce que je n'ai pensé qu'à moi. J'ai laissé ma mère avec son gros ventre et ma petite sœur. C'est un péché de voir la tour Eiffel quand on est pauvre.

— Mais enfin, d'où venez-vous ?

— De Lussac, monsieur, avoua Arnaud.

# 37

Arnaud et Lilly retournèrent à Lussac le lendemain. Marguerite avait été avertie le matin même par le brigadier Leclant. Vêtue du tablier neuf qu'elle portait lors de son voyage à Suresnes, elle se rendit chez Armand Sagne, dont la maison se trouvait à l'autre bout du village et où devait s'arrêter en premier la voiture qui ramenait les fugitifs.

Elle salua Julie Sagne, dont l'accouchement était imminent, embrassa la petite fille qui sentait le vomi. Armand était resté chez lui pour ne pas manquer le retour de Lilly. Il s'était rasé et son visage souriant ne laissait rien paraître du père violent qu'il devenait dans l'ivresse.

— On a eu si peur ! dit-il.

Marguerite ne fit aucun commentaire. On la disait sauvage, mal embouchée, c'était surtout qu'elle n'aimait pas perdre son temps pour rien. Cependant, ce matin, elle était d'humeur joyeuse et répondit avec un sourire peu habituel, et qui lui allait bien :

— Les pauvres petits ont dû être vraiment effrayés ! Mais quand même, qu'est-ce qu'ils sont allés faire à Paris… ?

— Allez savoir, opina Armand. Mais dites-moi, on raconte que M. Jean va vous ramener la Marie !

— On a eu très peur, mais enfin, elle s'en est tirée une fois de plus et, si tout va bien, elle devrait arriver ce soir ou demain. La pauvre fille a tant souffert ! Elle ne peut pas marcher et surtout elle ne sait pas où elle est ni comment elle s'appelle.

— Elle parle, au moins ?

— Pas plus que ce banc. Elle vous regarde, c'est tout, des yeux de… Comment dire, des yeux vides !

Les Lussacois étaient nombreux à avoir délaissé leurs occupations habituelles pour s'attrouper devant la maison des Sagne. Deux journalistes de *Sud-Ouest* étaient là aussi, l'appareil photo prêt à immortaliser l'événement.

Laval et Bonchamps avaient tenu à aller chercher eux-mêmes les deux enfants à la gare de Bordeaux. Bonchamps ne pensait plus à la « bonne raclée » qu'il avait juré de leur infliger. Quand ils descendirent du train, il les prit dans ses bras et les serra contre lui comme s'ils avaient été ses propres enfants.

À Lussac, les gens applaudirent quand la voiture des policiers s'arrêta. Sans un mot, le commissaire Laval ouvrit la portière arrière et Lilly descendit en premier. Elle avait changé, on aurait dit qu'elle avait vieilli, que son visage maigre était plus grave. La fillette se jeta dans les bras de sa mère qui protégea son gros ventre. Arnaud se montra à son tour. On lui avait donné de nouveaux habits, une veste bleue et un pantalon gris que détailla Marguerite avant de l'écraser affectueusement contre sa poitrine. Enfin, Bonchamps déclara :

— Mission accomplie. Nous vous les ramenons et nous en sommes tellement heureux !

Les gens applaudirent encore. Pour cacher son émotion, Laval alluma un de ses infects cigarillos. Marguerite lui prit les mains.

— Merci, murmura-t-elle.

— On n'a pas fait grand-chose ! confessa le commissaire.

Arnaud salua Justin, ne sachant pas s'il devait l'embrasser ou lui tendre la main. Il se contenta de demander :

— Il y a toujours des ablettes dans la Brède ?

Justin sourit.

— Il y a aussi des grosses carpes. Elles ont fini de frayer, c'est le moment de les pêcher avec une pomme de terre.

Sans rien ajouter, Marguerite emmena son petit-fils. Pour elle, les retrouvailles n'étaient pas terminées : elle attendait une autre voiture, celle de Jean qui ramenait Marie, ce qui la tracassait. Quand ils arrivèrent à la maison, Barbet, couché à l'ombre du tilleul, vint faire la fête à l'enfant en poussant de petits gémissements. Arnaud le caressa.

— Ah, c'est toi, dit Léa. Ça fait plaisir de te retrouver. On va pouvoir aller se promener tous les deux.

— Laissez-le un peu tranquille, répliqua vivement Marguerite. Vous voyez bien qu'il ne tient pas debout.

Il sentait sa jambe valide d'ordinaire si solide flageoler sous son poids. Il avait surtout envie de dormir, d'oublier tout ce qui s'était passé, de retrouver l'été de Lussac et le château de Paul, ce château auquel il avait pensé lorsqu'il était en face de la tour Eiffel.

— Tu veux manger quelque chose ? demanda Marguerite.

Il n'avait pas faim. Justin arriva, posa sa casquette et s'assit pour boire un verre de vin, ce qu'il ne se serait jamais permis du temps de Paul.

— On attend ta mère ! dit enfin Marguerite.

Le gamin l'avait entendu murmurer autour de lui. Il n'y avait pas prêté attention, mais ici, dans cette maison où le passé restait gravé malgré la volonté de l'effacer, il mesurait l'importance de cette nouvelle et le chamboulement qu'elle représentait dans les habitudes.

— On sait où elle est ?

— Oui, Jean Charron l'a retrouvée. Elle ne peut pas marcher, ni parler. Ils disent que de la ramener ici et de te voir, ça peut lui faire du bien.

Arnaud n'arrivait pas à imaginer sa mère dans cette ferme, au milieu de cette cour envahie de volailles sous un soleil trop fort, entre le chai, le séchoir à tabac et l'étable des moutons. Il avait beau se dire qu'elle était née ici, qu'elle y avait grandi, l'endroit ne s'accordait pas avec le souvenir qu'il en gardait.

— Il paraît qu'elle a de l'argent, beaucoup d'argent, et que tu vas pouvoir faire opérer ton pied.

Devenir comme les autres, courir d'une jambe sur l'autre, sans contrainte, courir à en perdre le souffle, tellement vite que Barbet ne pourrait pas le suivre ! Cesser d'entendre les moqueries et pouvoir, le jour de la Sainte-Pauline, porter la pierre foudroyée sans trébucher ! Il souriait à cette perspective, puis il se demanda si c'était possible. Il ne s'imaginait pas autrement que boiteux. Il se dirigea vers la porte.

— Où tu vas ? demanda Marguerite avec une pointe d'angoisse dans la voix.

— Je vais à la pêche.

C'était si inattendu qu'elle ne trouva pas les mots pour le retenir. Il allait à la pêche, comme s'il n'y avait rien de plus important à faire ! En réalité, Arnaud éprouvait le besoin de fuir cette maison et le poids de l'attente.

Marguerite, d'habitude si prompte à exprimer ses reproches, le laissa partir sans un mot.

La voiture de Jean ne tarda pas. Quand le bruit du moteur parvint à ses oreilles, Marguerite eut envie d'aller se cacher. Elle se pencha sur l'évier où s'entassait la vaisselle, comme si elle n'avait rien entendu. Justin alla au-devant de l'arrivant. Les deux hommes se serrèrent la main. Jean sortit du coffre un fauteuil roulant qu'il déplia à côté de la portière. Marguerite se montra enfin, cligna des yeux au soleil et dit, comme surprise :

— On ne vous attendait pas si tôt !

Elle descendit lourdement les marches du perron. Jean prit l'invalide dans ses bras et l'assit sur le fauteuil roulant. Marie lançait autour d'elle un regard apeuré.

— Et moi qui n'ai pas préparé sa chambre ! s'emporta enfin Marguerite.

— Si vous voulez, elle peut habiter au château. Je sais qu'elle est une charge pour vous. Je m'en occuperai ! proposa Jean d'une voix très douce.

— Non, trancha Marguerite. C'est ici chez elle. Et Arnaud qui est allé se cacher !

Justin partit le chercher en courant. Quand il revint, essoufflé, il dit que le gamin n'était pas à la pêche puisque sa canne était toujours à sa place dans la cabane.

— Vous parlez d'une tête de mule !

Le plus dur fut de monter le fauteuil en haut des cinq marches du perron. Marguerite et Jean le prirent chacun d'un côté et le soulevèrent.

— C'est vraiment pas pratique ! constata Marguerite. Comment je ferai quand je serai seule ? Justin est si maladroit !

— Vous ne serez jamais seule, répondit Jean. Je ne la quitterai plus.

Marguerite lui envoya un regard réprobateur. Le Charron n'allait quand même pas s'installer chez elle !

— Quand vous ne pourrez pas la garder, je la prendrai au château avec moi ! précisa Jean.

Marguerite se dit que ce garçon, capable d'un tel dévouement, n'était pas le fainéant placide qu'on avait toujours voulu dépeindre et elle lui adressa un sourire amical.

Léa, qui d'ordinaire se mêlait de tout, ne prononça pas un seul mot. La place manquait entre la table et la cloison pour faire circuler le fauteuil. Marguerite comprit qu'il faudrait tout réorganiser, disposer autrement les chaises et déplacer le fauteuil de l'aveugle.

— C'est bien du bazar pour pas grand-chose ! ne put s'empêcher de dire celle-ci.

Arnaud arriva, les mains dans les poches, affectant un air faussement dégagé. Il s'arrêta dans l'entrée et vit sa mère qui lui tournait le dos, mais dont il reconnut la nuque, les épaules. Jean réussit malgré l'encombrement à faire faire demi-tour au fauteuil juché sur ses hautes roues de bicyclette. Le regard de l'infirme se posa sur son fils. Arnaud se précipita dans ses bras, mesurant tout à coup combien elle lui avait manqué.

Jean et Marguerite observaient attentivement le visage de Marie. Ils avaient beaucoup espéré de ces retrouvailles, mais l'amnésique n'eut aucune réaction. Jean douta tout à coup que Marie retrouve un jour la mémoire.

# 38

Marguerite refusa que Jean l'aide à s'occuper de Marie. Elle l'installa à la place de Paul, en bout de table, là où il était possible d'approcher le fauteuil, puis elle prépara le plat préféré de sa fille lorsqu'elle était enfant, une cuisse de poulet avec de la purée. Marie mangea avec appétit, ce qui rassura sa mère. À côté, Arnaud lui parlait, mais elle ne l'entendait pas. Justin se tenait en retrait, attentif. Sa nièce chamboulait son quotidien, cependant il la trouvait toujours aussi belle et mesurait la profondeur de sa détresse. De sa place, près de la cheminée, son assiette posée sur une petite table, Léa rouspétait. La table et les chaises n'étant plus à leurs places habituelles, elle avait perdu ses repères pour parcourir la petite distance qui séparait sa chambre de son fauteuil.

— C'est le bon Dieu qui l'a punie, affirma-t-elle méchamment. Il lui a pris la parole et les jambes pour bien montrer qu'elle n'a pas été une fille honnête.

Justin se dressa vivement. Ses grosses mains ouvertes devant lui, il s'approcha de sa mère, menaçant. Marguerite l'arrêta.

— Qu'est-ce qui te prend ?

Le simplet retourna s'asseoir et s'occupa les doigts en roulant une cigarette.

Quand le repas fut fini, Justin aida Marguerite à porter la handicapée dans sa chambre. Lui dormirait sur un matelas poussiéreux dans le grenier. Il aida à dévêtir sa nièce avec une délicatesse de gestes qui étonna Marguerite. Le braconnier que l'on disait brutal se montrait plein d'attentions.

Après le dîner, Arnaud ôta les vêtements qu'on lui avait donnés à Paris pour revêtir une tenue plus pratique, un pantalon court et une chemisette ordinaire qu'il pouvait salir, et s'en alla vers la rivière. La présence de sa mère le gênait, comme si elle le poussait hors de cette maison dont elle reprenait possession. Il s'arrêta près du noyer où Lilly cachait leur trésor. La fillette, qui l'avait vu passer, le rejoignit. Sans un mot, elle plongea sa main à l'intérieur du tronc creux et en sortit la boîte de fer vide.

— On n'en a plus besoin, dit-elle.

Cette affirmation n'attendait pas de réponse. Arnaud fit quelques pas en direction du parc du château, plein d'une tristesse dont il n'aurait su dire la cause, mais qui lui voilait la vue. Une petite main se glissa dans la sienne.

— Toi et moi, on s'aimera comme M. Jean et ta mère, tu comprends ?

Elle se blottit contre lui. Maladroitement, il la serra dans ses bras.

Le lendemain, dimanche, Marguerite décida d'emmener tout le monde à la messe. Jean vint chercher Marie et poussa le fauteuil jusqu'à l'église. Sa place était près de l'infirme, il voulait que tout le monde le sache. Il souriait aux Lussacois qui le regardaient avec une curiosité mêlée d'admiration et parfois d'envie.

Le retour des enfants sains et saufs, celui de Marie après la terrible épreuve des camps de concentration, tout cela touchait les gens qui, éprouvant aussi le besoin de remercier Dieu, se tassaient dans la nef toujours fraîche par cet été torride.

Le curé Beaufort, s'attendant à une telle affluence, avait dit à Arnaud :

— Tu dois chanter pour ta mère et surtout pour remercier Dieu de te l'avoir rendue.

— Il va chanter ! précisa sa grand-mère sur un ton qui n'admettait aucune réplique.

— Je connais pas les cantiques, je connais que ceux qu'on a chantés pour la Sainte-Pauline, rétorqua Arnaud.

— Tu les chanteras et tout le monde sera content.

Marie fut placée au premier rang entre sa mère et Jean. La vieille Léa, soucieuse de ne pas être un fardeau supplémentaire, avait voulu rester à la maison, mais sa bru l'avait obligée à les suivre. Lilly et ses parents prirent place à côté d'Élisabeth. La mort de M. Henri avait rapproché la châtelaine des villageois, qui découvraient une femme affable et dévouée. Julie, sur le point d'accoucher, marchait difficilement, mais pour rien au monde elle n'aurait raté l'office. Elle s'assit sur une chaise solide à côté de son mari, de sa fille et de la petite sœur qui ne tenait pas en place.

Beaufort se crut obligé de faire un petit commentaire. Il précisa qu'Arnaud avait décidé de chanter pour remercier Dieu de les avoir gardés en vie, Lilly et lui, et de lui avoir rendu sa mère. L'enfant se tenait debout, dans son costume au pantalon trop court, devant les filles de la chorale. Tout le monde avait hâte d'entendre la merveilleuse voix du boiteux et il se sentait fier parce que ce n'était pas son pied qu'on lorgnait.

Enfin, la chorale commença un premier chant. Alors la voix d'Arnaud remplit l'église d'un feu d'artifice. Elle s'échappait du refrain qu'entonnaient les filles, caracolait seule dans des aigus pleins de miel impossibles à des voix ordinaires, s'égarait dans des trilles qui n'en finissaient pas. Les gens retenaient leur souffle. Beaufort avait joint les mains, un léger sourire sur son visage.

Personne n'avait vu les lèvres de Marie se contracter, comme si cette musique avait ouvert la porte de ses souvenirs. Et quand la chanson s'arrêta, l'infirme tourna autour d'elle un regard étonné. Le curé monta lentement les marches de l'autel suivi par les deux enfants de chœur et poursuivit la messe.

Pour le sermon, il avait cherché de belles phrases afin de toucher les gens simples, mais il les avait oubliées. Les bonnes formules pour parler du pardon de Dieu, de la victoire du Bien contre le Mal, de l'humilité indispensable pour rendre généreux lui faisaient défaut. Il s'empêtrait dans ses phrases vides de sens. Alors, il se tourna vers Arnaud.

— Après ce que nous avons entendu, il n'est pas de sermon convenable. Tout ce que je voulais vous dire est dans la voix de cet enfant, dans cette extraordinaire inspiration qui ne peut être que divine. Aussi vais-je lui demander humblement de chanter de nouveau, ce sera le plus bel hommage à notre Créateur.

Arnaud n'avait pas l'impression d'avoir commis un prodige. Il avait chanté en suivant la musique et sa fantaisie. Quand les filles entonnèrent un nouveau chant, la voix du gamin se mêla à la leur et le chœur s'enfla, prit de l'ampleur sous les voûtes antiques, puis elle s'échappa encore. Justin voyait des fleurs s'épanouir devant lui et le vol coloré d'un papillon. Marguerite s'essuyait les yeux.

Un peu de rose colorait les joues de Marie. Sa main posée sur le rebord de son fauteuil se leva, les doigts ouverts, puis s'approcha de celle de Jean, s'y posa comme un oiseau fatigué. Il sursauta, se tourna, son regard croisa celui de Marie, Marie qui lui sourit.

Quand les filles et Arnaud cessèrent de chanter, Marie serra la main de Jean à l'écraser, à lui faire mal. Il comprenait ce que cela signifiait et tremblait comme s'il avait tout à coup très froid.

À la fin de la messe, Arnaud chanta de nouveau. Les gens auraient voulu applaudir, mais ils n'osèrent pas dans la maison du Créateur. Ils s'attroupèrent sur la place pour attendre le petit prodige et le féliciter, cependant Arnaud ne sortait pas.

Ceux du premier rang – Marguerite, Justin, Jean, Mme Élisabeth, Lilly, ses parents, sa petite sœur qui ne comprenait pas pourquoi on la retenait, et le curé Beaufort – entouraient Marie qui jetait autour d'elle un regard presque apeuré, mais présent.

— C'est un miracle, dit le curé. La musique de l'enfant a ouvert le barrage qui retenait sa mère prisonnière.

— Vous en avez de bonnes, vous ! s'exclama Marguerite de sa voix d'homme, parce que l'émotion l'étreignait et qu'elle se sentait stupide de larmoyer. Mais il faut rentrer à la maison !

# 39

L'été avait passé, chaud et sec, plus favorable à la vigne qu'au tabac, qui avait manqué d'eau. Les vignerons nettoyaient leurs cuves et faisaient tremper les tonneaux soufrés. Cette année, le soleil avait été généreux, sainte Pauline avait protégé le vignoble de Lussac de la grêle et de la pluie de septembre qui faisaient éclater les raisins. Après les vendanges, le moût fermentait dans les chais et le vent se chargeait d'une odeur à la fois sirupeuse et aigre.

La nouvelle arriva au début du mois d'octobre : Albert Duvalet, que toutes les polices recherchaient depuis des mois, avait été arrêté lors d'un banal contrôle routier entre Orléans et Vierzon. Les empreintes que les enquêteurs avaient relevées sur la boîte de bonbons trouvée dans la chambre de Marie permirent de le confondre. C'était bien lui qui s'était introduit dans la chambre de la jeune femme et qui l'avait forcée à ingurgiter des bonbons contenant de la strychnine.

Une semaine avant la Toussaint, Jean Charron confia la surveillance du vin nouveau à son maître de chai pour rendre visite à ses clients parisiens. Il donna ses dernières recommandations à sa mère, qui redoutait la solitude de la grande demeure mais devait rester pour la bonne marche du domaine.

— J'ai fait installer le téléphone au château, dit Jean en posant sa valise dans le coffre de sa voiture. Je vous appellerai tous les jours.

La châtelaine le savait, mais ne pouvait empêcher les larmes de rouler sur ses joues. Son petit chien se frottait à ses mollets.

— Il vous tiendra compagnie, dit Jean en regardant l'animal. Maintenant que nous avons vendu la meute de papa, vous ne serez plus réveillée en pleine nuit par les hurlements. Et si vous avez besoin de quelque chose, allez trouver Marguerite ou Justin. Ce gars ne semble pas très malin, mais il se débrouille très bien, et si vous avez envie de manger du lièvre ou un brochet, vous n'aurez qu'à les lui demander.

— Certes, répondit Mme Élisabeth, mais ce château est trop grand pour une personne seule.

— Vous avez Louise, notre cuisinière qui va dormir ici, elle vous tiendra compagnie.

— Elle ne dit pas dix mots par jour, alors comme compagnie…

— Je vous promets que nous serons revenus à Noël.

Jean monta dans sa voiture et s'en alla en saluant sa mère par la vitre ouverte. Quand il arriva chez Marguerite, tout était déjà prêt : les valises étaient rangées au bas du perron ; Arnaud, assis sur la première marche, se leva et alla caresser une dernière fois Barbet. Justin et Marguerite descendaient Marie assise dans son fauteuil roulant. La jeune femme s'était coiffée avec recherche et son visage paraissait presque heureux.

— Donc, j'ai loué un appartement proche de celui que vous occupiez pendant la guerre, dit Jean à Arnaud et à sa mère. J'ai pris rendez-vous avec les meilleurs spécialistes de Paris. Il semblerait qu'une opération pourrait permettre à Marie de remarcher.

La jeune femme lui prit la main et la porta à ses lèvres.

— Et mon petit Arnaud ? demanda-t-elle.

— Pour lui, aucune difficulté. Son pied bot peut s'opérer. Bientôt, il trottera comme un lapin.

L'argent de la banque suisse ouvrait ainsi des perspectives heureuses.

— Et puis, comme je te l'ai promis, ajouta Jean Charron en approchant ses lèvres de celles de Marie, nous nous marierons au printemps. Arnaud chantera !

Marguerite ne voulait pas jouer la mauvaise fée, mais elle doutait que l'enfant garde sa belle voix en devenant un homme.

— Rappelez-vous le pauvre Alfred qui a été tué dans le maquis, comme il chantait bien ! C'est parti tout d'un coup quand il a mué.

— Tu vas pas nous faire ce mauvais coup, plaisanta Jean. Tu dois garder ta voix au moins jusqu'à notre mariage.

Jean et Justin installèrent Marie dans la voiture, puis Justin plia le fauteuil qu'il plaça dans le coffre avec les valises. Au moment de monter à son tour dans le véhicule, Arnaud fit demi-tour et grimpa le perron aussi vite qu'il le pouvait.

— Où vas-tu ? s'emporta Marguerite. C'est pas le moment !

Jean se tenait à côté de la portière ouverte. Marguerite s'apprêtait à aller chercher le garçon quand la voix rauque de Léa l'arrêta :

— Bon voyage, mon garçon. Mais tu t'es parfumé pour sentir aussi bon !

Arnaud, vêtu d'une veste marron et d'un pantalon beige, descendit les marches et monta dans la voiture. Enfin, Jean embrassa Marguerite et serra la main de Justin.

— Je donnerai des nouvelles à ma mère, dit-il en claquant la portière.

La voiture manœuvra dans la cour, effarouchant les volailles qui grattaient la poussière, passa le portail déglingué et prit la route de Périgueux. Comme elle arrivait au tournant, Arnaud vit une petite silhouette agiter son mouchoir.

— Lilly, murmura-t-il.

L'image de la fillette qui tenait son mouchoir devant sa figure ne s'effacerait pas de sitôt. Déjà, le véhicule roulait dans une campagne nouvelle, en direction d'une vie nouvelle.

— T'en fais pas, dit Marie en se tournant vers son fils. Tu la retrouveras… Nous reviendrons. Lussac, c'est chez nous !

*Composé par Nord Compo Multimédia*
*7, rue de Fives, 59650 Villeneuve d'Ascq*

*Cet ouvrage a été imprimé par*
*CPI Firmin Didot à Mesnil-sur-l'Estrée*
*en septembre 2011*

Dépôt légal : novembre 2011
N° d'impression : 106911
*Imprimé en France*